STS

STS

考試分數大躍進
累積實力
百萬考生見證
模考權威

根據日本國際交流基金考試相關概要

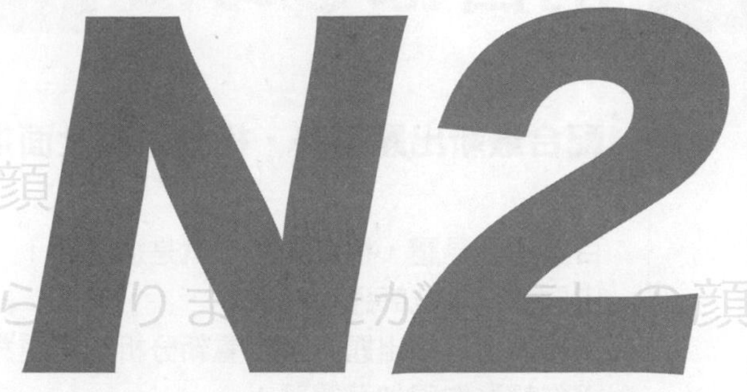

言語知識・読解・聴解
(單字・文法・閱讀・聽力)

新制日檢！絶對合格

全真模考三回＋詳解

吉松由美・田中陽子・西村惠子・山田社日檢題庫小組＊合著

山田社

前言はじめに

配合最新出題趨勢，模考內容全面換新！

百萬考生見證，權威題庫，就是這麼威！
出題的日本老師通通在日本，
持續追蹤日檢出題內容，重新分析出題重點，精準摸清試題方向！
讓您輕鬆取得加薪證照！

您是否做完模考後，都是感覺良好，但最後分數總是沒有想像的好呢？做模擬試題的關鍵，不是在於您做了多少回，而是，您是不是能把每一回都「做懂，做透，做爛」！

一本好的模擬試題，就是能讓您得到考試的節奏感，練出考試的好手感，並擁有一套自己的解題思路和技巧，對於千變萬化的題型，都能心中有數！

新日檢萬變，高分不變：

為掌握最新出題趨勢，本書的出題日本老師，通通在日本長年持續追蹤新日檢出題內容，徹底分析了歷年的新舊日檢考題，完美地剖析新日檢的出題心理。發現，日檢考題有逐漸變難的傾向，所以我們將新日檢模擬試題內容全面換新，製作了擬真度 100％ 的模擬試題。讓考生迅速熟悉考試內容，完全掌握必考重點，贏得高分！

摸透出題法則，搶分關鍵：

摸透出題法則的模擬考題，才是搶分關鍵，例如：「日語漢字的發音難點、把老外考得七葷八素的漢字筆畫，都是熱門考點；如何根據句意確定詞，根據詞意確定字；如何正確把握詞義，如近義詞的區別，多義詞的辨識；能否辨別句間邏輯關係，相互呼應的關係；如何掌握固定搭配、約定成俗的慣用型，就能加快答題速度，提高準確度；閱讀部分，品質和速度同時決定了最終的得分，如何在大腦裡建立好文章的框架」。只有徹底解析出題心理，合格證書才能輕鬆到手！

決勝日檢，全科備戰：

新日檢的成績，只要一科沒有到達低標，就無法拿到合格證書！而「聽解」測驗，經常為取得證書的絆腳石。

本書不僅擁有大量的模擬聽解試題，更依照 JLPT 官方公佈的正式考試規格，請專業日籍老師錄製符合程度的標準東京腔光碟。透過模擬考的練習，把本書「聽懂，聽透，聽爛」，來鍛鍊出「日語敏鋭耳」！讓您題目一聽完，就知道答案了。

掌握考試的節奏感，輕鬆取得加薪證照：

為了讓您有真實的應考體驗，本書收錄「超擬真模擬試題」，完全複製了整個新日檢的考試配分及題型。請您一口氣做完一回，不要做一半就做別的事。考試時要如臨考場：「審題要仔細，題意要弄清，遇到攔路虎，不妨繞道行；細中求速度，快中不忘穩；不要急著交頭卷，檢查要認真。」

這樣能夠體會真實考試中可能遇到的心理和生理問題，並調整好生物鐘，使自已的興奮點和考試時間同步，培養出良好的答題節奏感，從而更好的面對考試，輕鬆取得加薪證照。

找出一套解題思路和技巧，贏得高分：

為了幫您贏得高分，本書分析並深度研究了舊制及新制的日檢考題，不管日檢考試變得多刁鑽，掌握了原理原則，就掌握了一切！

確實做完本書，然後認真分析，拾漏補缺，記錄難點，來回修改，將重點的內容重點複習，也就是做懂，做透，做爛。這樣，您必定對解題思路和技巧都能爛熟於心。而且，把真題的題型做透，其實考題就那幾種，掌握了就一切搞定了。

相信自己，絕對合格：

有了良好的準備，最後，就剩下考試當天的心理調整了。不只要相信自己的實力，更要相信自己的運氣，心裡默唸「這個難度我一定沒問題」，您就「絕對合格」啦！

目錄もくじ

一、什麼是新日本語能力試驗呢

1. 新制「日語能力測驗」

從2010年起實施的新制「日語能力測驗」（以下簡稱為新制測驗）。

1－1　實施對象與目的

新制測驗與舊制測驗相同，原則上，實施對象為非以日語作為母語者。其目的在於，為廣泛階層的學習與使用日語者舉行測驗，以及認證其日語能力。

1－2　改制的重點

改制的重點有以下四項：

1　測驗解決各種問題所需的語言溝通能力

新制測驗重視的是結合日語的相關知識，以及實際活用的日語能力。因此，擬針對以下兩項舉行測驗：一是文字、語彙、文法這三項語言知識；二是活用這些語言知識解決各種溝通問題的能力。

2　由四個級數增為五個級數

新制測驗由舊制測驗的四個級數（1級、2級、3級、4級），增加為五個級數（N1、N2、N3、N4、N5）。新制測驗與舊制測驗的級數對照，如下所示。最大的不同是在舊制測驗的2級與3級之間，新增了N3級數。

N1	難易度比舊制測驗的1級稍難。合格基準與舊制測驗幾乎相同。
N2	難易度與舊制測驗的2級幾乎相同。
N3	難易度介於舊制測驗的2級與3級之間。（新增）
N4	難易度與舊制測驗的3級幾乎相同。
N5	難易度與舊制測驗的4級幾乎相同。

＊「N」代表「Nihongo（日語）」以及「New（新的）」。

新制日檢的目的，是要把所學的單字、文法、句型…都加以活用喔。

喔～原來如此，學日語，就是要活用在生活上嘛！

3　施行「得分等化」

由於在不同時期實施的測驗，其試題均不相同，無論如何慎重出題，每次測驗的難易度總會有或多或少的差異。因此在新制測驗中，導入「等化」的計分方式後，便能將不同時期的測驗分數，於共同量尺上相互比較。因此，無論是在什麼時候接受測驗，只要是相同級數的測驗，其得分均可予以比較。目前全球幾種主要的語言測驗，均廣泛採用這種「得分等化」的計分方式。

4　提供「日本語能力試驗Can-do 自我評量表」（簡稱JPT Can-do）

為了瞭解通過各級數測驗者的實際日語能力，新制測驗經過調查後，提供「日本語能力試驗Can-do 自我評量表」。該表列載通過測驗認證者的實際日語能力範例。希望通過測驗認證者本人以及其他人，皆可藉由該表格，更加具體明瞭測驗成績代表的意義。

1－3　所謂「解決各種問題所需的語言溝通能力」

我們在生活中會面對各式各樣的「問題」。例如，「看著地圖前往目的地」或是「讀著說明書使用電器用品」等等。種種問題有時需要語言的協助，有時候不需要。

為了順利完成需要語言協助的問題，我們必須具備「語言知識」，例如文字、發音、語彙的相關知識、組合語詞成為文章段落的文法知識、判斷串連文句的順序以便清楚說明的知識等等。此外，亦必須能配合當前的問題，擁有實際運用自己所具備的語言知識的能力。

舉個例子，我們來想一想關於「聽了氣象預報以後，得知東京明天的天氣」這個課題。想要「知道東京明天的天氣」，必須具備以下的知識：「晴れ（晴天）、くもり（陰天）、雨（雨天）」等代表天氣的語彙；「東京は明日は晴れでしょう（東京明日應是晴天）」的文句結構；還有，也要知道氣象預報的播報順序等。除此以外，尚須能從播報的各地氣象中，分辨出哪一則是東京的天氣。

如上所述的「運用包含文字、語彙、文法的語言知識做語言溝通，進而具備解決各種問題所需的語言溝通能力」，在新制測驗中稱為「解決各種問題所需的語言溝通能力」。

新制測驗將「解決各種問題所需的語言溝通能力」分成以下「語言知識」、「讀解」、「聽解」等三個項目做測驗。

語言知識	各種問題所需之日語的文字、語彙、文法的相關知識。
讀　解	運用語言知識以理解文字內容，具備解決各種問題所需的能力。
聽　解	運用語言知識以理解口語內容，具備解決各種問題所需的能力。

作答方式與舊制測驗相同，將多重選項的答案劃記於答案卡上。此外，並沒有直接測驗口語或書寫能力的科目。

Q&A

Q：新制日檢級數前的「N」是指什麼？

A：「N」指的是「New（新的）」跟「Nihongo（日語）」兩層意思。

2. 認證基準

新制測驗共分為N1、N2、N3、N4、N5五個級數。最容易的級數為N5，最困難的級數為N1。

與舊制測驗最大的不同，在於由四個級數增加為五個級數。以往有許多通過3級認證者常抱怨「遲遲無法取得2級認證」。為因應這種情況，於舊制測驗的2級與3級之間，新增了N3級數。

新制測驗級數的認證基準，如表1的「讀」與「聽」的語言動作所示。該表雖未明載，但應試者也必須具備為表現各語言動作所需的語言知識。

N4與N5主要是測驗應試者在教室習得的基礎日語的理解程度；N1與N2是測驗應試者於現實生活的廣泛情境下，對日語理解程度；至於新增的N3，則是介於N1與N2，以及N4與N5之間的「過渡」級數。關於各級數的「讀」與「聽」的具體題材（內容），請參照表1。

Q&A

Q：以前是4個級數，現在呢？

A：新制日檢改分為N1-N5。N3是新增的，程度介於舊制的2、3級之間。過去有許多考生反應，舊制2、3級層度落差太大，所以在這兩個級數之間，多設了一個N3的級數，您就想成是，準2級就行啦！

■ 表1 新「日語能力測驗」認證基準

	級數	認證基準 各級數的認證基準，如以下【讀】與【聽】的語言動作所示。各級數亦必須具備為表現各語言動作所需的語言知識。
↑ 困 難 *	N1	能理解在廣泛情境下所使用的日語 【讀】・可閱讀話題廣泛的報紙社論與評論等論述性較複雜及較抽象的文章，且能理解其文章結構與內容。 ・可閱讀各種話題內容較具深度的讀物，且能理解其脈絡及詳細的表達意涵。 【聽】・在廣泛情境下，可聽懂常速且連貫的對話、新聞報導及講課，且能充分理解話題走向、內容、人物關係、以及說話內容的論述結構等，並確實掌握其大意。
	N2	除日常生活所使用的日語之外，也能大致理解較廣泛情境下的日語 【讀】・可看懂報紙與雜誌所刊載的各類報導、解說、簡易評論等主旨明確的文章。 ・可閱讀一般話題的讀物，並能理解其脈絡及表達意涵。 【聽】・除日常生活情境外，在大部分的情境下，可聽懂接近常速且連貫的對話與新聞報導，亦能理解其話題走向、內容、以及人物關係，並可掌握其大意。
	N3	能大致理解日常生活所使用的日語 【讀】・可看懂與日常生活相關的具體內容的文章。 ・可由報紙標題等，掌握概要的資訊。 ・於日常生活情境下接觸難度稍高的文章，經換個方式敘述，即可理解其大意。 【聽】・在日常生活情境下，面對稍微接近常速且連貫的對話，經彙整談話的具體內容與人物關係等資訊後，即可大致理解。

<table>
<tr><td rowspan="2">＊
容
易
↓</td><td>N4</td><td>能理解基礎日語
【讀】・可看懂以基本語彙及漢字描述的貼近日常生活相關話題的文章。
【聽】・可大致聽懂速度較慢的日常會話。</td></tr>
<tr><td>N5</td><td>能大致理解基礎日語
【讀】・可看懂以平假名、片假名或一般日常生活使用的基本漢字所書寫的固定詞句、短文、以及文章。
【聽】・在課堂上或周遭等日常生活中常接觸的情境下，如為速度較慢的簡短對話，可從中聽取必要資訊。</td></tr>
</table>

＊N1最難，N5最簡單。

3. 測驗科目

新制測驗的測驗科目與測驗時間如表2所示。

■ 表2　測驗科目與測驗時間＊①

<table>
<tr><td>級數</td><td colspan="3">測驗科目
（測驗時間）</td><td></td><td></td></tr>
<tr><td>N1</td><td colspan="2">語言知識（文字、語彙、文法）、讀解
（110分）</td><td>聽解
（60分）</td><td>→</td><td rowspan="2">測驗科目為「語言知識（文字、語彙、文法）、讀解」；以及「聽解」共2科目。</td></tr>
<tr><td>N2</td><td colspan="2">語言知識（文字、語彙、文法）、讀解
（105分）</td><td>聽解
（50分）</td><td>→</td></tr>
<tr><td>N3</td><td>語言知識（文字、語彙）
（30分）</td><td>語言知識（文法）、讀解
（70分）</td><td>聽解
（40分）</td><td>→</td><td rowspan="3">測驗科目為「語言知識（文字、語彙）」；「語言知識（文法）、讀解」；以及「聽解」共3科目。</td></tr>
<tr><td>N4</td><td>語言知識（文字、語彙）
（30分）</td><td>語言知識（文法）、讀解
（60分）</td><td>聽解
（35分）</td><td>→</td></tr>
<tr><td>N5</td><td>語言知識（文字、語彙）
（25分）</td><td>語言知識（文法）、讀解
（50分）</td><td>聽解
（30分）</td><td>→</td></tr>
</table>

Ｎ1與Ｎ2的測驗科目為「語言知識（文字、語彙、文法）、讀解」以及「聽解」共2科目；Ｎ3、Ｎ4、Ｎ5的測驗科目為「語言知識（文字、語彙）」、「語言知識（文法）、讀解」、「聽解」共3科目。

由於Ｎ3、Ｎ4、Ｎ5的試題中，包含較少的漢字、語彙、以及文法項目，因此當與Ｎ1、Ｎ2測驗相同的「語言知識（文字、語彙、文法）、讀解」科目時，有時會使某幾道試題成為其他題目的提示。為避免這個情況，因此將「語言知識（文字、語彙、文法）、讀解」，分成「語言知識（文字、語彙）」和「語言知識（文法）、讀解」施測。

*①：聽解因測驗試題的錄音長度不同，致使測驗時間會有些許差異。

4. 測驗成績

4－1　量尺得分

舊制測驗的得分，答對的題數以「原始得分」呈現；相對的，新制測驗的得分以「量尺得分」呈現。

「量尺得分」是經過「等化」轉換後所得的分數。以下，本手冊將新制測驗的「量尺得分」，簡稱為「得分」。

4－2　測驗成績的呈現

新制測驗的測驗成績，如表3的計分科目所示。Ｎ1、Ｎ2、Ｎ3的計分科目分為「語言知識（文字、語彙、文法）」、「讀解」、以及「聽解」3項；Ｎ4、Ｎ5的計分科目分為「語言知識（文字、語彙、文法）、讀解」以及「聽解」2項。

會將Ｎ4、Ｎ5的「語言知識（文字、語彙、文法）」和「讀解」合併成一項，是因為在學習日語的基礎階段，「語言知識」與「讀解」方面的重疊性高，所以將「語言知識」與「讀解」合併計分，比較符合學習者於該階段的日語能力特徵。

■表3　各級數的計分科目及得分範圍

級數	計分科目	得分範圍
Ｎ1	語言知識（文字、語彙、文法）	0～60
	讀解	0～60
	聽解	0～60
	總分	0～180

N2	語言知識（文字、語彙、文法） 讀解 聽解	0～60 0～60 0～60
	總分	0～180
N3	語言知識（文字、語彙、文法） 讀解 聽解	0～60 0～60 0～60
	總分	0～180
N4	語言知識（文字、語彙、文法）、讀解 聽解	0～120 0～60
	總分	0～180
N5	語言知識（文字、語彙、文法）、讀解 聽解	0～120 0～60
	總分	0～180

各級數的得分範圍，如表3所示。N1、N2、N3的「語言知識（文字、語彙、文法）」、「讀解」、「聽解」的得分範圍各為0～60分，三項合計的總分範圍是0～180分。「語言知識（文字、語彙、文法）」、「讀解」、「聽解」各占總分的比例是1：1：1。

N4、N5的「語言知識（文字、語彙、文法）、讀解」的得分範圍為0～120分，「聽解」的得分範圍為0～60分，二項合計的總分範圍是0～180分。「語言知識（文字、語彙、文法）、讀解」與「聽解」各占總分的比例是2：1。還有，「語言知識（文字、語彙、文法）、讀解」的得分，不能拆解成「語言知識（文字、語彙、文法）」與「讀解」二項。

除此之外，在所有的級數中，「聽解」均占總分的三分之一，較舊制測驗的四分之一為高。

4－3　合格基準

舊制測驗是以總分作為合格基準；相對的，新制測驗是以總分與分項成績的門檻二者作為合格基準。所謂的門檻，是指各分項成績至少必須高於該分數。假如有一科分項成績未達門檻，無論總分有多高，都不合格。

5. N2 題型分析

測驗科目（測驗時間）		試題內容				
		題型			小題題數＊	分析
語言知識、讀解（105分）	文字、語彙	1	漢字讀音	◇	5	測驗漢字語彙的讀音。
		2	假名漢字寫法	◇	5	測驗平假名語彙的漢字寫法。
		3	複合語彙	◇	5	測驗關於衍生語彙及複合語彙的知識。
		4	選擇文脈語彙	○	7	測驗根據文脈選擇適切語彙。
		5	替換類義詞	○	5	測驗根據試題的語彙或說法，選擇類義詞或類義說法。
		6	語彙用法	○	5	測驗試題的語彙在文句裡的用法。
	文法	7	文句的文法1（文法形式判斷）	○	12	測驗辨別哪種文法形式符合文句內容。
		8	文句的文法2（文句組構）	◆	5	測驗是否能夠組織文法正確且文義通順的句子。
		9	文章段落的文法	◆	5	測驗辨別該文句有無符合文脈。
	讀解＊	10	理解內容（短文）	○	5	於讀完包含生活與工作之各種題材的說明文或指示文等，約200字左右的文章段落之後，測驗是否能夠理解其內容。
		11	理解內容（中文）	○	9	於讀完包含內容較為平易的評論、解說、散文等，約500字左右的文章段落之後，測驗是否能夠理解其因果關係或理由、概要或作者的想法等等。

語言知識、讀解（105分）	讀解＊	12	綜合理解	◆	2	於讀完幾段文章（合計600字左右）之後，測驗是否能夠將之綜合比較並且理解其內容。
		13	理解想法（長文）	◇	3	於讀完論理展開較為明快的評論等，約900字左右的文章段落之後，測驗是否能夠掌握全文欲表達的想法或意見。
		14	釐整資訊	◆	2	測驗是否能夠從廣告、傳單、提供訊息的各類雜誌、商業文書等資訊題材（700字左右）中，找出所需的訊息。
聽解（50分）		1	課題理解	◇	5	於聽取完整的會話段落之後，測驗是否能夠理解其內容（於聽完解決問題所需的具體訊息之後，測驗是否能夠理解應當採取的下一個適切步驟）。
		2	要點理解	◇	6	於聽取完整的會話段落之後，測驗是否能夠理解其內容（依據剛才已聽過的提示，測驗是否能夠抓住應當聽取的重點）。
		3	概要理解	◇	5	於聽取完整的會話段落之後，測驗是否能夠理解其內容（測驗是否能夠從整段會話中理解說話者的用意與想法）。
		4	即時應答	◆	12	於聽完簡短的詢問之後，測驗是否能夠選擇適切的應答。
		5	綜合理解	◇	4	於聽完較長的會話段落之後，測驗是否能夠將之綜合比較並且理解其內容。

＊「小題題數」為每次測驗的約略題數，與實際測驗時的題數可能未盡相同。此外，亦有可能會變更小題題數。

＊有時在「讀解」科目中，同一段文章可能會有數道小題。

N2 文法速記表

★ 步驟一：沿著虛線剪下《速記表》，並且用你喜歡的方式裝訂起來！

★ 步驟二：請在「讀書計劃」欄中填上日期，依照時間安排按部就班學習，每完成一項，就用螢光筆塗滿格子，看得見的學習，效果加倍！

五十音順	文法		中譯	讀書計劃
あ	あげく	あげく	／…到最後 ／…，結果…	
		あげくに		
		あげくの		
	あまり	あまり	／由於過度… ／因過於… ／過度…	
		あまりに		
い	いじょう	いじょう	／既然… ／既然…，就…	
		いじょうは		
	いっぽう	いっぽう	／在…的同時，還… ／一方面…，一方面… ／另一方面…	
		いっぽうで		
う	うえ	うえ	／…而且… ／不僅…，而且… ／在…之上，又…	
		うえに		
		うえで	／在…之後 ／…以後… ／之後（再）…	
		うえでの		
		うえは	／既然… ／既然…就…	
	うではないか	うではないか	／讓…吧 ／我們（一起）…吧	
		ようではないか		
	うる	うる	／可能 ／能 ／會	
え	える	える		
お	おり	おり	／…的時候 ／正值…之際	
		おりに		
		おりには		
		おりから		
か	か～まいか	か～まいか	／要不要… ／還是…	
	かい	かいがある	／總算值得 ／有了代價 ／不枉…	
		かいがあって		

請沿虛線裁切

請沿虛線裁切

五十音順	文法		中譯	讀書計劃
か	がい	がい	／有意義的… ／值得的… ／…有回報的	
	かぎり	かぎり	／盡… ／竭盡… ／以…為限 ／到…為止	
		かぎり	／只要… ／據…而言	
		かぎりは		
		かぎりでは		
	がたい	がたい	／難以… ／很難… ／不能…	
	かとおもうと	かとおもうと	／剛一…就… ／剛…馬上就…	
		かとおもったら		
	か～ないかのうちに	か～ないかのうちに	／剛剛…就… ／一…（馬上）就…	
	かねる	かねる	／難以… ／不能… ／不便…	
		かねない	／很可能… ／也許會… ／説不定將會…	
	かのようだ	かのようだ	／像…一樣的 ／似乎…	
	から	からこそ	／正因為… ／就是因為…	
		からして	／從…來看…	
		からすれば	／從…來看 ／從…來説	
		からすると		
		からといって	／（不能）僅因…就… ／即使…，也不能… ／説是（因為）…	
		からみると	／從…來看 ／從…來説 ／根據…來看…的話	
		からみれば		
		からみて		
		からみても		

五十音順	文法		中譯	讀書計劃
き	きり	きり～ない	／…之後，再也沒有… ／…之後就…	
く	くせして	くせして	／只不過是… ／明明只是… ／卻…	
け	げ	げ	／…的感覺 ／好像…的樣子	
こ	こと	ことから	／…是由於… ／從…來看 ／因為…	
		ことだから	／因為是…，所以…	
		ことに	／令人感到…的是…	
		ことには		
		ことなく	／不… ／不…（就）… ／不…地…	
		こともなく		
さ	ざるをえない	ざるをえない	／不得不… ／只好… ／被迫…	
し	しだい	しだい	／要看…如何 ／馬上… ／一…立即 ／…後立即…	
		しだいだ	／全憑… ／要看…而定 ／決定於…	
		しだいで		
		しだいでは		
		しだいです	／由於… ／才… ／所以…	
し	じょう	じょう	／從…來看 ／出於… ／鑑於…上	
		じょうは		
		じょうでは		
		じょうの		
		じょうも		
す	すえ	すえ	／經過…最後 ／結果… ／結局最後…	
		すえに		
		すえの		

請沿虛線裁切

五十音順	文法		中譯	讀書計劃
す	ずにはいられない	ずにはいられない	／不得不… ／不由得… ／禁不住…	
そ	そう	そうにない	／不可能… ／根本不會…	
		そうもない		
た	だけ	だけあって	／不愧是… ／也難怪…	
		だけでなく	／不只是…也… ／不光是…也…	
		だけに	／到底是… ／正因為…，所以更加… ／由於…，所以特別…	
		だけある	／到底沒白白… ／值得… ／不愧是… ／也難怪…	
		だけのことはある		
		だけましだ	／幸好 ／還好 ／好在…	
	たところが	たところが	／可是… ／然而…	
つ	っこない	っこない	／不可能… ／決不…	
	つつ	つつある	／正在…	
		つつ	／儘管… ／雖然… ／一邊…一邊…	
		つつも		
て	てかなわない	てかなわない	／…得受不了 ／…死了	
		でかなわない		
	てこそ	てこそ	／只有…才（能） ／正因為…才…	
	てしかたがない	てしかたがない	／…得不得了	
		でしかたがない		
		てしょうがない		
		でしょうがない		
		てしようがない		
		でしようがない		

五十音順	文法		中譯	讀書計劃
て	てとうぜんだ	てとうぜんだ	／難怪… ／本來就… ／…也是理所當然的	
		てあたりまえだ		
	ていられない	ていられない	／不能再… ／哪還能…	
		てはいられない		
		てられない		
		てらんない		
	てばかりはいられない	てばかりはいられない	／不能一直… ／不能老是…	
		てばかりもいられない		
	てはならない	てはならない	／不能… ／不要…	
	てまで	てまで	／到…的地步 ／甚至… ／不惜…	
		までして		
と	といえば	といえば	／談到… ／提到…就… ／說起… ／不翻譯	
		といったら		
	というと	というと	／你說… ／提到… ／要說… ／說到…	
		っていうと		
		というものだ	／也就是… ／就是…	
		というものではない	／…可不是… ／並不是… ／並非…	
		というものでもない		
と	どうにか	どうにか～ないものか	／能不能…	
		どうにか～ないものだろうか		
		なんとか～ないものか		
		なんとか～ないものだろうか		
		もうすこし～ないものか		
		もうすこし～ないものだろうか		

請沿虛線裁切

請沿虛線裁切

五十音順	文法		中譯	讀書計劃
と	とおもう	とおもうと	／原以為…，誰知是… ／覺得是…，結果果然…	
		とおもったら		
	どころ	どころか	／哪裡還… ／非但… ／簡直…	
		どころではない	／哪裡還能… ／不是…的時候 ／何止…	
	とはかぎらない	とはかぎらない	／也不一定… ／未必…	
な	ない	ないうちに	／在未…之前，… ／趁沒…	
		ないかぎり	／除非…，否則就… ／只要不…，就…	
		ないことには	／要是不… ／如果不…的話，就…	
		ないではいられない	／不能不… ／忍不住要… ／不禁要… ／不…不行 ／不由自主地…	
	ながら	ながら	／雖然…，但是… ／儘管… ／明明…卻…	
		ながらも		
に	にあたって	にあたって	／在…的時候 ／當…之時 ／當…之際	
		にあたり		
	におうじて	におうじて	／根據… ／按照… ／隨著…	
	にかかわって	にかかわって	／關於… ／涉及…	
		にかかわり		
		にかかわる		
	にかかわらず	にかかわらず	／無論…與否… ／不管…都… ／儘管…也…	
	にかぎって	にかぎって	／只有… ／唯獨…是…的 ／獨獨…	
		にかぎり		

請沿虛線裁切

五十音順	文法		中譯	讀書計劃
に	にかけては	にかけては	／在…方面 ／關於… ／在…這一點上	
	にこたえて	にこたえて	／應… ／響應… ／回答 ／回應	
		にこたえ		
		にこたえる		
	にさいし	にさいし	／在…之際 ／當…的時候	
		にさいして		
		にさいしては		
		にさいしての		
	にさきだち	にさきだち	／在…之前，先… ／預先… ／事先…	
		にさきだつ		
		にさきだって		
	にしたがって	にしたがって	／依照… ／按照… ／隨著…	
		にしたがい		
	にしたら	にしたら	／對…來說 ／對…而言	
		にすれば		
		にしてみたら		
		にしてみれば		
	にしろ	にしろ	／無論…都… ／就算…，也… ／即使…，也…	
	にすぎない	にすぎない	／只是… ／只不過… ／不過是…而已 ／僅僅是…	
	にせよ	にせよ	／無論…都… ／就算…，也… ／即使…，也… ／…也好…也好	
		にもせよ		
	にそういない	にそういない	／一定是… ／肯定是…	

請沿虛線裁切

五十音順	文法		中譯	讀書計劃
に	にそって	にそって	／沿著… ／順著… ／按照…	
		にそい		
		にそう		
		にそった		
	につけ	につけ	／一…就… ／每當…就…	
		につけて		
		につけても		
	にて	にて	／以… ／用… ／因… ／…為止	
		でもって		
	にほかならない	にほかならない	／完全是… ／不外乎是… ／其實是… ／無非是…	
	にもかかわらず	にもかかわらず	／雖然…，但是… ／儘管…，卻… ／雖然…，卻…	
ぬ	ぬき	ぬきで	／省去… ／沒有… ／如果沒有…（，就無法…） ／沒有…的話	
		ぬきに		
		ぬきの		
		ぬきには		
		ぬきでは		
ぬ	ぬく	ぬく	／穿越 ／超越 ／…做到底	
ね	ねばならない	ねばならない	／必須… ／不能不…	
		ねばならぬ		
の	のうえでは	のうえでは	／…上	
	のみならず	のみならず	／不僅…，也… ／不僅…，而且… ／非但…，尚且…	
	のもとで	のもとで	／在…之下	
		のもとに		
	のももっともだ	のももっともだ	／也是應該的 ／也不是沒有道理的	
		のはもっともだ		

五十音順	文法		中譯	讀書計劃
は	ばかり	ばかりだ	／一直…下去 ／越來越… ／只等… ／只剩下…就好了	
		ばかりに	／就因為… ／都是因為…，結果…	
	はともかく	はともかく	／姑且不管… ／…先不管它	
		はともかくとして		
	はまだしも	はまだしも	／若是…還説得過去 ／（可是）… ／若是…還算可以…	
		ならまだしも		
ふ	ぶり	ぶり	／…的樣子 ／…的狀態 ／…的情況 ／相隔…	
		っぷり		
へ	べきではない	べきではない	／不應該…	
ほ	ほど	ほどだ	／幾乎… ／簡直…	
		ほどの		
		ほど～はない	／沒有比…更…	
ま	まい	まい	／不打算… ／大概不會… ／該不會…吧	
ま	まま	まま	／就這樣…	
		まま	／隨著… ／任憑…	
		ままに		
も	も～ば～も	も～ば～も	／既…又… ／也…也…	
		も～なら～も		
	も～なら～も	も～なら～も	／…不…，…也不… ／…有…的不對，…有…的不是	
	もかまわず	もかまわず	／（連…都）不顧… ／不理睬… ／不介意…	
	もどうぜんだ	もどうぜんだ	／…沒兩樣 ／就像是…	
	もの	ものがある	／有…的價值 ／確實有…的一面 ／非常…	

請沿虛線裁切

請沿虛線裁切

五十音順	文法		中譯	讀書計劃
も	もの	ものだ	／以前… ／…就是… ／本來就該… ／應該…	
		ものなら	／如果能…的話 ／要是能…就…	
		ものの	／雖然…但是	
や	やら	やら～やら	／…啦…啦 ／又…又…	
を	を～として	を～として	／把…視為…（的） ／把…當做…（的）	
		を～とする		
		を～とした		
	をきっかけに	をきっかけに	／以…為契機 ／自從…之後 ／以…為開端	
		をきっかけにして		
		をきっかけとして		
	をけいきとして	をけいきとして	／趁著… ／自從…之後 ／以…為動機	
		をけいきに		
		をけいきにして		
を	をたよりに	をたよりに	／靠著… ／憑藉…	
		をたよりとして		
		をたよりにして		
	をとわず	をとわず	／無論…都… ／不分… ／不管…，都…	
		はとわず		
	をぬきにして	をぬきにして	／沒有…就（不能）… ／去掉… ／停止…	
		をぬきにしては		
		をぬきにしても		
		はぬきにして		
	をめぐって	をめぐって	／圍繞著… ／環繞著…	
		をめぐっては		
		をめぐる		
	をもとに	をもとに	／以…為根據 ／以…為參考 ／在…基礎上	
		をもとにして		
		をもとにした		

JLPT N2

試験問題

しけんもんだい

STS

測驗日期：___月___日

第一回

言語知識（文字、語彙）

問題1 ____の言葉の読み方として最もよいものを、1・2・3・4から一つ選びなさい。

1 天気予報では台風が今夜半に伊豆半島に上陸するそうだ。

1 ようぼう　2 よほう　3 よぼう　4 ようほう

2 資料が揃っていないので、会議を延期します。

1 えんご　2 ていき　3 えんき　4 ていご

3 将来、病気を抱えている子どもたちの世話をする仕事がしたいと思っています。

1 かかえて　2 おさえて　3 とらえて　4 かまえて

4 昨夜、サウナに入って汗をいっぱいかいた。

1 ち　2 のう　3 なみだ　4 あせ

5 この地域には工場は少なく、住宅が密集している。

1 しゅうきょ　2 じゅうたく　3 じゅうきょ　4 じゅうだく

問題２　＿＿の言葉を漢字で書くとき、最もよいものを、１・２・３・４から一つ選びなさい。

6　ちかてつの改札で、友達と待ち合わせをした。

1　地下硬　　2　地下鉄　　3　地下鋭　　4　地下決

7　自分で作った服をインターネットでうっています。

1　売って　　2　取って　　3　打って　　4　買って

8　自動車メーカーにしゅうしょくが決まった。

1　習職　　2　就職　　3　就織　　4　習織

9　おまつりで、初めて浴衣（ゆかた）を着た。

1　お祭り　　2　お際り　　3　お然り　　4　お燃り

10　自転車でアメリカ大陸をおうだんする。

1　欧段　　2　欧断　　3　横段　　4　横断

問題3　（　）に入れるのに最もよいものを、1・2・3・4から一つ選びなさい。

11　奨学（　　）をもらうために、勉強をがんばる。

1　費　　2　代　　3　料　　4　金

12　ブラジル（　　）のコーヒー豆を使用しています。

1　式　　3　入　　3　産　　4　製

13　明日までにこれを全部覚えるなんて、（　　）可能だよ。

1　非　　2　不　　3　無　　4　絶

14　勉強が嫌いな子は、授業がわからなくなって、ますます勉強嫌いになる、このように（　　）循環が続くわけです。

1　不　　2　逆　　3　悪　　4　元

15　小さくても、将来（　　）のある会社で働きたい。

1　性　　2　化　　3　力　　4　感

問題４（　　）に入れるのに最もよいものを、1・2・3・4から一つ選びなさい。

16 電波が弱くて、インターネットに（　　）できない。

1 通信　2 接続　3 連続　4 挿入

17 注文した料理がなかなか出て来なくて、（　　）した。

1 はきはき　2 めちゃくちゃ　3 ぶつぶつ　4 いらいら

18 あのラーメン屋は'（　　）より量'で、1杯500円で食べ切れないほどだ。

1 質　2 材　3 好　4 食

19 あなたの言う条件にぴったり（　　）ような仕事はありませんよ。

1 当てはまる　2 打ち合わせる　3 取り入れる　4 取り替える

20 世界の（　　）7カ国による国際会議が開催された。

1 中心　2 重要　3 主要　4 重大

21 何でも持っている彼女が（　　）。

1 もったいない　2 はなはだしい　3 うらやましい　4 やかましい

22 水力や風力、太陽の光を利用して自然（　　）を作る。

1 カロリー　2 テクノロジー　3 エネルギー　4 バランス

問題5 ＿＿の言葉に意味が最も近いものを、1・2・3・4から一つ選びなさい。

23 彼の提出した報告書はでたらめだった。

1 字が汚い　2 コピーした　3 古い　4 本当ではない

24 彼女の言うことはいつも鋭い。

1 厳しい　2 冷静だ　3 的確だ　4 ずるい

25 専門知識を身につける。

1 覚える　2 使う　3 整理する　4 伝える

26 薬のおかげで、いくらか楽になった。

1 ますます　2 ちっとも
3 少しは　4 あっという間に

27 ダイエットは、プラスの面だけではない。

1 よい　2 悪い　3 別の　4 もうひとつの

問題6　次の言葉の使い方として最もよいものを、1・2・3・4から一つ選びなさい。

28 不平

1 男性に比べて女性の賃金が低いのは、明らかに不平だ。
2 不平な道で、つまずいて転んでしまった。
3 彼は不平を言うだけで、状況を改善しようとしない。
4 試験中に不平をした学生は、その場で退室となります。

29 きっかけ

1 この映画を見たきっかけは、アクション映画が好きだからです。
2 私が女優になったのは、この映画を見たきっかけでした。
3 この映画を見たことがきっかけで、私は女優になりました。
4 この映画を見たきっかけは、涙がとまりませんでした。

30 高度

1 東京スカイツリーの高度は何メートルか、知っていますか。
2 六本木には、高度なレストランがたくさんあります。
3 ちょっと寒いので、エアコンの高度を下げてもらえませんか。
4 高度な技術は、わが国の財産です。

31 結ぶ

1 朝、鏡の前で、ひげを結ぶ。
2 くつひもを、ほどけないようにきつく結ぶ。
3 シャワーの後、ドライヤーで髪を結ぶ。
4 腰にベルトを結ぶ。

32 せっせと

1 80センチもある魚が釣れたので、せっせと家へ持って帰った。
2 親鳥は、捕まえた虫をせっせと、子どもの元に運びます。
3 こんな会社、せっせと辞めたいよ。
4 彼は、仕事中に、せっせとたばこを吸いに出て行く。

言語知識（文法）

問題７（　　）に入れるのに最もよいものを、１・２・３・４から一つ選びなさい。

33 この施設は、会員登録をしてからでないと、利用（　　）。

1　できません　　2　してください
3　となります　　4　しないでください

34 今の妻とお見合いした時は､恥ずかしい（　　）緊張する（　　）大変でした。

1　や・など　　2　とか・とか
3　やら・やら　　4　にしろ・にしろ

35 気温の変化（　　）、電気の消費量も大きく変わる。

1　に基づいて　　2　にしたがって　　3　にかかわらず　　4　に応じて

36 どんな事件でも、現場へ行って自分の目で見ないことには、読者の心に響く（　　）。

1　いい記事が書けるのだ　　2　いい記事を書くことだ
3　いい記事は書けない　　4　いい記事を書け

37 もう夜中の一時だが、明日の準備がまだ終わらないので、（　　）。

1　寝ずにはいられない　　2　眠くてたまらない
3　眠いわけがない　　4　寝るわけにはいかない

38 あの姉妹は双子（ふたご）なんです。ちょっと見た（　　）では、どっちがどっちか分かりませんよ。

1　くらい　　2　なんか　　3　とたん　　4　ばかり

39 外国へ行く時は、（　　）べきだ。

1　パスポートを持っていく　　2　その国の法律を守る
3　その国の文化を尊重する　　4　自分の習慣が当然だと思わない

40 生活習慣を（　　）限り、いくら薬を飲んでも、病気はよくなりませんよ。

1 変える　　2 変えた　　3 変えない　　4 変えなかった

41 田舎にいたころは、毎朝ニワトリの声に（　　）ていたものだ。

1 起こし　　2 起こされ　　3 起きさせ　　4 起きさせられ

42 私には、こんな難しい数学は理解（　　）。

1 できない　　2 しがたい

3 しかねる　　4 するわけにはいかない

43 事件の犯人には、心から反省して（　　）。

1 あげたい　　2 くれたい　　3 やりたい　　4 もらいたい

44 最上階のレストランからは、すばらしい夜景が（　　）よ。

1 拝見できます　　2 ごらんになれます

3 お見になれます　　4 お目にかかれます

問題8　次の文の＿★＿に入る最もよいものを、1・2・3・4から一つ選びなさい。

（問題例）

あそこで ＿＿ ＿＿ ＿★＿ ＿＿ は山田さんです。

1　テレビ　　2　見ている　　3　を　　4　人

（回答のしかた）

1. 正しい文はこうです。

あそこで ＿＿ ＿＿ ＿★＿ ＿＿ は山田さんです。
1　テレビ　　3　を　　2　見ている　　4　人

2. ＿★＿に入る番号を解答用紙にマークします。

（解答用紙）	（例）	①●③④

45 野菜が苦手な ＿＿ ＿＿ ＿★＿ ＿＿ 工夫しました。

1　ように　　2　食べて頂ける　　3　ソースの味を　　4　お子様にも

46 あの男は私と ＿＿ ＿＿ ＿★＿ ＿＿ んです。

1　とたん　　2　別れた　　3　結婚した　　4　他の女と

47 社長の話は、＿＿ ＿＿ ＿★＿ ＿＿ よくわからない。

1　上に　　2　何が　　3　長い　　4　言いたいのか

48 彼女はきれいな ＿＿ ＿＿ ＿★＿ ＿＿ 抱き上げた。

1　おぼれた　　2　のもかまわず　　3　服が汚れる　　4　子犬を

49 浴衣（ゆかた）を着て歩いていたら、＿＿＿ ＿＿＿ ＿★＿ ＿＿＿ 、びっくりしました。

1　外国人の観光客に　　　2　ほしいと言われて

3　撮らせて　　　4　写真を

問題９　次の文章を読んで、文章全体の内容を考えて、50 から 54 の中に入る最もよいものを、1・2・3・4の中から一つ選びなさい。

「読書の楽しみ」

最近の若者は、本を読まなくなったとよく言われる。2009年のOECD(注1)の調査では、日本の15歳の子どもで、「趣味としての読書をしない」という人が、44％もいるということである。

私は、若者の読書離れを非常に残念に思っている。若者に、もっと本を読んで欲しいと思っている。なぜそう思うのか。

まず、本を読むのは楽しい 50 。本を読むと、いろいろな経験ができる。行ったことがない場所にも行けるし、過去にも未来にも行くことができる。自分以外の人間になることもできる。自分の知識も 51 。その楽しみを、まず知ってほしいと思うからだ。

また、本を読むと、友達ができる。私は、好きな作家の本を次々に読むが、そうすることで、その作家を知って友達になれる 52 、その作家を好きな人とも意気投合(注2)して友達になれるのだ。

しかし、特に若者に本を読んで欲しいと思ういちばんの理由は、本を読むことで、判断力を深めて欲しいと思うからである。生きていると、どうしても困難や不幸な出来事にあう。どうしていいか分からず、誰にも相談できないようなことも 53 。そんなとき、それを自分だけに特殊なことだと捉えず、ほかの人にも起こり得ることだということを教えてくれるのは、読書の効果だと思うからだ。そして、ほかの人たちが 54 その悩みや窮地(注3)を克服したのかを参考にしてほしいと思うからである。

（注1）OECD：経済協力開発機構

（注2）意気投合：たがいの気持ちがぴったり合うこと

（注3）窮地：苦しい立場

回數

1
2
3

50

1 そうだ　2 ようだ　3 からだ　4 くらいだ

51

1 増える　2 増やす　3 増えている　4 増やしている

52

1 ばかりに　2 からには　3 に際して　4 だけでなく

53

1 起こった　2 起こってしまった
3 起こっている　4 起こるかもしれない

54

1 いったい　2 どうやら　3 どのようにして　4 どうにかして

読解

問題10　次の(1)から(4)の文章を読んで、後の問いに対する答えとして最もよいものを、1・2・3・4から一つ選びなさい。

(1)

「着物」は日本の伝統的な文化であり、今や「kimono」という言葉は世界共通語だそうである。マラウイという国の大使は、日本の着物について「身に着けるだけで気持ちが和む(注)し、周囲を華やかにする。それが日本伝統の着物の魅力である。」と述べている。

確かにそのとおりだが、それは、着物が日本の風土に合っているからである。そういう意味では、どこの国の伝統的な民族衣装も素晴らしいと言える。その国の言葉もそうだが、衣装もその国々の伝統として大切に守っていきたいものである。

（注）和む（なごむ）：穏やかになる

55　この文章の筆者の考えに合うものはどれか

1　「着物」という文化は、世界共通のものだ
2　日本の伝統的な「着物」は、世界一素晴らしいものだ
3　それぞれの国の伝統的な衣装や言語を大切に守っていきたい
4　服装は、その国の伝統を最もよくあらわすものだ

(2)

最近、若者の会話を聞いていると、「やばい」や「やば」、または「やべぇ」という言葉がいやに耳につく(注1)。もともとは「やば」という語で、広辞苑(注2)によると「不都合である。危険である。」という意味である。「こんな点数ではやばいな。」などと言う。しかし、若者たちはそんな場合だけでなく、例えば美しいものを見て感激したときも、この言葉を連発する。最初の頃はなんとも不思議な気がしたものだが、だんだんその意味というか気持ちが分かるような気がしてきた。つまり、あまりにも美しいものなどを見たときの「やばい」や「やば」は、「感激のあまり、自分の身が危ないほどである。」というような気持ちが込められた言葉なのだろう。そう考えると、なかなかおもしろい。

(注1) 耳につく：物音や声が聞こえて気になる。何度も聞いて飽きた

(注2) 広辞苑（こうじえん）：日本語国語辞典の名前

56 筆者は、若者の言葉の使い方をどう感じているか。

1　その言葉の本来の意味を間違えて使っているので、不愉快だ。

2　辞書の意味とは違う新しい意味を作り出していることに感心する。

3　その言葉の語源や意味を踏まえて若者なりに使っている点が興味深い。

4　辞書の意味と、正反対の意味で使っている点が若者らしくておもしろい。

(3)

日本の電車が時刻に正確なことは世界的に有名だが、もう一つ有名なのは、満員電車である。私たち日本人にとっては日常的な満員電車でも、これが海外の人には非常に珍しいことらしい。

こんな話を聞いた。スイスでは毎年、時計の大きな展示会があり、そこには世界中から多くの人が押し寄せる(注1)。その結果、会場に向かう電車が普通ではありえないほどの混雑状態になる。まさに、日本の朝の満員電車のようにすし詰め(注2)の状態になるのだ。すると、なぜか、関係のない人がその電車に乗りにくるというのだ。すすんで満員電車に乗りにくる気持ちは我々日本人には理解しがたいが、非常に珍しいことだからこその「ちょっとした新鮮な体験」なのだろう。

(注1) 押し寄せる：多くのものが勢いよく近づく

(注2) すし詰め：狭い所にたくさんの人が、すき間(ま)なく入っていること。

57 関係のない人がその電車に乗りにくるとあるが、なぜだと考えられるか。

1 満員電車というものに乗ってみたいから

2 電車が混んでいることを知らないから

3 時計とは関係ない展示が同じ会場で開かれるから

4 スイスの人は特に珍しいことが好きだから

(4)

アフリカの森の中で歌声が聞こえた。うなるような調子の声ではなく、音の高低がはっきりした鼻歌(注1)だったので、てっきり人に違いないと思って付近を探したのだが、誰もいなかった。実は、歌っていたのは、若い雄(注2)のゴリラだったという。

ゴリラ研究者山極寿一(やまぎわじゅいち)さんによると、ゴリラも歌を歌うそうである。どんなときに歌うのか。群れから離れて一人ぼっちになったゴリラは、他のゴリラから相手にされない。その寂しさを紛らわせ(注3)、自分を勇気づけるために歌うのだそうだ。人間と同じだ！

(注1) 鼻歌：口を閉じて軽く歌う歌

(注2) 雄：オス。男

(注3) 紛(まぎ)らわす（紛らす）：心を軽くしたり、変えたりする

58 筆者が人間と同じだ！と感じたのは、ゴリラのどんなところか。

1 音の高低のはっきりした鼻歌を歌うところ

2 若い雄が集団から離れて仲間はずれになるところ

3 一人ぼっちになると寂しさを感じるところ

4 寂しいときに自分を励ますために歌を歌うところ

(5)

以下は、田中さんが、ある企業の「アイディア商品募集」に応募した企画について、企業から来たはがきである。

田中夕子様

この度は、アイディア商品の企画をお送りくださいまして、まことにありがとうございました。田中様のアイディアによる洗濯バサミ(注1)、生活に密着(注2)したとても便利な物だと思いました。

ただ、商品化するには、実際にそれを作ってみて、実用性や耐久性(注3)、その他色々な面で試験をしなければなりません。その結果が出るまでしばらくの間お待ちくださいますよう、お願いいたします。1か月ほどでご連絡できるかと思います。

それでは、今後ともよいアイディアをお寄せくださいますよう、お願いいたします。

アイディア商会

(注1) 洗濯バサミ:洗濯物をハンガーなどに留めるために使うハサミのような道具
(注2) 密着:ぴったりと付くこと
(注3) 耐久性:長期間、壊れないで使用できること

59 このはがきの内容について、正しいものはどれか。

1 田中さんが作った洗濯バサミは、便利だが壊れやすい。
2 田中さんが作った洗濯バサミについて、これから試験をする。
3 洗濯バサミの商品化について、改めて連絡する。
4 洗濯バサミの商品化について、いいアイディアがあったら連絡してほしい。

問題 11　次の (1) から (3) の文章を読んで、後の問いに対する答えとして最もよいものを、1・2・3・4から一つ選びなさい。

(1)

「オノマトペ」とは、日本語で「擬声語（ぎせいご）」あるいは「擬態語（ぎたいご）」と呼ばれる言葉である。

「擬声語」とは、「戸をトントンたたく」「子犬がキャンキャン鳴く」などの「トントン」や「キャンキャン」で、物の音や動物の鳴き声を表す言葉である。これに対して「擬態語」とは、「子どもがすくすく伸びる」「風がそよそよと吹く」などの「すくすく」「そよそよ」で、物の様子を言葉で表したものである。

ほかの国にはどんなオノマトペがあるのか調べたことはないが、日本語のオノマトペ、特に擬態語を理解するのは、外国人には難しいのではないだろうか。擬態語そのものには意味はなく、あくまでも日本人の語感(注1)に基づいたものだからである。

ところで、このほど日本の酒類業界が、テレビのコマーシャルの中で「日本酒をぐびぐび飲む」や「ビールをごくごく飲む」の「ぐびぐび」や「ごくごく」(注2)という擬態語を使うことをやめたそうである。その擬態語を聞くと、未成年者や妊娠している人、アルコール依存症(注3)の人たちをお酒が飲みたい気分に誘うからという理由だそうである。

確かに、日本人にとっては「ぐびぐび」や「ごくごく」は、いかにもおいしそうに感じられる。お酒が好きな人は、この言葉を聞いただけで飲みたくなるにちがいない。しかし、外国人にとってはどうなのだろうか。一度外国の人に聞いてみたいものである。

（注 1）語感：言葉に対する感覚

（注 2）「ぐびぐび」や「ごくごく」：液体を勢いよく、たくさん飲む様子を表す言葉

（注 3）アルコール依存症：お酒を飲む欲求を押さえられない病気

60 次の傍線部のうち、「擬態語」は、どれか。

1 ドアをドンドンとたたく。

2 すべすべした肌。

3 小鳥がピッピッと鳴く。

4 ガラスがガチャンと割れる。

61 外国人が日本の擬態語を理解するのはなぜ難しいか。

1 擬態語は漢字やカタカナで書かれているから。

2 外国には擬態語はないから。

3 擬態語は、日本人の感覚に基づいたものだから。

4 日本人の聞こえ方と外国人の聞こえ方は違うから。

62 一度外国の人に聞いてみたいとあるが、どんなことを聞いてみたいのか。

1 「ぐびぐび」と「ごくごく」、どちらがおいしそうに感じられるかということ。

2 外国のテレビでも、コマーシャルに擬態語を使っているかということ。

3 「ぐびぐび」や「ごくごく」のような擬態語が外国にもあるかということ。

4 「ぐびぐび」や「ごくごく」が、おいしそうに感じられるかということ。

(2)

テレビなどの天気予報のマーク(注1)は、晴れなら太陽、曇りなら雲、雨なら傘マークであり、それは私たち日本人にはごく普通のことだ。だがこの傘マーク、日本独特のマークなのだそうである。どうやら、雨から傘をすぐにイメージするのは日本人の特徴らしい。私たちは、雨が降ったら当たり前のように傘をさすし、雨が降りそうだな、と思えば、まだ降っていなくても傘を準備する。しかし、欧米の人にとっては、傘はかなりのことがなければ使わないもののようだ。

あるテレビ番組で、その理由を何人かの欧米人にインタビューしていたが、それによると、「片手がふさがるのが不便」という答えが多かった。小雨(こさめ)程度ならまだいいが、大雨だったらどうするのだろう、と思っていたら、ある人の答えによると、「雨宿り(注2)をする」とのことだった。カフェに入るとか、雨がやむまで外出しないとか、雨が降っているなら出かけなければいいと、何でもないことのように言うのである。でも、日常生活ではそうはいかないのが普通だ。そんなことをしていては会社に遅刻したり、約束を破ったりすることになってしまうからだ。さらにそう尋ねたインタビュアーに対して、驚いたことに、その人は、「そんなこと、他の人もみんなわかっているから誰も怒ったりしない」と言うではないか。雨宿りのために大切な会議に遅刻しても、たいした問題にはならない、というのだ。

「ある人」がどこの国の人だったかは忘れてしまったが、あまりのおおらかさ(注3)に驚き、文化の違いを強く感じさせられたことだった。

(注1) マーク：絵であらわす印
(注2) 雨宿り：雨がやむまで、濡れないところでしばらく待つこと
(注3) おおらかさ：ゆったりとして、細かいことにとらわれない様子

63（傘マークは）日本独特のマークなのであるとあるが、なぜ日本独特なのか。

1 日本人は雨といえば傘だが、欧米人はそうではないから

2 日本人は天気のいい日でも、いつも傘を持っているから

3 欧米では傘は大変貴重なもので、めったに見かけないから

4 欧米では雨が降ることはめったにないから

64 その理由とは、何の理由か。

1 日本人が、傘を雨のマークに使う理由

2 欧米人が雨といえば傘を連想する理由

3 欧米人がめったに傘を使わない理由

4 日本人が、雨が降ると必ず傘をさす理由

65 筆者は、日本と欧米との違いをどのように感じているか。

1 日本人は雨にぬれても気にしないが、欧米人は雨を嫌っている。

2 日本人は約束を優先するが、欧米人は雨に濡れないことを優先する。

3 日本には傘の文化があるが、欧米には傘の文化はない。

4 日本には雨宿りの文化があるが、欧米には雨宿りの文化はない。

(3)

日本の人口は、2011 年以来、年々減り続けている。2014 年 10 月現在の総人口は約 1 億 2700 万で、前年より約 21 万 5000 人減少しているということである。中でも、15 ～ 64 歳の生産年齢人口は 116 万人減少。一方、65 歳以上は 110 万 2000 人の増加で、0 ～ 14 歳の年少人口の 2 倍を超え、少子高齢化がまた進んだ。（以上、総務省[注1]発表による）

なんとか、この少子化を防ごうと、日本には少子化対策担当大臣までいて対策を講じているが、なかなか子供の数は増えない。

その原因として、いろいろなことが考えられるだろうが、<u>その一つ</u>として、現代の若者たちの、自分の「個」をあまりにも重視する傾向があげられないだろうか。

ある生命保険会社の調査によると、独身者の 24% が「結婚したくない」あるいは「あまり結婚したくない」と答えたということだ。その理由として、「束縛[注2]されるのがいや」「ひとりでいることが自由で楽しい」「結婚や家族など、面倒だ」などということがあげられている。つまり、「個」の意識ばかりを優先する結果、結婚をしないのだ。したがって、子供の出生率も低くなる、という結果になっていると思われる。

しかし、この若者たちによく考えてみて欲しい。それほどまでに意識し重視しているあなたの「個」に、いったいどれほどの価値があるのかを。私に言わせれば、空虚な存在に過ぎない。他の存在があってこその「個」であり、他の存在にとって意味があるからこその「個」であると思うからだ。

（注 1）総務省：国の行政機関

（注 2）束縛：人の行動を制限して、自由にさせないこと

読解

66 日本の人口について、正しくないのはどれか。

1 2013年から2014年にかけて、最も減少したのは65歳以上の人口である。

2 近年、減り続けている。

3 65歳以上の人口は、0～14歳の人口の2倍以上である。

4 15～64歳の人口は2013年からの1年間で116万人減っている。

67 その一つとは、何の一つか。

1 少子化の対策の一つ

2 少子化の原因の一つ

3 人口減少の原因の一つ

4 現代の若者の傾向の一つ

68 筆者は、現代の若者についてどのように述べているか。

1 結婚したがらないのは無理もないことだ。

2 人はすべて結婚すべきだ。

3 人と交わることが上手でない。

4 自分自身だけを重視しすぎている。

問題12　次のAとBはそれぞれ、決断ということについて書かれた文章である。二つの文章を読んで、後の問いに対する答えとして最もよいものを、1・2・3・4から一つ選びなさい。

A

人生には、決断しなければならない場面が必ずある。職を選んだり、結婚を決めたりすることもその一つだ。そんなとき、私たちは必ずと言っていいほど迷う。そして、考え、決断する。一生懸命考えた末決断したことだから自分で納得できる。結果がどうであれ後悔することもないはずだ。

だが、本当に自分で考えて決断したことについては後悔しないだろうか。そんなことはないと思う。しかし、人間はこうして迷い考えることによって成長するのだ。自分で考え決断するということには、自分を見つめることが含まれる。それが人を成長させるのだ。決断した結果がどうであろうとそれは問題ではない。

B

自分の進路などを決断することは難しい。結果がはっきりとは見えないからだ。ある程度、結果を予測することはできる。しかし、それは、あくまでも予測に過ぎない。未来のことだから何が起こるかわからないからだ。

そんな場合、私は「考える」より「流される」ことにしている。その時の自分がしたいと思うこと、好きなことを重視する。つまり、川が流れるように自然に任せるのだ。

深く考えることもせずに決断すれば、後で後悔するのではないかと言う人がいる。しかし、それは逆である。その時の自分に正しい選択ができる力があれば、流されても後悔することはない。大切なのは、信頼できる自分を常に作っておくように心がけることだ。

69 AとBの筆者は、決断する時に大切なことは何だと述べているか。

1 AもBも、じっくり考えること

2 AもBも、あまり考えすぎないこと

3 Aはよく考えること、Bはその時の気持ちに従うこと

4 Aは成長すること、Bは自分を信頼すること

70 AとBの筆者は、決断することについてどのように考えているか。

1 Aはよく考えて決断しても後悔することがある、Bはよく考えて決断すれば後悔しないと考えている。

2 Aはよく考えて決断すれば後悔しない、Bは深く考えずに好きなことを重視して決断すれば後悔すると考えている。

3 Aは迷ったり考えたりすることで成長する、Bは決断することで信頼できる自分を作ることができると考えている。

4 Aは考えたり迷ったりすることに意味がある、Bは自分の思い通りにすればいいと考えている。

問題13　次の文章を読んで、後の問いに対する答えとして最もよいものを、1・2・3・4から一つ選びなさい。

先日たまたまラジオをつけたら、子供の貧困(注1)についての番組をやっていた。そこでは、毎日の食事さえも満足にできない子供も多く、温かい食事は学校給食のみという子供もいるということが報じられていた。

そう言えば、最近テレビや新聞などで、「子供の貧困」という言葉を見聞きすることが多い。2014年、政府が発表した貧困調査の統計によれば、日本の子供の貧困率は16パーセントで、これはまさに子供の6人に1人が貧困家庭で暮らしていることになる。街中に物があふれ、なんの不自由もなく明るい笑顔で街を歩いている人々を見ると、今の日本の社会に家庭が貧しくて食事もとれない子供たちがいるなどと想像も出来ないことのように思える。しかし、現実は、華やかに見える社会の裏側に、いつのまにか想像を超える子供の貧困化が進んでいることを私たちが知らなかっただけなのである。

今あらためて子供の貧困について考えてみると、ここ数年、経済の不況(注2)の中で失業や給与の伸び悩み(注3)、さらにまたパート社員の増加、両親の離婚により片親家庭が増加し、社会の経済格差が大きくなり、予想以上に家庭の貧困化が進んだことが最大の原因であろう。かつて日本の家庭は1億総中流と言われ、ご飯も満足に食べられない子供がいるなんて、誰が想像しただろう。

実際、貧困家庭の子供はご飯も満足に食べられないだけでなく、給食費や修学旅行の費用が払えないとか、スポーツに必要な器具を揃えられないとかで、学校でみじめな思いをして、登校しない子供が増えている。さらに本人にいくら能力や意欲があっても本を買うとか、塾に通うことなどとてもできないという子供も多くなっている。そのため入学の費用や学費を考えると、高校や大学への進学もあきらめなくてはならない子供も多く、なかには家庭が崩壊(注4)し、悪い仲間に入ってしまう子供も出てきている。

このように厳しい経済状況に置かれた貧困家庭の子供は、成人しても収入の低い仕事しか選べないのが現実である。その結果、貧困が次の世代にも繰り返されることになり、社会不安さえ引き起こしかねない。

子供がどの家に生まれたかで、将来が左右されるということは、あってはならないことである。どの子供にとってもスタートの時点では、平等な機会と選択の自由が約束されなければならないのは言うまでもない。誰もがこの「子供の貧困」が日本の社会にとって重大な問題であることを真剣に捉え、今すぐ国を挙げて積極的な対策を取らなくては、将来取り戻すことができない状況になってしまうだろう。

（注1）貧困：貧しいために生活に困ること

（注2）不況：景気が悪いこと

（注3）伸び悩み：順調に伸びないこと

（注4）崩壊：こわれること

71 誰が想像しただろうとあるが、筆者はどのように考えているか。

1 みんな想像したはずだ。

2 みんな想像したかもしれない。

3 誰も想像できなかったに違いない。

4 想像しないことはなかった。

72 貧困が次の世代にも繰り返されるとは、どういうことか。

1 貧困家庭の子供は常に平等な機会に恵まれるということ。

2 親から財産をもらえないことが繰り返されるということ。

3 次の世代でも誰も貧困から救ってくれないということ。

4 貧困家庭の子供の子供もまた貧困となるということ。

73 筆者は、子供の貧困についてどのように考えているか。

1 子供の貧困はその両親が責任を負うべきだ。

2 すぐに国が対策を立てなくては、取り返しのつかないことになる。

3 いつの時代にもあることなので、しかたがないと考える。

4 子供自身が自覚を持って生きることよりほかに対策はない。

問題14　次のページは、貸し自転車利用のためのホームページである。下の問いに対する答えとして最もよいものを1・2・3・4から一つ選びなさい。

74　外国人のセンさんは、丸山区に出張に行く３月１日の朝から３日の正午まで、自転車を借りたいと考えている。同じ自転車を続けて借りるためにはどうすればいいか。なお、泊まるのはビジネスホテルだが、近くの駐輪場を借りることができる。

1　予約をして、外国人登録証かパスポートを持ってレンタサイクル事務所の管理室に借りに行き、返す時に料金600円を払う。

2　予約をして、外国人登録証かパスポートを持ってレンタサイクル事務所の管理室に借りに行き、返す時に料金900円を払う。

3　直前に、レンタサイクル事務所に電話をして、もし自転車があれば外国人登録証かパスポートを持って借りに行く。返す時に600円を払う。

4　直前に、レンタサイクル事務所に電話をして、もし自転車があれば外国人登録証かパスポートを持って借りに行く。返す時に900円を払う。

75　山崎さんは、３月５日の午前８時から３月６日の午後10時まで自転車を借りたいが、どのように借りるのが一番安くて便利か。なお、山崎さんのマンションには駐輪場がある。

1　当日貸しを借りる。

2　当日貸しを一回と、４時間貸しを一回借りる。

3　当日貸しで二回借りる。

4　３日貸しで一回借りる。

丸山区　貸し自転車利用案内

はじめに
丸山区レンタサイクルは 26 インチを中心とする自転車を使用しています。予約はできませんので直前にレンタサイクル事務所へ連絡し、残数をご確認ください。貸し出し対象は 中学生以上で安全運転ができる方に限ります。

【利用できる方】

1. 中学生以上の方
2. 安全が守れる方

【利用時に必要なもの】

1. 利用料金
2. 身分証明書

※ 健康保険証または運転免許証等の公的機関が発行した、写真付で住所を確認できる証明書。外国人の方は、パスポートか外国人登録証を必ず持参すること。

【利用料金】

① 4 時間貸し (1 回 4 時間以内に返却)200 円
②当日貸し (1 回 当日午後 8 時 30 分までに返却) 300 円
③ 3 日貸し (1 回 72 時間以内に返却)600 円
④ 7 日貸し (1 回 168 時間以内に返却)1200 円
※ ③④の複数日貸出を希望される方は 夜間等の駐輪場が確保できる方に限ります。

貸し出しについて

場所：レンタサイクル事務所の管理室で受け付けています。
時間：午前 6 時から午後 8 時まで。
手続き：本人確認書類を提示し、レンタサイクル利用申請書に氏名住所電話番号など必要事項を記入します。(本人確認書類は住所確認できるものに限ります)

ガイド付きのサイクリングツアー「のりのりツアー」も提案しています。
¥10,000- (9：00 ～ 15：00) ガイド料、レンタル料、弁当＆保険料も含む。
● 「のりのりツアー」のお問い合わせは⇒ norinori@tripper.ne.jp へ !!
● 電動自転車レンタル「ｅバイク」のＨＰ⇒こちら

T1-1～1-8

問題1

問題１では、まず質問を聞いてください。それから話を聞いて、問題用紙の１から４の中から、最もよいものを一つ選んでください。

例

1　コート
2　傘
3　ドライヤー
4　タオル

Check □1 □2 □3

1番

1　用紙に記入する

2　着替える

3　体重や身長を計る

4　レントゲン検査を受ける

2番

1　明日、会社の車が使えるか調べる

2　部長に明日の予定をきく

3　タクシーを予約する

4　部長に店の名前と場所を伝える

3番

1　電話帳を見る

2　ペットショップに行く

3　もう一人の警官に相談する

4　女の人といっしょに高橋さんの家を探しに行く

4番

1　夕飯の準備をする

2　料理の道具を準備する

3　郵便局とガソリンスタンドに行く

4　子どもを迎えに行く

5番

1　2,260 円

2　3,390 円

3　4,050 円

4　5,370 円

問題 2

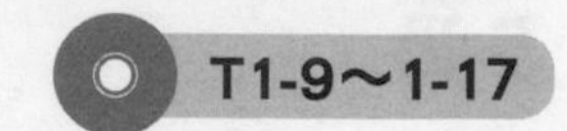

問題 2 では、まず質問を聞いてください。そのあと、問題用紙のせんたくしを読んでください。読む時間があります。それから話を聞いて、問題用紙の 1 から 4 の中から最もよいものを一つ選んでください。

例

1　残業があるから

2　中国語の勉強をしなくてはいけないから

3　会議で失敗したから

4　社長に叱られたから

1番

1　先生に推薦状を頼むのが遅かったから
2　先生が忙しい時に推薦状を頼んだから
3　何をしてほしいか話さなかったから
4　難しいことを頼んだから

2番

1　和菓子屋が閉店したことを教えてくれたから
2　和菓子屋の引っ越し先を見つけてくれたから
3　今、何時か教えてくれたから
4　西町までタクシーに乗せてくれたから

3番(ばん)

1　午前中(ごぜんちゅう)の授業(じゅぎょう)が休(やす)みになったから

2　復習(ふくしゅう)をするから

3　今日(きょう)の授業(じゅぎょう)が難(むずか)しかったから

4　ドイツ語(ご)が苦手(にがて)だから

4番(ばん)

1　デジタルカメラ

2　ジュース

3　ペットボトルの水(みず)

4　おかし

5番

1 凍った道路

2 電車やバス、飛行機の運転

3 大雪

4 寒さが厳しくなること

6番

1 映画に行くから

2 フランス料理のレストランに行くから

3 大学に行くから

4 友達とデパートに行くから

問題 3

問題3では、問題用紙に何もいんさつされていません。この問題は、全体としてどんな内容かを聞く問題です。話の前に質問はありません。まず話を聞いてください。それから、質問とせんたくしを聞いて、1から4の中から、最もよいものを一つ選んでください。

ーメモー

問題 4

T1-25～1-37

問題4では、問題用紙に何もいんさつされていません。まず文を聞いてください。それから、それに対する返事を聞いて、1から3の中から、最もよいものを一つ選んでください。

ーメモー

問題 5

問題５では、長めの話を聞きます。この問題には練習がありません。
メモをとってもかまいません。

1番、2番

問題用紙に何もいんさつされていません。まず話を聞いてください。それから、質問とせんたくしを聞いて、１から４の中から、最もよいものを一つ選んでください。

3番

まず話を聞いてください。それから、二つの質問を聞いて、それぞれ問題用紙の1から4の中から、最もよいものを一つ選んでください。

質問1

1　結婚相手との出会い方
2　夫婦が仲良く生活する方法
3　離婚率を下げる方法
4　日本の若者たちについて

質問2

1　男の人は、自分がもしその方法で結婚したら周りは驚くだろうと言っている。
2　女の人は、たくさんの人が行っている方法がいいのか、よくわからないと言っている。
3　女の人も男の人もネットで知り合えて良かったと言っている。
4　日本にも同じ調査をした方がいいと言っている。

測驗日期：___月___日

第二回

言語知識（文字、語彙）

問題１　＿＿の言葉の読み方として最もよいものを、1・2・3・4から一つ選びなさい。

1　友達に習ったメキシコ料理を、早速作ってみた。

1　そうそく　　2　さっそく　　3　そっそく　　4　さそく

2　行方不明になっていたナイフが、犯人の部屋から見つかった。

1　いくえ　　2　いきえ　　3　ゆくえ　　4　ゆきえ

3　有名人の故郷を訪ねる番組が人気だ。

1　かさねる　　2　かねる　　3　たずねる　　4　おとずねる

4　彼女は莫大な財産を相続した。

1　ざいさん　　2　さいさん　　3　さいざん　　4　ざいざん

5　このコップは、子供が持ちやすいように、デザインを工夫しています。

1　こうふ　　2　こふう　　3　くうふ　　4　くふう

問題2 ＿＿の言葉を漢字で書くとき、最もよいものを、1・2・3・4から一つ選びなさい。

6 このおもちゃはでんちで動きます。

1 電値　　2 電地　　3 電池　　4 電置

7 彼女はまっくらな部屋の中で、一人で泣いていた。

1 真っ赤　　2 真っ暗　　3 真っ黒　　4 真っ空

8 彼の無責任な発言は、ひはんされて当然だ。

1 否判　　2 批判　　3 批反　　4 否反

9 薬を飲んだが、頭痛がなおらない。

1 治らない　　2 改らない　　3 直らない　　4 替らない

10 クラスの委員長にりっこうほするつもりだ。

1 立構捕　　2 立候捕　　3 立候補　　4 立構補

問題3 （　　）に入れるのに最もよいものを、1・2・3・4から一つ選びなさい。

11 交通（　　）は全額支給します。

1 費　　2 代　　3 料　　4 金

12 その写真館は、静かな住宅（　　）の中にあった。

1 場　　2 街　　3 所　　4 区

13 彼女は責任（　　）の強い、信頼できる人です。

1 感　　2 心　　3 系　　4 値

14 健康のために、（　　）カロリーの食品は控えるようにしている。

1 大　　2 長　　3 重　　4 高

15 株で失敗して、（　　）財産を失った。

1 総　　2 多　　3 完　　4 全

問題４（　）に入れるのに最もよいものを、１・２・３・４から一つ選びなさい。

16 男女（　　）のない平等な社会を目指す。

1 分解　　2 差別　　3 区別　　4 特別

17 引っ越したいが、交通の（　　）がいいところは、家賃も高い。

1 便　　2 網　　3 関　　4 道

18 才能はあるのだから、あとは経験を（　　）だけだ。

1 招く　　2 積む　　3 寄せる　　4 盛る

19 彼がチームの皆を（　　）、とうとう決勝戦まで勝ち進んだ。

1 引き受けて　　2 引き出して　　3 引っ張って　　4 引っかけて

20 明日からの工事について、まず（　　）流れを説明します。

1 単純な　　2 微妙な　　3 勝手な　　4 大まかな

21 栄養のあるものを与えたところ、子どもの病気は（　　）回復した。

1 しばらく　　2 たちまち　　3 当分　　4 いずれ

22 （　　）は、ノーベル賞受賞のニュースを大きく報道した。

1 メディア　　2 コミュニケーション

3 プログラム　　4 アクセント

問題5 ＿＿の言葉に意味が最も近いものを、1・2・3・4から一つ選びなさい。

23 社長のお坊ちゃんが入院されたそうだよ。

1 息子　2 赤ちゃん　3 弟　4 祖父

24 近年の遺伝子研究の進歩はめざましい。

1 とても速い　2 意外だ　3 おもしろい　4 すばらしい

25 息子からの電話だと思い込んでしまいました。

1 懐かしく思い出して　2 すっかりそう思って

3 とても嬉しく思って　4 多分そうだろうと思って

26 君もなかなかやるね。

1 どうも　2 ずいぶん　3 きわめて　4 あまり

27 被害者には行政のサポートが必要だ。

1 制限　2 調査　3 支援　4 許可

問題６　次の言葉の使い方として最もよいものを、1・2・3・4から一つ選びなさい。

28　予算

1　この国立美術館は、国民の予算で建てられた。
2　私は、予算の速さにかけては、だれにも負けません。
3　旅行は、スケジュールだけでなく、予算もきちんと立てたほうがいい。
4　今度のボーナスは、全額銀行に予算するつもりだ。

29　要旨

1　昔見た映画の要旨が、どうしても思い出せない。
2　論文は、要旨をまとめたものを添付して提出してください。
3　新聞の一面には、大きな字で、ニュースの要旨が載っている。
4　彼女は、このプロジェクトの最も要旨なメンバーだ。

30　だらしない

1　彼はいつも赤やピンクの派手な服を着ていて、だらしない。
2　まだ食べられる食べ物を捨てるなんて、だらしないことをしてはいけない。
3　彼は服装はだらしないが、借りた物を返さないような男じゃないよ。
4　最近やせたので、このズボンは少しだらしないんです。

31　知り合う

1　インターネットがあれば、世界中の最新情報を知り合うことができる。
2　彼とは、留学中に、アルバイトをしていたお店で知り合った。
3　洋子さん、今、知り合っている人はいますか。
4　たとえことばが通じなくても、相手を思う気持ちは知り合うものだ。

32　口が滑る

1　つい口が滑って、話さなくていいことまで話してしまった。
2　今日はよく口が滑って、スピーチコンテストで優勝できた。
3　口が滑って、スープをテーブルにこぼしてしまった。
4　彼女は口が滑るので、信用できる。

文法

言語知識（文法）

問題7（　　）に入れるのに最もよいものを、1・2・3・4から一つ選びなさい。

33 その客は、文句を言いたい（　　）言って、帰って行った。

1 わけ　　2 こそ　　3 きり　　4 だけ

34 きちんと計算してあるのだから、設計図のとおりに作れば、完成（　　）わけがない。

1 できる　　2 できない　　3 できた　　4 できている

35 A：「このドラマ、おもしろいよ。」

B：「ドラマ（　　）、この間、原宿（はらじゅく）で女優の北川（きたがわ）さとみを見たよ。」

1 といえば　　2 といったら　　3 とは　　4 となると

36 先生のおかげで、第一希望の大学に合格（　　）。

1 したいです　　2 します　　3 しました　　4 しましょう

37 電話番号もメールアドレスも分からなくなってしまい、彼には連絡（　　）んです。

1 しかねる　　2 しようがない

3 するわけにはいかない　　4 するどころではない

38 自信を持って！実力（　　）出せれば、絶対にいい結果が出るよ。

1 こそ　　2 まで　　3 だけ　　4 さえ

39 彼がいい人なものか。（　　）。

1 君はだまされているよ　　2 ぼくも彼にはお世話になった

3 それに責任感も強い　　4 それはわからないな

40 大学を卒業して以来、（　　）。

1 友人と海外旅行に行った　　2 大学時代の彼女と結婚した

3 先生には会っていない　　4 英語はすっかり忘れてしまった

41 安い物を、無理に高く（　）店があるので、気をつけてください。

1 買われる　2 買わせる　3 売られる　4 売らせる

42 バスがなかなか来なくて、ちょっと遅れる（　）から、先にお店に行っていてください。

1 とみえる　2 しかない　3 おそれがある　4 かもしれない

43 ちょうど出発というときに、（　）、本当に助かった。

1 雨に止んでもらって　2 雨が止んでくれて

3 雨に止んでくれて　4 雨が止んでもらって

44 では、ご契約に必要な書類は、ご自宅へ（　）。

1 郵送なさいます　2 ご郵送になります

3 郵送させていただきます　4 郵送でございます

問題８　次の文の＿★＿に入る最もよいものを、１・２・３・４から一つ選びなさい。

（問題例）

あそこで ＿＿＿ ＿＿＿ ＿★＿ ＿＿＿ は山田さんです。

１ テレビ　２ 見ている　３ を　４ 人

（回答のしかた）

1. 正しい文はこうです。

あそこで ＿＿＿ ＿＿＿ ＿★＿ ＿＿＿ は山田さんです。
１ テレビ　３ を　２ 見ている　４ 人

2. ＿★＿に入る番号を解答用紙にマークします。

（解答用紙）	（例）	① ● ③ ④

45 久しぶりに息子が帰ってくるのだから、デザートは ＿＿＿ ＿＿＿ ＿★＿ ＿＿＿ 食べさせたい。

１ にしても　２ 買ってくる
３ 料理は　４ 手作りのものを

46 何度も報告書を ＿＿＿ ＿＿＿ ＿★＿ ＿＿＿ んです。

１ おかしな点に　２ 見直す　３ うちに　４ 気がついた

47 ＿＿＿ ＿＿＿ ＿★＿ ＿＿＿、連絡先は教えないことにしているんです。

１ 親しい　２ 人でない　３ 限り　４ よほど

48 さすが、＿＿＿ ＿＿＿ ＿★＿ ＿＿＿ ね。

1 速い　2 若い　3 理解が　4 だけあって

49 ずっと体調のよくない ＿＿＿ ＿＿＿ ＿★＿ ＿＿＿ どうしても行こうとしない。

1 父は　2 父を

3 病院に　4 行かせたいのだが、

問題9　次の文章を読んで、文章全体の内容を考えて、［50］から［54］の中に入る最もよいものを、1・2・3・4の中から一つ選びなさい。

「ペットを飼う」

毎年9月20日～26日は、動物愛護週間である。この機会に動物を愛護(注1)するということについて考えてみたい。

まず、人間生活に身近なペットについてだが、犬や猫［50］ペットを飼うことにはよい点がいろいろある。精神を安定させ、孤独な心をなぐさめてくれる。また、命を大切にすることを教えてくれる。ペットはまさに家族の一員である。

しかし、このところ、無責任にペットを飼う人を見かける。ペットが小さくてかわいい子供のうちは愛情を持って面倒をみるが、大きくなり、さらに老いたり［51］、ほったらかし(注2)という人たちだ。

ペットを飼ったら、ペットの一生に責任を持たなければならない。周りの人達の迷惑にならないように鳴き声やトイレに注意し、［52］ための訓練をすること、老いたペットを最後まで責任を持って介護をすることなどである。

［53］、野鳥や野生動物に対してはどうであろうか。野生動物に対して注意することは、やたらに餌を与えないことである。人間が餌を与えると、自力で生きられなくなる［54］からだ。また、餌をくれるため、人間を恐れなくなり、そのうち人間に被害を与えてしまうことも考えられる。人間の親切がかえって逆効果になってしまうのだ。餌を与えることなく、野生動物の自然な姿を見守りたいものである。

(注1) 愛護：かわいがり大切にすること

(注2) ほったらかし：かまったりかわいがったりせず、放っておくこと

50

1　といえば　2　を問わず　3　ばかりか　4　をはじめ

51

1　するが　2　しても　3　すると　4　しては

52

1　ペットが社会に受け入れる　2　社会がペットに受け入れる
3　ペットが社会に受け入れられる　4　社会がペットに受け入れられる

53

1　一方　2　そればかりか　3　それとも　4　にも関わらず

54

1　かねない　2　おそれがある　3　ところだった　4　ことはない

読解

問題 10　次の (1) から (5) の文章を読んで、後の問いに対する答えとして最もよいものを、1・2・3・4から一つ選びなさい。

(1)

漢字が片仮名（かたかな）や平仮名と違うところは、それが表意文字（注1）であるということだ。したがって、漢字や熟語を見ただけでその意味が大体わかる場合が多い。たとえば、「登」は「のぼる」という意味なので、「登山」とは、「山に登ること」だとわかる。

では、「親切」とは、どのような意味が合わさった熟語なのだろうか。「親」は、父や母のこと、「切」は、切ることなので、……と考えると、とても物騒（注2）な意味になってしまいそうだ。しかし、そこが漢字の奥深いところ（注3）で、「親」には、「したしむ」「愛する」という意味、「切」には、「心をこめて」という意味もあるのだ。つまり、「親切」とは、それらの意味が合わさった言葉で、「相手のために心を込める」といった意味なのである。

（注1）表意文字：ことばを意味の面からとらえて、一字一字を一定の意味にそれぞれ対応させた文字

（注2）物騒な：危険な感じがする様子

（注3）奥深い（おくふか）：意味が深いこと

55　漢字の奥深いところとは、漢字のどんな点か。

1　読みと意味を持っている点
2　熟語の意味がだいたいわかる点
3　複数の異なる意味を持っている点
4　熟語になると意味が想像できない点

(2)

ストレス社会といわれる現代、眠れないという悩みを持つ人は少なくない。実は、インターネットの普及も睡眠の質に悪影響を及ぼしているという。パソコンやスマートフォン、ゲーム機などの画面の光に含まれるブルーライトが、睡眠ホルモン(注1)の分泌(注2)をじゃまするというのである。寝る前にメールをチェックしたり送信したりすることは、濃いコーヒーと同じ覚醒作用(注3)があるらしい。よい睡眠のためには、気になるメールや調べ物があったとしても、寝る1時間前には電源を切りたいものだ。電源を切り、部屋を暗くして、質のいい睡眠の入口へ向かうことを心がけてみよう。

(注1)　睡眠ホルモン：体を眠りに誘う物質、体内で作られる

(注2)　分泌：作り出し押し出す働き

(注3)　覚醒作用：目を覚ますはたらき

56 筆者は、よい睡眠のためには、どうするといいと言っているか。

1 寝る前に気になるメールをチェックする

2 寝る前に熱いコーヒーを飲む

3 寝る1時間前にパソコンなどを消す

4 寝る1時間前に部屋の電気を消す

(3)

これまで、電車などの優先席[注1]の後ろの窓には「優先席付近では携帯電話の電源をお切りください。」というステッカー[注2]が貼られていた。ところが、2015 年 10 月 1 日から、JR 東日本などで、それが「優先席付近では、混雑時には携帯電話の電源をお切りください。」という呼び掛けに変わった。これまで、携帯電話の電波が心臓病の人のペースメーカー[注3]などの医療機器に影響があるとして貼られていたステッカーだが、携帯電話の性能が向上して電波が弱くなったことなどから、このように変更されることに決まったのだそうである。

（注 1）優先席：老人や体の不自由な人を優先的に腰かけさせる座席

（注 2）ステッカー：貼り紙。ポスター

（注 3）ペースメーカー：心臓病の治療に用いる医療機器

57 2015 年 10 月 1 日から、混んでいる電車の優先席付近でしてはいけないことは何か。

1 携帯電話の電源を、入れたり切ったりすること

2 携帯電話の電源を切ったままにしておくこと

3 携帯電話の電源を入れておくこと

4 ペースメーカーを使用している人に近づくこと

(4)

新聞を読む人が減っているそうだ。ニュースなどもネットで読めば済むからわざわざ紙の新聞を読む必要がない、という人が増えた結果らしい。

しかし、私は、ネットより紙の新聞の方が好きである。紙の新聞の良さは、なんといってもその一覧性(注1)にあると思う。大きな紙面だからこその迫力(注2)ある写真を楽しんだり、見出しや記事の扱われ方の大小でその重要度を知ることができたりする。それに、なんといっても魅力的なのは、思いがけない記事をふと、発見できることだ。これも大紙面を一度に見るからこその新聞がもつ楽しさだと思うのだ。

(注1) 一覧性：ざっと見ればひと目で全体がわかること

(注2) 迫力：心に強く迫ってくる力

58 筆者は、新聞のどんなところがよいと考えているか。

1 思いがけない記事との出会いがあること

2 見出しが大きいので見やすいこと

3 新聞が好きな人どうしの会話ができること

4 全ての記事がおもしろいこと

(5)

楽しければ自然と笑顔になる、というのは当然のことだが、その逆もまた真実である。つまり、笑顔でいれば楽しくなる、ということだ。これは、脳はだまされやすい、という性質によるらしい。特に楽しいとか面白いといった気分ではないときでも、ひとまず笑顔をつくると、「笑っているのだから楽しいはずだ」と脳は錯覚(注1)し、実際に気分をよくする脳内ホルモン(注2)を出すという。これは、脳が現実と想像の世界とを区別することができないために起こる現象だそうだが、ならばそれを利用しない手はない。毎朝起きたら、鏡に向かってまず笑顔を作るようにしてみよう。その日１日を楽しく気持ちよく過ごすための最初のステップになるかもしれない。

（注１）錯覚：勘違い

（注２）脳内ホルモン：脳の神経伝達物質

59 笑顔でいれば楽しくなるのはなぜだと考えられるか。

1 鏡に映る自分の笑顔を見て満足した気分になるから

2 脳が笑顔にだまされて楽しくなるホルモンを出すから

3 脳がだまされたふりをして楽しくなるホルモンを出すから

4 脳には、どんな時でも人を活気付ける性質があるから

問題11　次の(1)から(3)の文章を読んで、後の問いに対する答えとして最もよいものを、1・2・3・4から一つ選びなさい。

(1)

日本では、電車やバスの中で居眠りをしている人を見かけるのは珍しくない。だが、海外では、車内で寝ている人をほとんど見かけないような気がする。日本は比較的安全なため、眠っているからといって荷物を取られたりすることが少ないのが大きな理由だと思うが、外国人の座談会(注1)で、ある外国の人はその理由を、「寝顔を他人に見られるなんて恥ずかしいから。」と答えていた。確かに、寝ているときは意識がないのだから、口がだらしなく開いていたりして、かっこうのいいものではない。

もともと日本人は、人の目を気にする羞恥心(注2)の強い国民性だと思うのだが、なぜ見苦しい姿を多くの人に見られてまで車内で居眠りする人が多いのだろう？

それは、自分に関係のある人には自分がどう思われるかをとても気にするが、無関係の不特定多数の人たちにはどう思われようと気にしない、ということなのではないだろうか。たまたま車内で一緒になっただけで、降りてしまえば何の関係もない人たちには自分の寝顔を見られても恥ずかしくないということである。自分に無関係の多数の乗客は居ないのも同然(注3)、つまり、車内は自分一人の部屋と同じなのである。その点、車内で化粧をする女性たちの気持ちも同じなのだろう。

日本の電車やバスは人間であふれているが、人と人とは何のつながりもないということが、このような現象を引き起こしているのかもしれない。

(注1) 座談会：何人かの人が座って話し合う会

(注2) 羞恥心：恥ずかしいと感じる心

(注3) 同然：同じこと

60 日本人はなぜ電車やバスの中で居眠りをすると筆者は考えているか。

1 知らない人にどう思われようと気にならないから
2 毎日の仕事で疲れているから
3 居眠りをしていても、他の誰も気にしないから
4 居眠りをすることが恥ずかしいとは思っていないから

61 日本人はどんなときに恥ずかしさを感じると、筆者は考えているか。

1 知らない人が大勢いる所で、みっともないことをしてしまったとき
2 誰にも見られていないと思って、恥ずかしい姿を見せてしまったとき
3 知っている人や関係のある人に自分の見苦しい姿を見せたとき
4 特に親しい人に自分の部屋にいるような姿を見せてしまったとき

62 車内で化粧をする女性たちの気持ちも同じとあるが、どんな点が同じなのか。

1 すぐに別れる人たちには見苦しい姿を見せても構わないと思っている点
2 電車やバスの中は自分の部屋の中と同じだと思っている点
3 電車やバスの中には自分に関係のある人はいないと思っている点
4 電車やバスを上手に利用して時間の無駄をなくしたいと思っている点

(2)

私の父は、小さな商店を経営している。ある日、電話をかけている父を見ていたら、「ありがとうございます。」と言っては深く頭を下げ、「すみません」と言っては、また、頭を下げてお辞儀(じぎ)をしている。さらに、「いえ、いえ」と言うときには、手まで振っている。

私は、つい笑い出してしまって、父に言った。

「お父さん、電話ではこっちの姿が見えないんだから、そんなにぺこぺこ頭を下げたり手を振ったりしてもしょうがないんだよ。」と。

すると、父は、

「そんなもんじゃないんだ。電話だからこそ、しっかり頭を下げたりしないとこっちの心が伝わらないんだよ。それに、心からありがたいと思ったり、申し訳ないと思ったりすると、自然に頭が下がるものなんだよ。」と言う。

考えてみれば確かにそうかもしれない。電話では、相手の顔も体の動きも見えず、伝わるのは声だけである。しかし、まっすぐ立ったままお礼を言うのと、頭を下げながら言うのとでは、同じ言葉でも伝わり方が違うのだ。聞いている人には、<u>それ</u>がはっきり伝わる。

見えなくても、いや、「見えないからこそ、しっかり心を込めて話す」ことが、電話の会話では大切だと思われる。

63 筆者は、電話をかけている父を見て、どう思ったか。

1 相手に見えないのに頭を下げたりするのは、みっともない。

2 もっと心を込めて話したほうがいい。

3 頭を下げたりしても相手には見えないので、なんにもならない。

4 相手に気持ちを伝えるためには、じっと立ったまま話すほうがいい。

64 それとは、何か。

1 お礼を言っているのか、謝っているのか。

2 本当の心か、うその心か。

3 お礼の心が込もっているかどうか。

4 立ったまま話しているのか、頭を下げているのか。

65 筆者は、電話の会話で大切なのはどんなことだと言っているか。

1 お礼を言うとき以外は、頭を下げないこと。

2 相手が見える場合よりかえって心を込めて話すこと。

3 誤解のないように、電話では、言葉をはっきり話すこと。

4 相手が見える場合と同じように話すこと。

(3)

心理学[(注1)]の分析方法のひとつに、人の特徴を五つのグループに分け、すべての人はこの五タイプのどこかに必ず入る、というものがある。五つのタイプに優劣はなく、それは個性や性格と言い換えてもいいそうだ。

面白いのは、自分はこのグループに当てはまると判断した自らの評価と、人から評価されたタイプは一致しないことが多い、という事実である。「あなたって、こういう人よね。」と言われたとき、自分では思ってもみない内容に驚くことがあるが、つまりはそういうケース[(注2)]である。

どうも、自分の真実の姿は自分で思うほどわかっていない、と考えたほうがよさそうだ。

しかし、自分が思っているようには他人に見えていなくても、それは別に悪いことではない。逆に、「そう見られているのはなぜか？」と考えて、［　　　］を知る手助けとなるからである。

学校や会社の組織を作る場合、この五つのグループの全員が含まれるようにすると、その組織は安定するとのこと。異なるタイプが存在する組織のほうが、問題が起こりにくく、組織自体が壊れるということも少ないそうだ。

やはり、いろいろな人がいてこその世の中、ということだろうか。それにしても、自分がどのグループに入ると人に思われているのか、気になるところだ。また周りの人がどのグループのタイプなのか、つい分析してしまう自分に気づくことが多いこの頃である。

(注1) 心理学：人の意識と行動を研究する科学

(注2) ケース：例。場合

66 そういうケースとは、例えば次のどのようなケースのことか。

1 自分では気が弱いと思っていたが、友人に、君は積極的だね、と言われた。

2 自分では計算が苦手だと思っていたが、テストでクラス１番になった。

3 自分では大雑把な性格だと思っていたが、友人にまさにそうだね、と言われた。

4 自分は真面目だと思っていたが、友人から、君は真面目すぎるよ、と言われた。

67 ［　　　］に入る言葉は何か。

1 心理学

2 五つのグループ

3 自分自身

4 人の心

68 いろいろな人がいてこその世の中とはどういうことか。

1 個性の強い人を育てることが、世の中にとって大切だ。

2 優秀な人より、ごく普通の人びとが、世の中を動かしている。

3 世の中は、お互いに補い合うことで成り立っている。

4 世の中には、五つだけではなくもっと多くのタイプの人がいる。

問題 12　次のＡとＢはそれぞれ、職業の選択について書かれた文章である。二つの文章を読んで、後の問いに対する答えとして最もよいものを、1・2・3・4から一つ選びなさい。

A

職業選択の自由がなかった時代には、武士の子は武士になり、農家の子は農業に従事した。好き嫌いに関わらず、それが当たり前だったのである。

では、現代ではどうか。全く自由に職業を選べる。医者の息子が大工になろうが、その逆だろうが、その人それぞれの個性によって、自由になりたいものになることができる。

しかし、世の中を見てみると、意外に親と同じ職業を選んでいる人たちがいることに気づく。特に芸術家と呼ばれる職業にそれが多いように思われる。例えば歌手や俳優や伝統職人といわれる人たちである。それらの人たちは、やはり、音楽や芸能の先天的(注1)な才能を親から受け継いでいるからに違いない。

B

職業の選択が全く自由であるにもかかわらず、親と同じ職業についている人が意外に多いのが政治家である。例えば二世議員とよばれる人たちで、現在の日本でいえば、国会議員や大臣たちに、親の後を継いでいる人が多い。これにはいつも疑問を感じる。

政治家に先天的な能力などあるとは思えないし、二世議員たちを見ても、それほど政治家に向いている性格とも思えないからだ。(注2)

考えてみると、日本の国会議員や大臣は、国のための政治家とは言え、出身地など、ある地域と強く結びついているからではないだろうか。お父さんの議員はこの県のために力を尽くしてくれた。(注3)だから息子や娘のあなたも我が県のために働いてくれるだろう、という期待が地域の人たちにあって、二世議員を作っているのではないだろうか。それは、国会議員の選び方として、ちょっと違うような気がする。

(注1) 先天的：生まれたときから持っている
(注2) ～に向いている：～に合っている
(注3) 力を尽くす：精一杯努力する

69 AとBの文章は、どのような職業選択について述べているか。

1 AもBも、ともに自分の興味のあることを優先させた選択
2 AもBも、ともに周囲の期待に応えようとした選択
3 Aは親とは違う道を目指した選択、Bは地域に支えられた選択
4 Aは自分の力を活かした選択、Bは他に影響された選択

70 親と同じ職業についている人について、AとBの筆者はどのように考えているか。

1 AもBも、ともに肯定的である。
2 AもBも、ともに否定的である。
3 Aは肯定的であるが、Bは否定的である。
4 Aは否定的であるが、Bは肯定的である。

問題 13　次の文章を読んで、後の問いに対する答えとして最もよいものを、1・2・3・4から一つ選びなさい。

このところ日本の若者が内向きになってきている、つまり、自分の家庭や国の外に出たがらない、という話を見聞きすることが多い。事実、海外旅行などへの関心も薄れ、また、家の外に出てスポーツなどをするよりも家でゲームをして過ごす若者が多くなっていると聞く。

大学進学にしても安全第一、親の家から通える大学を選ぶ者が多くなっているし、就職に際しても自分の住んでいる地方の公務員や企業に就職する者が多いということだ。

これは海外留学を目指す若者についても例外ではない。例えば 2008、9 年を見ると、アメリカへ留学する学生の数は中国の３分の 1、韓国の半分の３万人に過ぎず、その差は近年ますます大きくなっている。世界に出て活躍しようという夢があれば、たとえ家庭に経済的余裕がなくても何とかして自分の力で留学できるはずだが、そんな意欲的な若者が少なくなってきている。こんなことでは日本の将来が心配だ。日本の将来は、若者の肩にかかっているのだから。

いったい、若者はなぜ内向きになったのか。

日本の社会は、今、確かに少子化や不況など数多くの問題に直面しているが、私はこれらの原因のほかに、パソコンやスマートフォンなどの電子機器の普及も原因の一つではないかと思っている。

これらの機器があれば、外に出かけて自分の体を動かして遊ぶより、家でゲームをやるほうが手軽だし、楽である。学校で研究課題を与えられても、自分で調べることをせず、インターネットからコピーして効率(注1)よく作成してしまう。つまり、電子機器の普及によって、自分の体、特に頭を使うことが少なくなったのだ。何か問題があっても、自分の頭で考え、解決しようとせず、パソコンやスマホで答えを出すことに慣らされてしまっている。それで何の不自由もないし、第一、楽なのだ。

このことは、物事を自分で追及したり判断したりせず、最後は誰かに頼ればいいという安易な考えにつながる、つまり物事に対し［　　　　］な受け身の姿勢になってしまうことを意味する。中にいれば誰かが面倒を見てくれるし、まるで、暖かい日なた(注2)にいるように心地よい。なにもわざわざ外に出て困難に立ち向かう必要はない、若者たちはそう思うようになるのではないだろうか。こんな傾向が、若者を内向きにしている原因の一つではないかと思う。

では、この状況を切り開く方法、つまり、若者をもっと前向きに元気にするにはどうすればいいのか。

若者の一人一人が安易に機器などに頼らず、自分で考え、自分の力で問題を解決するように努力することだ。そのためには、社会や大人たちが若者の現状をもっと真剣に受け止めることから始めるべきではないだろうか。

(注1) 効率：使った労力に対する、得られた成果の割合

(注2) 日なた：日光の当たっている場所

71 日本の若者が内向きになってきているとあるが、この例ではないものを次から選べ。

1 家の外で運動などをしたがらない。
2 安全な企業に就職する若者が多くなった。
3 大学や就職先も自分の住む地方で選ぶことが多い。
4 外国に旅行したり留学したりする若者が少なくなった。

72 ＿＿＿＿に入る言葉として最も適したものを選べ。

1 経済的
2 意欲的
3 消極的
4 積極的

73 この文章で筆者が問題にしている若者の現状とはどのようなことか。

1 家の中に閉じこもりがちで、外でスポーツなどをしなくなったこと。
2 経済的な不況の影響を受けて、海外に出ていけなくなったこと。
3 日本の将来を託すのが心配な若者が増えたこと。
4 電子機器に頼りがちで、その悪影響が出てきていること。

読解

問題14　次のページは、図書館のホームページである。下の問いに対する答えとして最もよいものを1・2・3・4から一つ選びなさい。

74　山本さんは、初めてインターネットで図書館の本を予約する。まず初めにしなければならないことは何か。なお、図書館の利用者カードは持っているし、仮パスワードも登録してある。

1　図書館でインターネット予約のための図書館カードを申し込み、その時に受付でパスワードを登録する。

2　図書館のパソコンで、図書館カードを申し込んだときの仮パスワードを、自分の好きなパスワードに変更する。

3　図書館のカウンターで、図書館カードを申し込んだ時の仮パスワードを、自分の好きなパスワードに変更してもらう。

4　パソコンか携帯電話で、図書館カードを申し込んだときの仮パスワードを、自分の好きなパスワードに変更する。

75　予約した本を受け取るには、どうすればいいか。

1　ホームページにある「利用照会」で、受け取れる場所を確認し、本を受け取りに行く。

2　図書館からの連絡を待つ。

3　予約をした日に、図書館のカウンターに行く。

4　予約をした翌日以降に、図書館カウンターに電話をする。

星川町図書館 HOME PAGE

インターネット予約の事前準備　仮パスワードから本パスワードへの変更　予約の手順、予約の取消しと変更の手順　貸出・予約状況の照会　パスワードを忘れたら

address: www2.hoshikawa.jp

星川町図書館 HOME PAGE

星川町図書館へようこそ

インターネット予約の事前準備

インターネットで予約を行うには、利用者カードの番号とパスワード登録が必要です。

1. 利用者カードをお持ちの人

利用者カードをお持ちの人は、受付時に仮登録している仮パスワードをお好みのパスワードに変更してください。

2. 利用者カードをお持ちでない人

利用者カードをお持ちでない人は、図書館で利用者カードの申込書に記入して申し込んでください。
その受付時に仮パスワードを仮登録して、利用者カードを発行します。

仮パスワードから本パスワードへの変更

仮パスワードから本パスワードへの変更は、利用者のパソコン・携帯電話で行っていただきます。

パソコン・携帯電話からのパスワードの変更及びパスワードを必要とするサービスをご利用いただけるのは、図書館で仮パスワードを発行した日の翌日からです。

パソコンで行う場合 →こちらをクリック
携帯電話で行う場合　http://www2.hoshikawa.jp/xxxv.html#yoyakub
携帯電話ウェブサイトにアクセス後、利用者登録情報変更ボタンをクリックして案内に従ってください。

★使用できる文字は、半角で、数字・アルファベット大文字・小文字の４～８桁です。記号は使用することはできません。

インターネット予約の手順

①蔵書検索から予約したい資料を検索します。
②検索結果一覧から書名をクリックし ″予約カートへ入れる″ をクリックします。
③利用者カードの番号と本パスワードを入力し、利用者認証ボタンをクリックします。
④受取場所・ご連絡方法を指定し、″予約を申し込みます″ のボタンをクリックの上、″予約申し込みをお受けしました″ の表示が出たら、予約完了です。
⑤なお、インターネット予約には、若干時間がかかりますので、あらかじめご了承ください。
⑥予約された資料の貸出準備が整いましたら、図書館から連絡します。

インターネット予約の取消しと変更の手順

貸出・予約状況の照会の方法

パスワードを忘れたら

★利用者カードと本人確認ができるものを受付カウンターに提示してください。新たにパスワートをお知らせしますので、改めて本パスワードに変更してください。パスワードの管理は自分で行ってください。

T2-1～2-8

問題1

問題1では、まず質問を聞いてください。それから話を聞いて、問題用紙の1から4の中から、最も よいものを一つ選んでください。

例

1　コート

2　傘

3　ドライヤー

4　タオル

1番

1　本社にFAXを送る。

2　本社にFAXを送ってもらう。

3　山口さんにFAXが届いていないことを説明する。

4　福田さんに今日の宴会の場所と時間を聞く。

2番

1　店の外の掃除

2　店の床の掃除

3　棚の整理

4　トイレの掃除

3番

1　電車が動くのを待っている

2　タクシーで行く

3　バスで行く

4　近くの別の電車の駅まで歩く

4番

1　夕飯を食べる

2　勉強をする

3　お風呂に入る

4　野球の練習をする

5番(ばん)

1　新(あたら)しいパソコンを買(か)う

2　自分(じぶん)でパソコンを直(なお)す

3　パソコンを分解(ぶんかい)して調(しら)べてもらう

4　パソコンの修理(しゅうり)を頼(たの)む

もんだい 問題 2

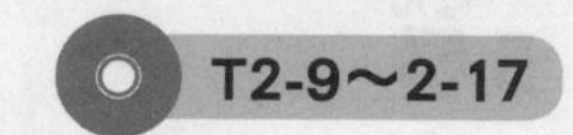

問題2では、まず質問を聞いてください。そのあと、問題用紙のせんたくしを読んでください。読む時間があります。それから話を聞いて、問題用紙の1から4の中から最もよいものを一つ選んでください。

例

1　残業があるから

2　中国語の勉強をしなくてはいけないから

3　会議で失敗したから

4　社長に叱られたから

1番

1　会議の準備をしていなかったから

2　お客さんに失礼なことを言ったから

3　女性社員に相談しないで仕事を引き受けたから

4　仕事を手伝わなかったから

2番

1　買った品物の値段が間違っていたから

2　買った品物をもらわなかったから

3　買い忘れたものがあったから

4　他の人のレシートをもらっていたから

3番

1　疲れたから

2　誰かに噂をされたから

3　仕事をし過ぎて睡眠不足だから

4　サッカーの試合を観ていて睡眠不足になったから

4番

1　自宅に泥棒が入ったから

2　泥棒とまちがえられたから

3　コンビニでパンを盗んだから

4　夜遅い時間に一人で歩いていたから

5番

1　クリスマス
2　父の日
3　母の日
4　子どもの日

6番

1　会社の仕事が終わっていないから
2　会社に書類を取りに行くから
3　会社に誰も来ていないから
4　会社に警備員が来たから

問題 3

問題３では、問題用紙に何もいんさつされていません。この問題は、全体としてどんな内容かを聞く問題です。話の前に質問はありません。まず話を聞いてください。それから、質問とせんたくしを聞いて、１から４の中から、最もよいものを一つ選んでください。

ーメモー

もんだい 問題 4

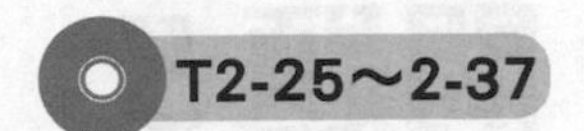

問題4では、問題用紙に何もいんさつされていません。まず文を聞いてください。それから、それに対する返事を聞いて、1から3の中から、最もよいものを一つ選んでください。

ーメモー

問題5

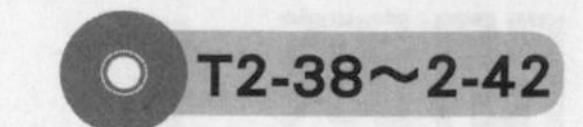

問題５では、長めの話を聞きます。この問題には練習がありません。
メモをとってもかまいません。

１番、２番

問題用紙に何もいんさつされていません。まず話を聞いてください。それから、質問とせんたくしを聞いて、１から４の中から、最もよいものを一つ選んでください。

―メモ―

3番

まず話を聞いてください。それから、二つの質問を聞いて、それぞれ問題用紙の1から4の中から、最もよいものを一つ選んでください。

質問1

1 泣いている人の映画を見せて、ストレス解消をさせるビジネス。

2 感動的な話や映画をみせて病気を治すビジネス。

3 イベントや出張サービスで涙を流させるビジネス。

4 悲しいことがあった人の会社に行って、涙をふくビジネス。

質問2

1 男の人も女の人も、必要がないと思っている。

2 男の人はこのサービスに興味がないが、女の人は興味がある。

3 男の人も女の人もこのサービスに興味がある。

4 男の人はこのサービスに興味があるが、女の人は興味がない。

第三回

言語知識（文字、語彙）

問題1　＿＿の言葉の読み方として最もよいものを、1・2・3・4から一つ一選びなさい。

1　円と直線を使って、図形を書く。

1　とがた　　2　ずがた　　3　とけい　　4　ずけい

2　遊園地で、迷子になった。

1　まいご　　2　まいこ　　3　めいご　　4　めいこ

3　下りのエスカレーターはどこにありますか。

1　おり　　2　したり　　3　さがり　　4　くだり

4　封筒に切手をはって出す。

1　ふうと　　2　ふうとう　　3　ふとう　　4　ふと

5　この道は一方通行です。

1　いちほう　　2　いっぼう　　3　いっぽう　　4　いちぼう

問題２ ＿＿の言葉を漢字で書くとき、最もよいものを、1・2・3・4から一つ選びなさい。

6 北海道を一周した。いどう距離は、2000 kmにもなった。

1 移動　2 移働　3 違動　4 違働

7 いのるような気持ちで、夫の帰りを待ちました。

1 税る　2 祈る　3 怒る　4 祝る

8 踏切（ふみきり）のじこで、電車が止まっている。

1 事庫　2 事誤　3 事枯　4 事故

9 いつもおごってもらうから、今日はわたしにはらわせて。

1 払わせて　2 抜わせて　3 抱わせて　4 仏わせて

10 商品の販売方法について、部長にていあんしてみた。

1 程案　2 丁案　3 提案　4 停案

問題３（　　）に入れるのに最もよいものを、1・2・3・4から一つ選びなさい。

11 運転免許（　　）を拝見します。

1 状　　2 証　　3 書　　4 紙

12 バイト（　　）をためて、旅行に行きたい。

1 代　　2 金　　3 費　　4 賃

13 面接を始めます。あいうえお（　　）にお呼びします。では、赤井さんからどうぞ。

1 式　　2 法　　3 的　　4 順

14（　　）大型の台風が、日本列島に接近しています。

1 高　　2 別　　3 超　　4 真

15 しっかりやれ！と励ましたつもりだったが、彼には（　　）効果だったようだ。

1 悪　　2 逆　　3 不　　4 反

問題4（　　）に入れるのに最もよいものを、1・2・3・4から一つ選びなさい。

16 あなたのストレス（　　）の方法を教えてください。

1 修正　2 削除　3 消去　4 解消

17 京都の祇園（ぎおん）祭りは、1000年以上の歴史を持つ（　　）的な祭りです。

1 観光　2 永遠　3 伝統　4 行事

18 どんな一流の選手も、数えきれないほどの困難を（　　）来たのだ。

1 打ち消して　2 乗り越えて　3 飛び出して　4 突っ込んで

19 その場に（　　）服装をすることは、大切なマナーだ。

1 豪華な　2 ふさわしい　3 みっともない　4 上品な

20 まだ席があるかどうか、電話で（　　）をした。

1 問い合わせ　2 問いかけ　3 聞き出し　4 打ち合わせ

21 会社の経営方針については、改めて（　　）話し合いましょう。

1 きっぱり　2 すっかり　3 どっさり　4 じっくり

22 この本には、命を大切にしてほしいという子どもたちへの（　　）が詰まっている。

1 インタビュー　2 モニター　3 ミーティング　4 メッセージ

文字・語彙

問題５　＿＿の言葉に意味が最も近いものを、１・２・３・４から一つ選びなさい。

23　君の考え方は、世間では通用しないよ。

1　会社　　2　社会　　3　政府　　4　海外

24　彼の強気な態度が、周囲に敵を作っているようだ。

1　派手な　　2　乱暴な　　3　ユーモアがある　　4　自信がある

25　農薬を使わずに栽培したものを販売しています。

1　育てた　　2　生まれた　　3　取った　　4　成長した

26　今月は残業が多くて、もうくたくただ。

1　くよくよ　　2　のろのろ　　3　ひやひや　　4　へとへと

27　このような事件に対する人々の反応には、大きく分けて３つのパターンがある。

1　場　　2　型　　3　点　　4　題

問題6　次の言葉の使い方として最もよいものを、1・2・3・4から一つ選びなさい。

28　リサイクル

1　環境のために、資源のリサイクルを徹底すべきだ。
2　ペットボトルのふたも、大切なリサイクルです。
3　天気のいい日は、妻と郊外までリサイクルするのが楽しみだ。
4　人間は、少しリサイクルした状態のほうが、いい考えが浮かぶそうだ。

29　検索

1　工場の機械が故障して、検索作業に半日かかった。
2　このテキストは、後ろに、あいうえお順の検索がついていて便利だ。
3　行方不明の子どもの検索は、明け方まで続けられた。
4　わからないことばは、インターネットで検索して調べている。

30　あいまいな

1　事件の夜、黒い服のあいまいな男が駅の方に走って逃げるのを見ました。
2　首相のあいまいな発言に、国民は失望した。
3　今日は、一日中、あいまいな天気が続くでしょう。
4　A社は、海外のあいまいな会社と取引をしていたそうだ。

31　震える

1　台風が近づいているのか、木の枝が左右に震えている。
2　公園で、子猫が雨に濡れて、震えていた。
3　昨夜の地震で、震えたビルの窓ガラスが割れて、通行人がけがをした。
4　コンサート会場には、美しいバイオリンの音が震えていた。

32　気が小さい

1　兄は気が小さい。道が渋滞すると、すぐに怒り出す。
2　つき合い始めて、まだ一カ月なのに、もう結婚の話をするなんて、気が小さいのね。
3　迷惑をかけた上司に謝りに行くのは、本当に気が小さいことだ。
4　私は気が小さいので、社長に反対意見を言うなんて、とても無理だ。

Check □1 □2 □3

言語知識（文法）

問題7（　　）に入れるのに最もよいものを、1・2・3・4から一つ選びなさい。

33 彼は（　　）ばかりか、自分の失敗を人のせいにする。

1 失敗したことがない　　2 めったに失敗しない

3 失敗してもいい　　4 失敗しても謝らない

34 このアパートは、建物が古いの（　　）、明け方から踏切の音がうるさくて、がまんできない。

1 を問わず　　2 にわたって　　3 はともかく　　4 といっても

35 姉はアニメのこととなると、（　　）。

1 食事も忘れてしまう　　2 何でも知っている

3 絵もうまい　　4 同じ趣味の友達がたくさんいる

36 先進国では、少子化（　　）労働人口が減少している。

1 について　　2 によって　　3 にとって　　4 において

37 このワイン、（　　）にしてはおいしいね。

1 値段　　2 高級　　3 材料　　4 半額

38 渋滞しているね。これじゃ、午後の会議に（　　）かねないな。

1 遅れ　　2 早く着き　　3 間に合い　　4 間に合わない

39 あなたが謝る（　　）ですよ。ちゃんと前を見ていなかった彼が悪いんですから。

1 ものがない　　2 ことがない　　3 ものはない　　4 ことはない

40 彼女は、家にある材料だけで、びっくりするほどおいしい料理を（　）んです。

1　作ることができる　　2　作り得る
3　作るにすぎない　　4　作りかねない

41 あなたはたしか、調理師の免許を（　）。

1　持っていたよ　　2　持っていたね
3　持っているんだ　　4　持っていますか

42 男は、最愛の妻（　）、生きる希望を失った。

1　が死なれて　　2　が死なせて　　3　に死なれて　　4　に死なせて

43 あなたにはきっと幸せになって（　）と思っております。

1　あげたい　　2　いただきたい　　3　くださりたい　　4　さしあげたい

44 先輩の結婚式に（　）ので、来週、休ませていただけませんか。

1　出席したい　　2　ご出席したい
3　出席されたい　　4　ご出席になりたい

問題８　次の文の＿★＿に入る最もよいものを、１・２・３・４から一つ選びなさい。

（問題例）

あそこで ＿＿ ＿＿ ＿★＿ ＿＿ は山田さんです。

１　テレビ　　２　見ている　　３　を　　４　人

（回答のしかた）

1. 正しい文はこうです。

あそこで ＿＿ ＿＿ ＿★＿ ＿＿ は山田さんです。
１　テレビ　　３　を　　２　見ている　　４　人

2. ＿★＿に入る番号を解答用紙にマークします。

（解答用紙）　（例）　①●③④

45 人生は長い。＿＿ ＿＿ ＿★＿ ＿＿ よ。

１　からといって　　２　わけではない

３　君の人生が終わった　　４　女の子にふられた

46 ＿＿ ＿＿ ＿★＿ ＿＿、とうとう競技場が完成した。

１　３年　　２　建設工事　　３　にわたる　　４　の末

47 ここから先は、車で行けない以上、＿＿ ＿＿ ＿★＿ ＿＿。

１　より　　２　ほかない　　３　歩く　　４　荷物を持って

48 ＿＿ ＿＿ ＿★＿ ＿＿ が守れないとはどういうことだ。

１　大人　　２　ルールを守っているのに

３　小さな子供　　４　でさえ

49 「君が入社したの ＿＿＿ ＿＿＿ ＿★＿ ＿＿＿。」

「去年の９月です。」

1 だった　　2 いつ　　3 っけ　　4 って

回数

1

2

3

問題9　次の文章を読んで、文章全体の内容を考えて、50 から 54 の中に入る最もよいものを、1・2・3・4の中から一つ選びなさい。

「自販機大国日本」

お金を入れるとタバコや飲み物が出てくる機械を自動販売機、略して自販機というが、日本はその普及率が世界一と言われる 50 、自販機大国だそうである。外国人はその数の多さに驚くとともに、自販機の機械そのものが珍しいらしく、写真に撮っている人もいるらしい。

それを見た渋谷(注1)のある商店の店主が面白い自販機を考えついた。 51 、日本土産が購入できる自販機である。その店主は、タバコや飲み物の自動販売機に、自分で手を加えて作ったそうである。

その自販機では、手ぬぐい(注2)やアクセサリーなど、日本の伝統的な品物や日本らしい絵が描かれた小物を販売している。値段は1,000円前後で、店が閉まった深夜でも利用できるそうである。利用者はほとんど外国人で、「治安の良い日本ならでは」、「これぞジャパンテクノロジー(注3)だ」などと、評判も上々のようである。

商店が閉まった夜中でも買えるという点では、たしかに便利だ。 52 、買い忘れた人へのお土産を簡単に買うことができる点でもありがたいにちがいない。しかし、一言の言葉 53 物が売られたり買われたりすることにはどうも抵抗がある。特に日本の伝統的な物を外国の人に売る場合はなおのことである。例えば手ぬぐいなら、それは顔や体を拭くものであることを言葉で説明し、 54 、「ありがとう」と心を込めてお礼を言う。それが買ってくれた人への礼儀ではないかと思うからだ。

(注1) 渋谷：東京の地名
(注2) 手ぬぐい：日本式のタオル
(注3) テクノロジー：技術

50

1 ほどの　2 だけの　3 からには　4 ものなら

51

1 さらに　2 やはり　3 なんと　4 というと

52

1 つまり　2 それに　3 それに対して　4 なぜなら

53

1 もなしに　2 だけに　3 もかまわず　4 を抜きにしては

54

1 買えたら　2 買ってあげたら
3 買ってもらえたら　4 買ってあげられたら

読解

問題10　次の(1)から(5)の文章を読んで、後の問いに対する答えとして最もよいものを、1・2・3・4から一つ選びなさい。

(1)

日本には、「大和言葉（やまとことば）」という、昔から日本にあった言葉がある。例えば、「たそがれ」などという言葉もその一つである。辺りが薄暗くなって、人の見分けがつかない夕方のころを指す。もともと、「たそ（＝誰だろう）、かれ（＝彼は）」からできた言葉である。「たそがれどき、川のほとり(注1)を散歩した。」というように使う。「夕方薄暗くなって人の姿もよくわからないころに…」と言うより、日本語としての美しさもあり、ぐっと趣(注2)がある。周りの景色まで浮かんでくる感じがする。新しい言葉を取り入れることも大事だが、一方、<u>昔からある言葉を守り、子孫に伝えていく</u>ことも大切である。

（注1）ほとり：近いところ、そば

（注2）趣（おもむき）：味わい。おもしろみ。

55　筆者はなぜ、<u>昔からある言葉を守り、子孫に伝えていく</u>べきだと考えているか。

1　昔からある言葉には、多くの意味があるから。
2　昔からある言葉のほうが、日本語として味わいがあるから。
3　昔からある言葉は、新しい言葉より簡単で使いやすいから。
4　新しい言葉を使うと、相手に失礼な印象を与えてしまうことがあるから。

(2)

アメリカの海洋大気局(注)の調べによると、2015年、地球の1～7月の平均気温が14.65度と、1880年以降で最も高かったということである。この夏、日本でも厳しい暑さが続いたが、地球全体でも気温が高くなる地球温暖化が進んでいるのである。

南アメリカのペルー沖で、海面の温度が高くなるエルニーニョ現象が続いているので、大気の流れや気圧に変化が出て、世界的に高温になったのが原因だとみられる。このため、エジプトでは8月中に100人の人が暑さのために死亡したほか、インドやパキスタンでも3,000人以上の人が亡くなった。また、アルプスの山では、氷河が異常な速さで溶けていると言われている。

(注) 海洋大気局（かいようたいききょく）：世界各地の気候のデータを集めている組織

56 2015年、1～7月の地球の平均気温について、正しくないものを選べ。

1 アメリカの海洋大気局が調べた記録である。
2 7月の平均気温が14.65度で、最も高かった。
3 1～7月の平均気温が1880年以来最も高かった。
4 世界的に高温になった原因は、南米ペルー沖でのエルニーニョ現象だと考えられる。

(3)

ある新聞に、英国人は屋外が好きだという記事があった。そして、その理由として、タバコが挙げられていた。日本には建物の中にも喫煙室というものがあるが、英国では、室内は完全禁煙だそうである。したがって、愛煙家は戸外に出るほかはないのだ。道路でタバコを吸いながら歩く人をよく見かけるそうで、見ていると、吸い殻(すいがら)はそのまま道路にポイと(注1)投げ捨てているということだ。この行為はもちろん英国でも違法(注2)なのだが、なんと、吸い殻集めを仕事にしている人がいて、吸い殻だらけのきたない道路は、いつの間にかきれいになるそうである。

(注1) ポイと：吸殻を投げ捨てる様子

(注2) 違法：法律に違反すること

57 英国では、道路でタバコを吸いながら歩く人をよく見かけるとあるが、なぜか。

1 英国人は屋外が好きだから

2 英国には屋内にタバコを吸う場所がないから

3 英国では、道路にタバコを投げ捨ててもいいから

4 吸い殻(すいがら)集めを仕事にしている人がいるから

(4)

電子書籍が登場してから、紙に印刷された出版物との共存が模索されている。(注1)紙派・電子派とも、それぞれ主張はあるようだ。

紙の本にはその本独特の個性がある。使われている紙の質や文字の種類・大きさ、ページをめくる(注2)時の手触りなど、紙でなければ味わえない魅力は多い。しかし、電子書籍の便利さも見逃せない。旅先で読書をしたり調べ物をしたりしたい時など、紙の本を何冊も持っていくことはできないが、電子書籍なら機器を一つ持っていけばよい。それに、画面が明るいので、暗いところでも読みやすいし、文字の拡大が簡単にできるのは、目が悪い人や高齢者には助かる機能だ。このように、それぞれの長所を理解して臨機応変(注3)に使うことこそ、今、必要とされているのであろう。

(注1) 共存を模索する：共に存在する方法を探す
(注2) めくる：次のページにする
(注3) 臨機応変（りんきおうへん）：変化に応じてその時々に合うように

58 電子書籍と紙の本について、筆者はどう考えているか。

1 紙の本にも長所はあるが、便利さの点で、これからは電子書籍の時代になるだろう
2 電子書籍には多くの長所もあるが、短所もあるので、やはり紙の本の方が使いやすい
3 特徴をよく知ったうえで、それぞれを使い分けることが求められている
4 どちらにも長所、短所があり、今後の進歩が期待される

(5)

舞台の演出家(注1)が言っていた。演技上、俳優の意外な一面を期待する場合でも、その人の普段まったくもっていない部分は、たとえそれが演技の上でもうまく出てこないそうだ。普段が面白くない人は舞台でも面白くなれないし、いい意味で裏がある(注2)人は、そういう役もうまく演じられるのだ。どんなに立派な俳優でも、その人の中にその部分がほんの少しもなければ、やはり演じることは難しい。同時に、いろいろな役を見事にこなす演技派(注3)と呼ばれる俳優は、それだけ人間のいろいろな面を自身の中に持っているということになるのだろう。

(注1) 演出家：演技や装置など、全体を考えてまとめる役割の人
(注2) 裏がある：表面には出ない性格や特徴がある
(注3) 演技派：演技がうまいと言われている人たち

59 演技派と呼ばれる俳優とはどんな人のことだと筆者は考えているか。

1 演出家の期待以上の演技ができる人
2 面白い役を、面白く演じることができる人
3 自分の中にいろいろな部分を持っている人
4 いろいろな人とうまく付き合える人

問題11　次の(1)から(3)の文章を読んで、後の問いに対する答えとして最もよいものを、1・2・3・4から一つ選びなさい。

(1)

あるイギリスの電気製品メーカーの社長が言っていた。「日本の消費者は世界一厳しいので、日本人の意見を取り入れて開発しておけば、どの国でも通用する」と。しかしこれは、日本の消費者を褒めているだけではなく、そこには ＿＿＿ もこめられているように思う。

例えば、掃除機について考えてみる。日本人の多くは、使うときにコード(注1)を引っ張り出し、使い終わったらコードは本体内にしまうタイプに慣れているだろう。しかし海外製品では、コードを収納する機能がないものが多い。使う時にはまた出すのだから、出しっぱなし(注2)でいい、という考えなのだ。メーカー側にとっても、コードを収納する機能をつけるとなると、それだけスペースや部品が必要となり、本体が大きくなったり重くなったりするため、そこまで重要とは考えていない。しかし、コード収納がない製品は日本ではとても不人気だったとのこと。掃除機を収納する時には、コードが出ていないすっきりした状態でしまいたいのが日本人なのだ。

また掃除機とは、ゴミを吸い取って本体の中の一か所にまとめて入れる機械だが、そのゴミスペースへのこだわり(注3)に、国民性ともいえる違いがあって興味深い。日本人は、そこさえも、洗えたり掃除できたりすることを重要視する人が多いそうだ。ゴミをためる場所であるから、よごれるのが当たり前で、洗ってもまたすぐによごれるのだから、それほどきれいにしておく必要はない。きれいにするのは掃除をする場所であって、掃除機そのものではない。性能に違いがないのなら、そのままでいいではないか、というのが海外メーカーの発想である。

この違いはどこから来るのだろうか？日本人が必要以上に完璧主義(注4)なのか、細かいことにうるさいだけなのか、気になるところである。

（注1）コード：電気器具をコンセントにつなぐ線

（注2）出しっぱなし：出したまま

（注3）こだわり：小さいことを気にすること　強く思って譲らないこと

（注4）完璧（かんぺき）主義：完全でないと許せない主義

60 文章中の［　　］に入る言葉を次から選べ。

1 冗談

2 感想

3 親切

4 皮肉

61 コード収納がない製品は日本ではとても不人気だったのはなぜか。

1 日本人は、コード収納部分がよごれるのをいやがるから。

2 日本人は、コードを掃除機の中に入れてすっきりとしまいたがるから。

3 日本人は、コードを掃除機本体の中にしまうのを面倒だと思うから。

4 日本人は、コード収納がない掃除機を使い慣れているから。

62 この違いとは、何か。

1 日本人のこだわりと海外メーカーの発想の違い。

2 日本人のこだわりと外国人のこだわりの違い。

3 日本人の好みと海外メーカーの経済事情。

4 掃除機に対する日本人の潔癖性と、海外メーカーの言い訳。

(2)

電車に乗って外出した時のことである。たまたま一つ空いていた優先席に座っていた私の前に、駅で乗り込んできた高齢の女性が立った。日本に留学して２年目で、優先席のことを知っていたので、立ってその女性に席を譲ろうとした。すると、その人は、小さな声で「次の駅で降りるので大丈夫」と言ったのだ。それで、それ以上はすすめず、私はそのまま座席に座っていた。しかし、その後、次の駅でその人が降りるまで、とても困ってしまった。優先席に座っている自分の前に高齢の女性が立っている。席を譲ろうとしたけれど断られたのだから、私は責められる立場ではない。しかし、周りの乗客の手前、なんとも居心地が悪い(注1)。みんなに非難(注2)されているような感じがするのだ。「あの女の子、お年寄りに席も譲らないで、…外国人は何にも知らないのねぇ」という声が聞こえるような気がするのだ。どうしようもなく、私は読んでいる本に視線を落として、周りの人達も彼女の方も見ないようにしていた。

さて、次の駅にそろそろ着く頃、このまま下を向いていようかどうしようか、私は、また悩んでしまった。すると、降りる時にその女性がポンと軽く私の肩に触れて言ったのだ。周りの人達にも聞こえるような声で、「ありがとね」と。

このひとことで、私はすっきりと救われた気がした。「いいえ、どういたしまして」と答えて、私たちは気持ちよく電車の外と内の人となった。

実際には席に座らなくても、席を譲ろうとしたことに対してお礼が言える人。簡単なひとことを言えるかどうかで、相手も自分もほっとする。周りの空気も変わる。たったこれだけのことなのに、その日は一日なんだか気分がよかった。

（注１）居心地：その場所にいて感じる気持ち

（注２）非難：責めること。

63 居心地が悪いのは、なぜか。

1 席を譲ろうとしたのに、高齢の女性に断られたから。

2 高齢の女性に席を譲ったほうがいいかどうか、迷っていたから。

3 高齢の女性と目を合わせるのがためらわれたから。

4 優先席で席を譲らないことを、乗客に責められているように感じたから。

64 高齢の女性は、どんなことに対してお礼を言ったのか。

1 筆者が席を譲ってくれたこと。

2 筆者が席を譲ろうとしたこと。

3 筆者が知らない自分としゃべってくれたこと。

4 筆者が次の駅まで本を読んでいてくれたこと。

65 簡単なひとこととは、ここではどの言葉か。

1 「どうぞ。」

2 「次の駅で降りるので大丈夫。」

3 「ありがとね。」

4 「いいえ、どういたしまして。」

(3)

日本では、旅行に行くと、近所の人や友人、会社の同僚などにおみやげを買ってくることが多い。

「みやげ」は「土産」と書くことからわかるように、もともと「その土地の産物」という意味である。昔は、交通機関も少なく、遠い所に行くこと自体が珍しく、また、困難なことも多かったので、遠くへ行った人は、その土地の珍しい産物を「みやげ」として持ち帰っていた。しかし、今は、誰でも気軽に旅行をするし、どこの土地にどんな産物があるかという情報もみんな知っている。したがって、どこに行っても珍しいものはない。

にも関わらず、おみやげの習慣はなくならない。それどころか、今では、当たり前の決まりのようになっている。おみやげをもらった人は、自分が旅行に行った時もおみやげを買わなければと思い込む。そして、義務としてのおみやげ選びのために思いのほか時間をとられることになる。せっかく行った旅先で、おみやげ選びに貴重な時間を使うのは、もったいないし、ひどく面倒だ。そのうえ、海外だと帰りの荷物が多くなるのも心配だ。

この面倒をなくすために、日本の旅行会社では、うまいことを考え出した。それは、旅行者が海外に行く前に、日本にいながらにしてパンフレットで外国のお土産を選んでもらい、帰国する頃、それをその人の自宅に送り届けるのである。

確かに、これを利用すればおみやげに関する悩みは解決する。しかし、こんなことまでして、おみやげって必要なのだろうか。その辺を考え直してみるべきではないだろうか。

旅行に行ったら、何よりもいろいろな経験をして見聞(注)を広めることに時間を使いたい。自分のために好きなものや記念の品を買うのはいいが、義務や習慣として人のためにおみやげを買う習慣そのものを、そろそろやめてもいいのではないかと思う。

(注) 見聞：見たり聞いたりして得る知識

66 「おみやげ」とは、もともとどんな物だったか。

1 お世話になった近所の人に配る物
2 その土地でしか買えない高価な物
3 どこの土地に行っても買える物
4 旅行をした土地の珍しい産物

67 うまいことについて、筆者はどのように考えているか。

1 貴重なこと
2 意味のある上手なこと
3 意味のない馬鹿げたこと
4 面倒なこと

68 筆者は、旅行で大切なのは何だと述べているか。

1 自分のために見聞を広めること
2 記念になるおみやげを買うこと
3 自分のために好きなものを買うこと
4 その土地にしかない食べ物を食べること

問題 12　次の A と B はそれぞれ、子育てについて書かれた文章である。二つの文章を読んで、後の問いに対する答えとして最もよいものを、1・2・3・4 から一つ選びなさい。

A

　ファミリーレストランの中で、それぞれ 5、6 歳の幼児を連れた若いお母さんたちが食事をしていた。お母さんたちはおしゃべりに夢中。子供たちはというと、レストランの中を走り回ったり、大声を上げたり、我が物顔(注1)で暴れまわっていた。

　そのとき、一人で食事をしていた中年の女性がさっと立ち上がり、子供たちに向かって言った。「静かにしなさい。ここはみんながお食事をするところですよ。」それを聞いていた４人のお母さんたちは「すみません」の一言もなく、「さあ、帰りましょう。騒ぐとまたおばちゃんに怒られるわよ。」と言うと、子供たちの手を引き、中年の女性の顔をにらむようにして、レストランを出ていった。

　少子化が問題になっている現代、子育て中の母親を、周囲は温かい目で見守らなければならないが、母親たちも社会人としてのマナーを守って子供を育てることが大切である。

B

若い母親が赤ちゃんを乗せたベビーカーを抱えてバスに乗ってきた。その日、バスは少し混んでいたので、乗客たちは、明らかに迷惑そうな顔をしながらも何も言わず、少しずつ詰め合ってベビーカーが入る場所を空けた。赤ちゃんのお母さんは、申しわけなさそうに小さくなって、ときどき、周囲の人たちに小声で「すみません」と謝っている。

その時、そばにいた女性が赤ちゃんを見て、「まあ、かわいい」と声を上げた。周りにいた人達も思わず赤ちゃんを見た。赤ちゃんは、周りの人達を見上げてにこにこ笑っている。とたんに、険悪(注2)だったバスの中の空気が穏やかなものに変わったような気がした。赤ちゃんのお母さんも、ホッとしたような顔をしている。

少子化が問題になっている現代において最も大切なことは、子供を育てているお母さんたちを、周囲が温かい目で見守ることではないだろうか。

（注 1）我が物顔：自分のものだというような遠慮のない様子

（注 2）険悪：人の気持ちなどが険しく悪いこと

69 AとBのどちらの文章でも問題にしているのは、どんなことか。

1 子供を育てる上で大切なのはどんなことか。

2 少子化問題を解決するにあたり、大切なことは何か。

3 小さい子供をどのように叱ったらよいか。

4 社会の中で子供を育てることの難しさ。

70 AとBの筆者は、若い母親や周囲の人に対して、どう感じているか。

1 AもBも、若い母親に問題があると感じている。

2 AもBも、周囲の人に問題があると感じている。

3 Aは若い母親と周囲の人の両方に問題があると感じており、Bはどちらにも問題はないと感じている。

4 Aは若い母親に問題があると感じており、Bは母親と子供を温かい目で見ることの大切さを感じている。

読解

問題 13　次の文章を読んで、後の問いに対する答えとして最もよいものを、1・2・3・4から一つ選びなさい。

最近、電車やバスの中で携帯電話やスマートフォンに夢中な人が多い。それも眼の前の2、3人ではない。ひどい時は一車両内の半分以上の人が、周りのことなど関係ないかのように画面をじっと見ている。

先日の夕方のことである。その日、私は都心まで出かけ、駅のホームで帰りの電車を待っていた。私の右隣りの列には、学校帰りの鞄（かばん）を抱えた3、4人の高校生が大声で話しながら並んでいた。しばらくして電車が来た。私はこんなうるさい学生達と一緒に乗るのはいやだなと思ったが、次の電車までは時間があるので待つのも面倒だと思い電車に乗り込んだ。

車内は結構混んでいた。席はないかと探したが空いておらず、私はしょうがなく立つことになった。改めて車内を見渡すと、先ほどの学生達はいつの間にか皆しっかりと座席を確保しているではないか。

彼等は席に座るとすぐに一斉にスマートフォンをポケットから取り出し、操作を始めた。お互いにしゃべるでもなく指を動かし、画面を見ている。真剣そのものだ。

周りを見ると若者だけではない。車内の多くの人がスマートフォンを動かしている。どの人も他人のことなど気にもせず、ただ自分だけの世界に入ってしまっているようだ。聞こえてくるのは、ただガタン，ゴトンという電車の音だけ。以前は、車内は色々な人の話し声で賑やかだったのに、全く様子が変わってしまった。どうしたというのだ。これが今の若者なのか。これは駄目だ、<u>日本の将来が心配になった</u>。

ガタンと音がして電車が止まった。停車駅だ。ドアが開くと何人かの乗客が勢いよく乗り込んできた。そしてその人達の最後に、重そうな荷物を抱えた白髪（しらが）頭の老人がいた。老人は少しふらふらしながらなんとかつり革(注)につかまろうとしたが、うまくいかない。すると少し離れた席にいたあの学生達が一斉に立ちあがったのだ。そしてその老人に「こちらの席にどうぞ」と言うではないか。私は驚いた。先ほどまで他人のことなど全く関心がないように見えた学生達がそんな行動を取るなんて。

老人は何度も「ありがとう。」と礼を言いながら、ほっとした様子で席に座った。席を譲った学生達は互いに顔を見合わせにこりとしたが、立ったまま、またすぐに自分のスマートフォンに眼を向けた。

私はこれを見て、少しほっとした。これなら日本の若者達にも、まだまだ期待が持てそうだと思うと、うれしくなった。そして相変わらずスマートフォンに夢中の学生達が、なんだか素敵に見えて来たのだった。

(注) つり革：電車で立つときに、転ばないためにつかまる道具

71 筆者が日本の将来が心配になったのは、どんな様子を見たからか。

1 半数以上の乗客が携帯やスマートフォンを使っている様子。
2 高校生が大声でおしゃべりをしている様子。
3 全ての乗客が無言で自分の世界に入り込んでいる様子。
4 いち早く座席を確保し、スマートフォンに夢中になっている若者の様子。

72 「日本の将来が心配になった」気持ちは、後にどのように変わったか。

1 日本は将来おおいに発展するに違いない。
2 日本を背負う若者たちに望みをかけてもよさそうだ。
3 将来、スマートフォンなど不要になりそうだ。
4 日本の将来は若者たちに任せる必要はなさそうだ。

73 スマートフォンに夢中の学生達が、なんだか素敵に見えて来たのはなぜか。

1 スマートフォンに夢中でも、きちんと挨拶することができるから。
2 スマートフォンに代わる便利な機器を発明することができそうだから。
3 やるべき時にはきちんとやれることがわかったから。
4 何事にも夢中になれることがわかったから。

読解

問題14　右のページは、宅配便会社のホームページである。下の問いに対する答えとして最もよいものを1・2・3・4から一つ選びなさい。

74　ジェンさんは、友達に荷物を送りたいが、車も自転車もないし、重いので一人で持つこともできない。どんな方法で送ればいいか。

1　近くのコンビニに運ぶ。

2　取扱店に持って行く。

3　集荷サービスを利用する。

4　近くのコンビニエンスストアの店員に来てもらう。

75　横山さんは、なるべく安く荷物を送りたいと思っている。送料1,200円の物を送る場合、一番安くなる方法はどれか。

1　近くの営業所に自分で荷物を持って行って現金で払う。

2　近くのコンビニエンスストアに持って行ってクレジットカードで払う。

3　ペンギンメンバーズ電子マネーカードにチャージし、荷物を家に取りに来てもらって電子マネーで払う。

4　ペンギンメンバーズ電子マネーカードにチャージして、近くのコンビニか営業所に持って行き、電子マネーで払う。

回数

1

2

3

address: http://www.pengin.co.jp

ペンギン運輸

宅配便の出し方

◉ 営業所へのお持ち込み

お客様のご利用しやすい、最寄りの宅配便営業所よりお荷物を送ることができます。一部商品を除くペンギン運輸の全ての商品がご利用いただけます。お持ち込みいただきますと、お荷物1個につき100円を割引きさせていただきます。

➡ お近くの営業所は、**ドライバー・営業所検索へ**

◉ 取扱店・コンビニエンスストアへのお持ち込み

お近くの取扱店とコンビニエンスストアよりお荷物を送ることができます。看板・旗のあるお店でご利用ください。お持ち込みいただきますと、お荷物1個につき100円を割引きさせていただきます。

※ 一部店舗では、このサービスのお取り扱いはしておりません。

※ コンビニエンスストアではクール宅配便(注1)はご利用いただけません。
ご利用いただけるサービスは、宅配便発払い・着払い、ゴルフ・スキー宅配便、空港宅配便、往復宅配便、複数口宅配便、ペンギン便発払い・着払いです。(一部サービスのお取り扱いができない店がございます。)

➡ 宅配便をお取り扱いしている主なコンビニエンスストア様は、**こちら**

(注1) クール宅配便:生ものを送るための宅配便

◉ 集荷(注2)サービス

インターネットで、またはお電話でお申し込みいただければ、ご自宅まで担当セールスドライバーが、お荷物を受け取りにうかがいます。お気軽にご利用ください。

➡ インターネットでの集荷お申し込みは、**こちら**
➡ お電話での集荷お申し込みは、**こちら**

(注2) 集荷:荷物を集めること

☞ 料金の精算方法

運賃や料金のお支払いには、現金のほかにペンギンメンバー割引・電子マネー・回数券もご利用いただけます。

※クレジットカードでお支払いいただくことはできません

ペンギンメンバーズ会員(登録無料)のお客様は、ペンギンメンバーズ電子マネーカードにチャージしてご利用いただけるペンギン運輸の電子マネー「ペンギンメンバー割」が便利でオトクです。「ペンギンメンバー割」で宅配便運賃をお支払いいただくと、運賃が10%割引となります。

電子マネー ペンギンメンバーズ電子マネーカード以外にご利用可能な電子マネーは、**こちら**

T3-1～3-8

問題1

問題1では、まず質問を聞いてください。それから話を聞いて、問題用紙の1から4の中から、最もよいものを一つ選んでください。

例

1　コート

2　傘

3　ドライヤー

4　タオル

1番

1 熱いコーヒー

2 熱いお茶

3 ジュース

4 冷たいコーヒー

2番

1 工場で新製品を作っている

2 会議の資料を印刷している

3 写真をとっている

4 新製品発表の準備をしている

3番

1　ラーメン屋の列に並んで待つ

2　寿司屋を探す

3　寿司屋を見に行く

4　寿司屋に電話する

4番

1　報告書を日本語に翻訳する

2　中国語で報告書を書く

3　本社に連絡して正しい資料をもらう

4　計算をやり直す

5番(ばん)

1 今(いま)

2 明日(あした)の午前中(ごぜんちゅう)

3 今夜(こんや)

4 明日(あした)の午後(ごご)

問題 2

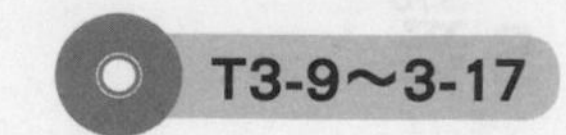

問題 2 では、まず質問を聞いてください。そのあと、問題用紙のせんたくしを読んでください。読む時間があります。それから話を聞いて、問題用紙の 1 から 4 の中から最もよいものを一つ選んでください。

例

1　残業があるから
2　中国語の勉強をしなくてはいけないから
3　会議で失敗したから
4　社長に叱られたから

1番

1　バスで田舎に行く

2　電車で田舎に行く

3　女の人の妹の車で帰る

4　ホテルに泊まる

2番

1　土曜日に買い物に連れて行って欲しいと頼んだ。

2　土曜日に乃木山に連れて行って欲しいと頼んだ。

3　土曜日、一緒にキャンプをして欲しいと頼んだ。

4　土曜日に温泉に連れて行って欲しいと頼んだ。

3番

1　ゼミの発表の準備をしていたから

2　隣の家でパーティをしていたから

3　隣の子の泣き声で朝早く起きたから

4　アルバイトに行っていたから

4番

1　花屋

2　本屋

3　文房具屋

4　時計屋

5番(ばん)

1　中学生(ちゅうがくせい)

2　中学(ちゅうがく)の先生(せんせい)

3　会社員(かいしゃいん)

4　中学生(ちゅうがくせい)の親(おや)

6番(ばん)

1　晴(は)れ

2　曇(くも)りときどき晴(は)れ

3　曇(くも)りときどき雨(あめ)

4　雨(あめ)

問題 3

問題 3 では、問題用紙に何もいんさつされていません。この問題は、全体としてどんな内容かを聞く問題です。話の前に質問はありません。まず話を聞いてください。それから、質問とせんたくしを聞いて、1 から 4 の中から、最もよいものを一つ選んでください。

ーメモー

問題（もんだい） 4

T3-25～3-37

問題（もんだい）4では、問題用紙（もんだいようし）に何（なに）もいんさつされていません。まず文（ぶん）を聞（き）いてください。それから、それに対（たい）する返事（へんじ）を聞（き）いて、1から3の中（なか）から、最（もっと）もよいものを一（ひと）つ選（えら）んでください。

ーメモー

もんだい 問題 5

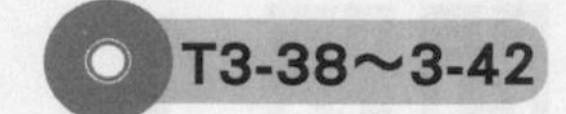

問題5では、長めの話を聞きます。この問題には練習がありません。
メモをとってもかまいません。

1番、2番

問題用紙に何もいんさつされていません。まず話を聞いてください。それから、質問とせんたくしを聞いて、1から4の中から、最もよいものを一つ選んでください。

ーメモー

3番

まず話を聞いてください。それから、二つの質問を聞いて、それぞれ問題用紙の1から4の中から、最もよいものを一つ選んでください。

質問1

1 怒ることについて

2 管理について

3 忘れることについて

4 ストレスについて

質問2

1 怒った後はすっきりするので、必要はない

2 いつも冷静なので、あまり必要ではない

3 アンガーマネージメントをするとストレスが増える

4 アンガーマネージメントができればストレスが減る

解答

第1回正答表

●言語知識（文字・語彙・文法）・読解

問題1

1	2	3	4	5
2	3	1	4	2

問題2

6	7	8	9	10
2	1	2	1	4

問題3

11	12	13	14	15
4	3	2	3	1

問題4

16	17	18	19	20	21	22
2	4	1	1	3	3	3

問題5

23	24	25	26	27
4	3	1	3	1

問題6

28	29	30	31	32
3	3	4	2	2

問題7

33	34	35	36	37	38	39	40	41	42	43	44
1	3	2	3	4	1	3	3	2	1	4	2

問題8

45	46	47	48	49
1	4	2	1	3

問題9

50	51	52	53	54
3	1	4	4	3

問題10

55	56	57	58	59
3	3	1	4	3

問題11

60	61	62	63	64	65	66	67	68
2	3	4	1	3	2	1	2	4

問題 12

69	70
3	4

問題 13

71	72	73
3	4	2

問題 14

74	75
3	4

●聴解

問題 1

例	1	2	3	4	5
4	2	2	1	3	1

問題 2

例	1	2	3	4	5	6
2	1	2	1	4	1	3

問題 3

例	1	2	3	4	5
2	4	1	3	2	3

問題 4

例	1	2	3	4	5	6	7	8	9	10	11
3	1	3	1	1	3	1	1	2	2	1	2

問題 5

1	2	3	
		質問 1	質問 2
3	1	1	3

第 2 回 正答表

解答

●言語知識（文字・語彙・文法）・読解

問題 1

1	2	3	4	5
2	3	3	1	4

問題 2

6	7	8	9	10
3	2	2	1	3

問題 3

11	12	13	14	15
1	2	1	4	4

問題 4

16	17	18	19	20	21	22
2	1	2	3	4	2	1

問題 5

23	24	25	26	27
1	4	2	2	3

問題 6

28	29	30	31	32
3	2	3	2	1

問題 7

33	34	35	36	37	38	39	40	41	42	43	44
4	2	1	3	2	4	1	3	2	4	2	3

問題 8

45	46	47	48	49
3	1	2	3	4

問題 9

50	51	52	53	54
4	3	3	1	2

問題 10

55	56	57	58	59
3	3	3	1	2

問題 11

60	61	62	63	64	65	66	67	68
1	3	2	3	3	2	1	3	3

問題 12

69	70
4	3

問題 13

71	72	73
2	3	4

問題 14

74	75
4	2

●聴解

問題 1

例	1	2	3	4	5
4	2	2	4	1	3

問題 2

例	1	2	3	4	5	6
2	3	4	4	4	3	2

問題 3

例	1	2	3	4	5
2	4	3	4	3	1

問題 4

例	1	2	3	4	5	6	7	8	9	10	11
3	1	1	3	2	2	1	1	1	3	2	1

問題 5

1	2	3	
		質問 1	質問 2
4	4	3	4

解答

第 3 回 正答表

●言語知識（文字・語彙・文法）・読解

問題 1

1	2	3	4	5
4	1	4	2	3

問題 2

6	7	8	9	10
1	2	4	1	3

問題 3

11	12	13	14	15
2	1	4	3	2

問題 4

16	17	18	19	20	21	22
4	3	2	2	1	4	4

問題 5

23	24	25	26	27
2	4	1	4	2

問題 6

28	29	30	31	32
1	4	2	2	4

問題 7

33	34	35	36	37	38	39	40	41	42	43	44
4	3	1	2	4	1	4	1	2	3	2	1

問題 8

45	46	47	48	49
3	2	1	2	1

問題 9

50	51	52	53	54
1	3	2	1	3

問題 10

55	56	57	58	59
2	2	2	3	3

問題 11

60	61	62	63	64	65	66	67	68
4	2	1	4	2	3	4	3	1

問題 12

69	70
2	4

問題 13

71	72	73
4	2	3

問題 14

74	75
3	4

●聴解

問題 1

例	1	2	3	4	5
4	2	4	3	3	1

問題 2

例	1	2	3	4	5	6
2	4	2	3	4	1	1

問題 3

例	1	2	3	4	5
2	2	3	3	4	4

問題 4

例	1	2	3	4	5	6	7	8	9	10	11
3	1	2	3	1	1	2	1	2	1	3	2

問題 5

1	2	3	
		質問 1	質問 2
4	3	1	4

聴解スクリプト

（M：男性　F ：女性）

日本語能力試験聴解 N2　第一回

問題 1

例

レストランで店員と客が話しています。客は店員に何を借りますか。

M：コートは、こちらでお預かりします。こちらの番号札をお持ちになってください。

F：じゃあこのカバンもお願いします。ええと、傘は、ここに置いといてもいいですか。

M：はい、こちらでお預かりします。

F：だいぶ濡れてるんですけど、いいですか。

M：はい、そのままお預かりします。お客様、よろしければ、ドライヤーをお使いになりますか。

F：ハンカチじゃだめなので、何かふくものをお借りできれば…。ドライヤーはいいです。ふくだけでだいじょうぶです。

客は店員に何を借りますか。

1 番

保健センターの職員と男の人が話しています。男の人はこの後何をしますか。

M：こんにちは。今日予約していた三浦と申しますが…。

F：こんにちは。健康診断のご予約の方ですね。まず、こちらの用紙に必要なことを書いてお待ちください。

M：これは家に届いていたので、記入して来ました。

F：ありがとうございます。では、体重や身長などを計りますので、その前に着替えをお願いします。それが済んだらレントゲン検査になります。

M：はい、わかりました。

F：用意ができましたらお呼びしますので、着替えをされたらあちらのソファーでお待ちください。

男の人はこの後何をしますか。

2番

会社で女の人と男の人が話をしています。男の人はこの後、まず何をしなければなりませんか。

F：明日の予約、だいじょうぶ。

M：はい。7時から、日本料理の店を予約してあります。

F：明日は雨になるかもしれないって天気予報で言っていたけれど、会社の車を使うわけにはいかないからタクシーも予約をしておいてね。

M：はい。タクシーは2台ですね。6人だと。

F：ああ、私は行けない、部長は別の場所から行くかも。明日の予定、聞いてみて。そうすると会社から行くのは4人ね。あ、部長が一人で行くようなら、店の名前と場所をちゃんと伝えておいてね。

M：わかりました。

男の人はこの後まず、何をしなければなりませんか。

3番

交番で警察官と女の人が話しています。警察官はこの後、何をしますか。

F：あのう、この近くに高橋さんというお宅はないでしょうか。

M：高橋さん。下のお名前か、住所はお分かりですか。

F：住所は…ちょっと…わからないんですけど、高橋はなさんです。大きい犬がいるんですけど。

M：大きい犬ですか…。この辺だと…どこかなあ。もうじき、もう一人の警官がパトロールから戻って来るので聞いてみますよ。待ってる間、ちょっと電話帳、見てみましょう。

F：すみませんねえ。

M：いいですよ。で、わからなかったら…うーん、そこのペットショップの人が知ってるかもしれませんね。いっしょに行きましょう。

警察官はこの後、何をしますか。

4番

男の人と女の人がキャンプの準備をしています。女の人はこれから何をしますか。

M：着るものは足りるかな。子どもたち、川で遊ぶから絶対びしょびしょになるよ。シャツもっと買っとく？

F：うーん、まあ、乾かせばいいよ。わざわざ新しい服を買うこともないでしょう。夏だし、一泊だけだし。

M：じゃ、あとは料理の道具か。

F：うん。そっちの準備はお願い。今から郵便局のついでに、車にガソリンをいれてくるから。

M：ちょっと待ってよ。今日の夕飯はどうするの。もうすぐ子どもたち、帰って来るよ。

F：だいじょうぶ。もう作ってあるから。ああ、私が帰って来るまでにお風呂に入れといて。

女の人はこの後何をしますか。

5番

男の人が郵便局で荷物を出そうとしています。男の人はいくら払いますか。

M：この荷物、お願いします。

F：はい、一つ1,130円なので、三つで3,390円ですね。

M：これだけ手作りのケーキなんで、冷やして送りたいんですけど。

F：ああ、冷蔵ですと、一つ1,790円ですので、合計で4,050円になります。

M：いつ届きますか。

F：今からですと、明後日になりますね。

M：ああ、それじゃちょっと遅いな…。ケーキはやっぱりいいです。

F：承知しました。

男の人はいくら払いますか。

問題2

例

男の人と女の人が話しています。男の人はどうして寝られないと言っていますか。

M：あーあ。今日も寝られないよ。

F：どうしたの。残業？

M：いや、中国語の勉強をしなくちゃいけないんだよ。おととい、部長に呼ばれたんだ。それで、この前の会議の話をされてさ。

F：何か失敗しちゃったの？

M：いや、あの時、中国語の資料を使っただろう、って言われてさ。それなら、中国語は得意だろうから、来月の社長の出張について行って、中国語の通訳をしてくれって頼まれちゃって。仕方がないからすぐに本屋で買って来たんだ。このテキスト。

F：ああ、これで毎晩練習しているのね。でも、社長の通訳なんてすごいじゃない。がんばって。

男の人はどうして寝られないと言っていますか。

1番

先生と学生が話しています。学生はどうして謝っているのですか。

F：推薦状は、いつまでに書かなければならないんですか。

M：あの、締め切りは金曜日なので、あさってにでもいただければだいじょうぶです。

F：あさって？私は、明日の夜から出張ですよ。そうすると、明日までということですね。困ったわね…。今日はこれから会議だし…。

M：先生、内容は、このまま書いていただければ。

F：ちょっと見せて。…ああ、少し直さなければダメですね。

M：すみません。

F：直すことはすぐできます。だけど、何でも、もっと余裕をもって動かないとダメですよ。

M：はい。今度から気をつけます。

学生はどうして謝っているのですか。

2番

タクシーの運転手と乗客が話をしています。

M：このあたりですね。

F：ええ。確か、そこの信号を曲がって…はい、そうそう。このビルの隣です。上富士っていうおいしい和菓子屋さんなんですけど。…あれ？

M：ああ、店はなくなったみたいですね。確かに、建物がとても古くなってたからなあ。

F：そうですか…。

M：戻りましょうか？…ああ、お客さん、引っ越し先のポスターが貼ってありますよ。

F：ああ、お店はやってるのね。よかった。でも、西町…というと、ここからどれぐらいでしょう。

M：30分ぐらいはかかりますね。

F:もう6時だから、行ってもやってないかしら…。まあいいわ。またにするわ。でも、ありがとう。駅まで戻ってください。

女の人は、どうして運転手にお礼を言ったのですか。

3番

大学で男子学生と女子学生が話しています。女の学生は明日の朝、どうして学校に来ないのですか。

F：今日の授業、難しかったなあ。

M：そう？ぼくは昨日、がんばって先週のノートを整理したんだ。そのせいか、今日の授業ははわかりやすくておもしろかったよ。

F：私は明日の朝、うちで復習する。難しくなる一方だから。

M：へえ。明日って、午前中は授業ないの？

F：明日はもともと５時間あるはずなんだけど、午前中の授業が休講で午後からになったの。

M：そうか。いいなあ。

F：私は、午前中より５時間目が休講になってほしかったよ。ドイツ語も難しいんだもん。

女の学生は明日の朝、どうして学校に来ないのですか。

4番

コンサート会場の受付で、女の人と係員が話をしています。女の人は何を持っていましたか。

M：申し訳ありませんが、お荷物のチェックをさせていただいています。

F：ああ、はい。

M：こちらのデジタルカメラは、会場に持ち込めません。こちらでお預かりするかロッカーに入れていただくことになります。あと、飲み物はペットボトルの水は持ち込めるのですが、他の食べ物や飲み物は…。

F：これはカメラじゃなくて自転車のライトです。

M：失礼しました。それでしたらだいじょうぶです。

F：じゃ、このクッキーとかガム、どうすればいいんでしょうか。

M：こちらでお預かりさせていただくか、あちらのロッカーに入れていただくかになります。

F：ああそうですか…。ガムもだめなんですね。

M：はい。すいませんが…。

女の人は何を持っていましたか。

5番

テレビで、アナウンサーが話しています。明日の朝は何に注意が必要ですか。

M：これから降る雪は、電車やバス、飛行機などすべての交通機関に影響を与えるおそれがあります。市内は、多い所で20㎝から30㎝ほど積もるところもあるでしょう。じゅうぶんに警戒してください。現在、雪は降っていないか降り始めたばかりのところも多いようです。しかし、昼過ぎまでには風が強まるとともに大雪になり、深夜まで降り続きます。明日は晴れますが、気温が低いために道路が凍って、滑りやすくなる恐れがありますので、お出かけの際には滑らないよう、じゅうぶんご注意ください。

明日の朝は何に注意が必要ですか。

6番

男の人と女の人が話しています。女の人は今日どうして早く会社を出ますか。

F：お先に失礼します。

M：あれ、今日は早いね。出張？

F：今日は久しぶりに友達に会う約束をしてて。デパートの前で待ち合わせなんです。

M：へえ。いいんじゃない。たまにはおいしいものを食べて仕事のことを忘れた方がいいよ。映画もいろいろおもしろそうなのやってるし。

F：でも、友達といっしょに、大学に授業を聞きに行くんですよ。「映画で学ぶフランス語」っていう社会人のための授業。大学の頃はさぼってばかりいたのに、会社に入ったらまた勉強したくなっちゃって。最近、学生の頃に観に行った映画をテレビで観てなつかしくなったせいかもしれないけど。

M：そうか。まじめだな。いってらっしゃい。

女の人は今日どうして早く会社を出ますか。

問題3

例

テレビで俳優が、子どもたちに見せたい映画について話しています。

M：この映画では、僕はアメリカ人の兵士の役です。英語は学校時代、本当に苦手だったので、覚えるのも大変でしたし、発音は泣きたくなるぐらい何回も直されました。僕がやる兵士は、明治時代に日本からアメリカに行った人の孫で、アメリカ人として軍隊に入るっていう、その話が中心の映画なんですが、銃を持って、祖父の母国である日本の兵士を撃つ場面では、本当に複雑な辛い気持ちになりました。アメリカの女性と結婚して、年をとってから妻を連れて、日本に旅行に行くんですが、自分の祖父のふるさとをたずねた時、妻が一生懸命覚えた日本語を話すんです。流れる音楽もいいですし…とにかくとてもいい映画なので、ぜひ観てほしいと思います。

どんな内容の映画ですか。

1　昔の小説家についての映画
2　戦争についての映画
3　英語教育のための映画
4　日本の音楽についての映画

1番

テレビで女優が話しています。

F：朝、起きてまず体操をしていたこともあったんです。子どもの頃からラジオを聞きながら、一、二、三、って。だけど今はまず外に行くんです。小さい犬がいるんですけど、いっしょに。で、ゆっくり歩いたり、ちょっと走ったり。体を動かすだけでなく、朝の新鮮な空気を吸って、朝の太陽の光を浴びる。これ、とってもいいことなんですよ。おかげで、長時間の仕事や、暑さや寒さも、かなり我慢できます。何と言っても、朝ごはんがおいしいんです。走るのもいいかもしれませんが、少し疲れている時はどうかなって思いますよね。

何についての話ですか。

1　体操の楽しさ
2　子どもの頃の思い出
3　ペットの話
4　散歩について

2番

男の人が話をしています。

M：みなさん、今日はおめでとうございます。新しい場所、新しい環境、新しい出会い。大勢の中から選ばれ、またわが社を選んでくれたみなさんとの出会いに、私も心から感謝しています。

これからみなさんはいろいろな人に出会って、いやだな、と思うこともあるでしょう。なぜこんながまんをしなければならないのかと思うことも必ずあります。そんな時は、ぜひ、もし自分が相手の立場だったら？と考えてください。また、仕事とは、一人でできるものではありません。みなさんがすることになる一つ一つの仕事には、たくさんの人が関わっているのです。

この人はどんな人たちに向かって話していますか

1　新入社員

2　新入生

3　退職をする社員

4　卒業生

3番

大学の授業で先生が話しています。

M：そこで買い物をする人もしない人も、日本で生活する上で、利用しないわけにはいかないのがコンビニエンスストアです。買い物をするだけでなく、ガス代や水道代を払ったり、荷物を送ったり、貯金をおろしたりするためにも使われています。コンビニは海外にも様々な国でみかけますが、文化によってコンビニの役割はちがいます。ただ、コンビニはできた当初から今のようにいろいろなことができる場所だったわけではありません。この先もコンビニの進化は続きそうです。コンビニの進出によって日本の産業の形が大きく変わったことも忘れてはなりません。コンビニに注目する事によって、これからの日本の経済だけでなく、社会の変化も予測を立てることができそうですね。

コンビニについてなんと話していますか。

1　昔のコンビニは小さくて買い物だけしかできなかった

2　日本のコンビニが便利なことは海外でも有名だ

3　コンビニの変化で経済や社会がどう変わるか考えることができる

4　コンビニができたことによって、危険な社会になった

4番

女の人がラジオで家族について話しています。

F：母はいろんなことを遊びに換えてしまうんです。たとえば、食器洗い5点、玄関の掃除10点、ぞうきんがけ5点とか、点数をつけて、一週間で一番たくさん集めた人が日曜日の夕飯に食べる料理を決めるとか。兄弟が3人いたので、みんな結構本気でがんばっていましたね。たまに

父も入るんですけど、一つのこと一生懸命になる性格なので、なかなか点数がたまらないんです。ちょっと気の毒でしたね。日曜日なのに。

この人の両親はどんな人ですか

1　まじめな母親と、気が弱い父親

2　楽しい母親と、まじめな父親

3　まじめな母親と、厳しい父親

4　楽しい母親と、勉強嫌いの父親

5番

男の人と女の人が電話で話しています。

M：さっき、城山さんから電話があったんだけど、送った書類が足りなかったって。

F：えっ、何度も確認したから間違いないはずだけど。

M：それが、こちらから送る直前に追加があって、それを知らせるためのメールがこちらに届いていなかったらしい。去年の資料だからすぐに送れるけど、やっぱり君が確認してからの方がいいと思ったから。

F：ううん。大丈夫。送ってくれる？私から城山さんに電話をするから。

M：そうか。わかった。

男の人は、これから何をしますか。

1　城山さんに電話をする

2　書類をさがす

3　城山さんに書類を送る

4　城山さんに文句を言う

問題4

例

M：あのう、この席、よろしいですか。

F：1　ええ、まあまあです。

　　2　ええ、いいです。

　　3　ええ、どうぞ。

1番

M：昨日はさすがにのみすぎたよ。

F：1　だいじょうぶ？
　2　お酒、あまりたくさんなかったからね。
　3　へえ、さすがだね。

2番

F：明日からやっと部長の顔を見ないで済む！

M：1　うん。さびしいね。
　2　うん。楽しみにしててね。
　3　うん。でも、それは言い過ぎだよ。

3番

M：あ、荷物がいつのまにかなくなってる。

F：1　ああ、さっき運んでおいたよ。
　2　一時間かかるよ。
　3　田中さんが持ってくるよ。

4番

M：かなりお疲れのようですから、ここでいったん休みましょうか。

F：1　そうですね。コーヒーでも飲みましょう。
　2　そうですね。それで行ったんですね。
　3　そうですね。ではいつ休みますか。

5番

F：その本、返すのは今度でいいですよ。

M：1　いいえ。お返ししました。
　2　はい。お返ししました。
　3　ありがとうございます。助かります。

6番

M：なかなか思うように書けないな。

F：1　少し休んでみたら？

　2　うん、なんとか書けそうだね。

　3　大丈夫、わたしもそう思うよ。

7番

F：これぐらいできないと困りますよ。

M：1　はい。なんとかがんばります。

　2　いいえ。これだけですよ。

　3　はい。すぐできました。

8番

M：山口さんって、女らしいんだね。

F：1　そうですよ。女性です。

　2　そんなことないですよ、家事は苦手です。

　3　そうです。ハンサムでやさしい人です。

9番

F：川口君、確か、今日、誕生日だったよね。

M：1　うん。これからだよ。

　2　うん、そうだよ。覚えててくれてありがとう。

　3　うん。もう終わったけどね。

10番

M：ああ、あと一点取れれば合格だったのに。

F：1　惜しかったね。

　2　おめでとう。ぎりぎりで合格だね。

　3　まだまだだったね。

11番

M：あれ？今日はこの店、休みみたいだ。

F：1　うん。すいてるね。

　2　本当だ。シャッターが閉まってる。

　3　きっと、毎日忙しいんだね。

問題5

1番

電気店で男の人と販売員が話しています。

F：どんな機能が付いているものをお探しですか。

M：暗い所でもきれいに撮れるのがほしいんです。花火や、星を撮影したいんで。

F：夜景ですね。そうすると、1番から4番のタイプですね。1番のタイプは、遠くからきれいに撮るためのレンズが別についています。2番のものは、遠くを写すためのレンズはついていないのですが、動くものがきれいに撮れます。

M：ビデオというか、その、動画はとれますか。

F：はい。ビデオカメラのように細かい調節はできませんが、どれもとれます。音もいいですよ。

M：じゃあ、あとは…値段ですね。

男の人が買いたいものは何ですか。

1　テレビ

2　ビデオ

3　カメラ

4　ステレオ

2番

旅行について家族で話しています。

F1：飛行機で5時間ぐらいなら、飲み物や食べ物のサービスはいらないよね。それより、安い方がいいでしょう？

M1：そうかな。僕は、いくらチケットが安くても、食べ物や飲み物をがまんするのはいやだし、後で追加するのはめんどうだよ。

F2：私も座りにくかったり、眠りにくかったりするのはともかく、飲み物のがまんはちょっとね。

M1：僕もそうだな。

F1：じゃあ、現地で泊るホテルの値段を下げるしかないよ。そうすれば、夕方 出発が予約できるけど。

M1：夕方は夜中の出発よりいいよ。だけど、部屋もなるべくちゃんと掃除がしてあってきれいな方がいいいなあ。

F1：ええー。…きれいだったら、窓から海が見えなくてもいい？

F2：私は別にいいよ。だって、ホテルなんて寝るだけだもん。

M1：ううん。まあしかたないか。何か我慢しないとね。

どんな飛行機やホテルを選ぶことになりましたか。

1　食事や飲み物のサービスがある飛行機と、景色はよくないけれど清潔なホテル
2　食事や飲み物のサービスがある飛行機と、景色のいい清潔なホテル
3　食事や飲み物のサービスがない飛行機と、景色はよくないけれど清潔なホテル
4　食事や飲み物のサービスがない飛行機と、景色のいい清潔なホテル

3番

テレビでアナウンサーが話しています。

F1：最近、インターネットで結婚相手を見つける人が増えています。アメリカでは何と、三分の一の夫婦がインターネットを通じて知り合っているそうです。また、この方法で知り合った夫婦は、そうでない方法、つまり、学校や職場、友人の紹介や、あるいはナンパするなどして知り合った二人よりも、実は離婚率が低いということもわかりました。ただしこれは、アメリカの話で、日本では同様の調査が行われていないので、実態はわからないそうです。

M2：へえ。そういう人の数がどんどん増えているんだな。

F2：私たちは、アメリカでは別に珍しい方じゃないのね。三分の一なんて、びっくり。

M：だけどインターネットを通じて知り合った、って、ちょっと言いにくいな。

F2：そう？ 私は別に恥ずかしくないよ。この方法であなたと会えて良かったし、これよりいい方法はなかったと思ってるけど。

M：うん。僕もこの話を聞いて、今ははっきりそう思う。離婚率も低いなんて嬉しいし。

F2：そうね。何でだろう。私たちは会う前に何度もメールをしたからお互いの考え方を知っていたでしょう、それが大事なのかもね。

質問1. アナウンサーの話の内容は次のうちのどれですか。

質問2. 男の人と女の人は、ネットを通じて結婚相手と出会うことについてどう言っていますか。

日本語能力試験聴解N2　第二回

問題1

例

レストランで店員と客が話しています。客は店員に何を借りますか。

M：コートは、こちらでお預かりします。こちらの番号札をお持ちになってください。

F：じゃあこのカバンもお願いします。ええと、傘は、ここに置いといてもいいですか。

M：はい、こちらでお預かりします。

F：だいぶ濡れてるんですけど、いいですか。

M：はい、そのままお預かりします。お客様、よろしければ、ドライヤーをお使いになりますか。

F：ハンカチじゃだめなので、何かふくものをお借りできれば…。ドライヤーはいいです。ふくだけでだいじょうぶです。

客は店員に何を借りますか。

1番

会社で男の人と女の人が話をしています。女の人はこの後何をしますか。

M：これから出かけるので、あとはよろしく。

F：はい。わかりました。

M：本社からのFAXは届いた？

F：まだです。もう一度連絡しましょうか。

M：うん。あれがないと、夕方の宴会で山口さんに会った時に説明ができないから、すぐ送ってくれって言っておいて。

F：はい。宴会は会社に戻ってからいらっしゃいますか。もしそれなら、車を用意しておきますが。

M：いや、それじゃ間に合わないから直接行く。時間と場所はあとで福田君に確認して、携帯に連絡をいれておいて。

F：わかりました。

女の人はこの後何をしますか。

2番

スーパーで、二人の店員が話をしています。男の人は、これから何をしますか。

F：掃除は店の中をする前に外です。店の外からやってください。今日は私がやったので、明日からお願いします。今日は店の中からです。いいですか。よく覚えてくださいよ。

M：はい。

F：外の掃除はだいたい一日に3回ぐらい、ゴミやタバコの吸い殻が落ちてないか見て、ほうきではけばいいんですが、お店の中は、3時間に一回床をふいてください。それが終わったら棚の整理です。棚の奥に入ってしまって見えない商品は、いつも手前に引き出して、きれいに並べておいてくださいね。

M：はい。アイスとか、お酒とかも、全部ですか。

F：ええ、もちろんそうですよ。それから、トイレの掃除です。じゃ、こっちに来てください。

M：はい。

男の人はこの後、まず何をしなければなりませんか。

3番

電車の中で男の学生と女の学生が話をしています。二人はこの後、どうしますか。

M：電車動かないね。

F：うん。もう10分以上止まったまま。どうしよう。今日、試験なのに。

M：待っててもしょうがないね。タクシーは高いし。よし、バスで行こう。

F：ああ、でも、ちょっと待って。スマホで調べてみると…ほらこの地図、見て。

M：えっ、この駅、ここから歩いて行けるんだ。

F：うん。ここまで行けば、こっちの電車で行けるんじゃない？

M：バスとどっちが早いかな。

F：わかんないけど、バスはすごく混んでると思う。

M：そうだね。よし、そうしよう。

二人はこの後、どうしますか。

4番

母親と息子が話しています。息子はこれから何をしますか。

M：ああ疲れた。ただいま。

F：お帰りなさい。ああ、ずいぶん汚れたわね。ちょっと、ここでシャツを脱がないでよ。先にお風呂に入ったら？ところで、野球の試合、勝ったの？

M：うん。５対３でね。だから、明日もまた試合だよ。今日は試合の後、さっきまで練習だった。

F：大変ねえ。でも、いつ勉強するのよ。テストだって近いのに。

M：だから、やるよ。夕飯食べてから。わあ、今日はカレーか。おなかぺこぺこだよ。

F：しょうがないわね。

息子はこの後何をしますか。

5番

男の人が店員とパソコンの修理について話しています。

M：パソコンの調子が悪いのですが、みてもらえますか。

F：はい、どういった具合でしょうか。

M：ちょっと前から、動き方がとても遅くなって変な音がするんです。画面も暗くて。調整してるんですけどね。まあ、新しいのを買った方がいいんでしょうけど、もう少し使いたくて。

F：何年ぐらいお使いになっていますか。

M：ええと、６年、いや、７年かな。自分で直せるなら方法を知りたくて。

F：修理できるかどうかとか、修理の値段は、メーカーの工場で中をみて調べてみないとわからないんですが、こちらでお預かりしてもいいですか。調べる料金は5,000円かかってしまうんですが…。

M：ああ、そんなにかかるんですね。まあ、しょうがないですね。お願いします。

男の人はこれから何をしますか。

問題２

例

男の人と女の人が話しています。男の人はどうして寝られないと言っていますか。

M：あーあ。今日も寝られないよ。

F：どうしたの。残業？

M：いや、中国語の勉強をしなくちゃいけないんだよ。おとといい、部長に呼ばれたんだ。それで、この前の会議の話をされてさ。

F：何か失敗しちゃったの？

M：いや、あの時、中国語の資料を使っただろう、って言われてさ。それなら、中国語は得意だろうから、来月の社長の出張について行って、中国語の通訳をしてくれって頼まれちゃって。仕方がないからすぐに本屋で買って来たんだ。このテキスト。

F：ああ、これで毎晩練習しているのね。でも、社長の通訳なんてすごいじゃない。がんばって。

男の人はどうして寝られないと言っていますか。

1番

会社で二人の社員が話しています。男性社員はどうして謝っているのですか。

F：明日は会議もあるし、中田産業に行く用事もあるのに。

M：えっ？ そうだったの？

F：もう、しょうがないなあ。お客さんに、明日中にやるって言っちゃったんでしょ？この仕事は私しか研修をうけてないから他の人には頼めないし、最低でも３時間はかかるよ。

M：そうか…。ごめん。聞けばよかったね。僕も手伝うよ。

F：いいよ。その代わり、会議の資料を作って。

M：うん。わかった。本当にごめん。

男性社員はどうして謝っているのですか。

2番

コンビニで、店員と女の人が話しています。女の人はどうして店に来たのですか。

M：いらっしゃいませ。

F：あの、さっきここで買い物をしたんですが、私はノートとボールペンを買ったのに、このレシートをもらったんです。

M：はい。ええと…あ、これ、ちがってますね。申し訳ありません。

F：で、お金は1,000円札を出して、620円おつりをもらったから、合ってると思うんですけど。

M：はい、…少々お待ちください。ええと、…あ、ありました。レシート、これですね。失礼しました

F：ああ、これです。どうも。

女の人はどうして店に来たのですか。

3番

男の人と女の人が話しています。女の人は、どうして風邪をひいたと言っていますか。

M：ああ、今日は疲れたなあ。

F：ハクション。ハクション。

M：あれ？　2回くしゃみが出る時は、誰かに噂されてるって言うよ。

F：それは迷信だよ。なんかさっきから寒くて、喉も痛くなってきた。風邪引いたみたい。

M：ああ、仕事のしすぎで、寝不足なんじゃないの。

F：うん、確かに寝不足。でも仕事っていうか、朝までサッカーの試合を観てたからなんだけどね。

M：なんだ。

女の人は、どうして風邪をひいたと言っていますか。

4番

警察官が女の人と話をしています。女の人はなぜ警察官に呼び止められましたか。

M：こんばんは。

F：ああ、はい。

M：ご自宅はこの近くですか。

F：はい。

M：今からお帰りですか。

F：いえ、ちょっとコンビニにパンを買いに行くんですけど、何か。

M：この近くで、強盗事件があって、まだ犯人が捕まっていないんです。女の方が一人で歩いていらっしゃるのは、大変危険です。

F：えっ。

M：こんな時間ですし、一人歩きは避けて頂いた方がいいですね。気をつけて帰ってください。

F：はい。じゃ、買い物はやめておきます。

女の人はなぜ警察官に呼び止められましたか。

5番

ラジオでアナウンサーが話しています。明日は何の日ですか。

M：最近ではネットで注文して贈る人も増えているようですが、今日は一日前なのでデパートも混雑しています。傘や、エプロン、ハンドバッグなどが人気ですが、食べ物もよく売れているようです。そのほか、ケーキに感謝のことばを書いたものや、ワインなども人気があるようです。そして、何と言っても、このカーネーション。赤だけでなく、いろいろな色を、お母さんの好みに合わせて選んだものを送る方が多いようです。私は子どもの頃はよく絵を描いて手紙と一緒に渡していましたが、大人になってからは買って渡していますね。

明日は何の日ですか。

6番

男の人と女の人が話しています。女の人はどうして急いでいますか。

F：ああ、早くいかなきゃ。

M：そんなに急がなくても大丈夫だって。8時までに駅に着けばいいんだから、ゆっくり行ってもだいじょうぶだよ。

F：ここからなら1時間で行けるんだけど、会社に寄ってから行くの。

M：仕事なら、出張から帰って来てからやればいいのに。

F：ちがうの。持ってく書類、忘れて来ちゃって。

M：えっ、どこに。

F：机の引き出し。

M：うわあ。でも、今日は日曜日だから会社には誰もいないんじゃない。

F：警備会社の人に頼んで開けてもらうの。

M：そうか…。

女の人はどうして急いでいますか。

問題3

例

テレビで俳優が、子どもたちに見せたい映画について話しています。

M：この映画では、僕はアメリカ人の兵士の役です。英語は学校時代、本当に苦手だったので、覚えるのも大変でしたし、発音は泣きたくなるぐらい何回も直されました。僕がやる兵士は、明治時代に日本からアメリカに行った人の孫で、アメリカ人として軍隊に入るっていう、その話が中心の映画なんですが、銃を持って、祖父の母国である日本の兵士を撃つ場面では、本当に複雑な辛い気持ちになりました。アメリカの女性と結婚して、年をとってから妻を連れて、日本に旅行に行くんですが、自分の祖父のふるさとをたずねた時、妻が一生懸命覚えた日本語を話すんです。流れる音楽もいいですし…とにかくとてもいい映画なので、ぜひ観てほしいと思います。

どんな内容の映画ですか。

1　昔の小説家についての映画
2　戦争についての映画
3　英語教育のための映画
4　日本の音楽についての映画

1番

テレビでアナウンサーが話しています。

F：この店は、地元はもちろん、遠くからもたくさんのお客さんが集まります。ここで評判なのは、新鮮な魚介類のおいしい料理だけでなく、働いている人たちの笑顔です。みなさん何も言われなくても当たり前のように協力し合って仕事をしているので、仕事がスムーズに進んでいるようです。その理由をうかがったところ、ここで働く皆さんは、以前みんな海の上、つまり船で仕事をしていたんだそうです。お互いの協力がなければ命も危うくなるような環境で、自然に助け合うことになる。そして、大変なこともみんなで笑って乗り越える。そんな経験があるからかもしれない、とおっしゃっていました。本当に、みなさん、ニコニコしていらっしゃいますね。

店で仕事をしている人はどんな様子だと言っていますか。

1　言われたことを守って働いている
2　まじめにだまって働いている
3　どんなことでも我慢して働いている
4　笑顔で助け合って働いている

2番

車の中で、運転手と乗客が話をしています。

F：あのう、この近くにおいしい店はありますか。
M：ええ。けっこうありますよ。ここから10分ぐらいのところにある古い定食屋。たまに私たちも行くんですけど、おばちゃんたちが作ってる料理が最高。あとは、ええと、そうだなあ。

寿司屋。この近くでとれた魚ばっかりで、都会で食べれば結構高いのが安くてうまいって。まあ、こっちは、20分ぐらいかかりますけど。

F：へえ。いいですね。その定食屋に行ってみます。そこに行く前に、友達を駅に迎えに行かなきゃいけないんで、寄ってもらえますか。

M：はいはい。通り道ですから、大丈夫ですよ。

F：それと、コンビニも。

M：えっ、コンビニですか。20分ぐらいかかりますけどいいですか。ここら辺は田舎だからね。でも、こっちはさっき話した寿司屋の近くですけどね。

F：うーん、でも、やっぱりごはんは定食屋がいいな。コンビニは後でもいいし。

M：ハハハ、そうですか。了解。

女の人はこれからどこへ行きますか。

1　定食屋

2　寿司屋

3　駅

4　コンビニ

3番

健康に関するテレビ番組で、医者が話しています。

M：よく、羊を数えると眠れる、と言われます。頭の中で一匹、二匹、と数えるのですが、逆に、数を数えるという作業をすることによって、眠れなくなってしまう人もいます。しかし、何も考えない、というのも難しいものです。そんな時、お勧したいのは、体のどこか、例えば腕や足に力を入れて、10秒ほどたったら力を抜く、ということを繰り返す方法です。これが不思議なほど効きます。そのほか、午前中に十分太陽の光を浴びる、寝る3時間前には夕食を終わらせる、などがありますが、一番いいのは、眠れなくても気にしないことかもしれません。

どんな人のための話ですか。

1　数を数えるのが苦手な人

2　考えすぎる人

3　とても忙しい人

4　よく眠れない人

4番

女の人がペットについて話しています。

F：私は小さい頃は鳥とウサギを飼ってました。鳥はオウム。おもしろいですよ。家族全員の名前を言えるの。おはよう、とか、こんにちは、とかね。ウサギはずいぶん長生きしました。でも犬はきらいだったんです。かまれそうで。それがなぜ好きになったかと言うと、親せきの家に行った時に、犬とネコがいたんですね。その犬がお利口だったんです。そこに食べ物があっても、絶対に自分からは食べないの。飼い主が、よし、と言わなければ、口のそばに持って行っても食べない。それに、ネコにいくらいたずらされても、知らん顔。これは頭がいいんだなって思って、好きになって…。今は家に二匹もいるんですよ。

この人は今、どんなペットを飼っていますか。

1　鳥

2　ウサギ

3　犬

4　ネコ

5番

男の人と女の人が、空港への行き方について話しています。

M：明日は、空港までどうやって行く？

F：5時には出ないと間に合わないよね。でも、車は駐車場代がかかるからなあ。

M：だけど、タクシー代はもっとかかるんじゃない。ここからだと。

F：じゃあ、途中までタクシーで行って、始発が出たら、電車に乗り換える？

M：それじゃ、めんどうだしかえっておそくなるよ。インターネットでチェックインしておけば、ちょっとぐらい遅れても平気だと思うから、電車で行こうよ。

F：それは心配だよ。いいよ。駐車場代の分、帰ってから節約しよう。

二人は明日、どうやって空港まで行きますか。

1　自動車で行く

2　タクシーで行く

3　途中までタクシーで行って電車に乗る

4　電車で行く

問題 4

例

M：あのう、この席（せき）、よろしいですか。

F：1　ええ、まあまあです。
　2　ええ、いいです。
　3　ええ、どうぞ。

1 番

M：今日（きょう）は会議（かいぎ）がないこと、教（おし）えてくれればよかったのに。

F：1　ごめん、知（し）ってると思（おも）って。
　2　そうだよ。早（はや）く帰（かえ）っていいよ。
　3　うん。準備（じゅんび）をしなくていいよ。

2 番

F：仕事（しごと）、やめることにした。

M：1　そうか。決（き）めたんだね。
　2　そうか。決（き）まったんだね。
　3　そうか。今日（きょう）やめたんだね。

3 番

M：早（はや）く雨（あめ）がやめばいいのに。

F：1　うん。すぐやんでよかったね。
　2　うん。意外（いがい）にすぐやんだね。
　3　うん。なかなかやまないね。

4番

M：別に、お金がないと言うわけじゃないんだけど。

F：1　すごくお金持ちなんですね。

　2　無理に払わなくていいですよ。

　3　じゃあ、買ってもらいましょうよ。

5番

F：今度そんなこと言ったら、許さないよ。

M：1　うん。早く言うよ。

　2　ごめん。二度と言わないよ。

　3　わかった。もう一度言うよ。

6番

M：やっぱり山本さん、まだ来てないね。

F：1　ええ。さっき電話したらまだ家にいましたから。

　2　ええ。先に来る予定でしたから。

　3　ええ。もう帰りましたから。

7番

F：万が一間違いがあっては大変なので、よろしくおねがいします。

M：1　はい。しっかり確認します。

　2　はい。すみませんでした。

　3　はい。間違いを減らします。

8番

M：学校を休んだくせにアルバイトに行ったの。

F：1　まさか。そんなことしないよ。

　2　うん。がんばったよ。

　3　うん。どういたしまして。

9番

F：そんな恰好をしていたら、かぜをひきかねないよ。

M：1　うん。あたたかいよ。
2　うん。だんだん治って来たよ。
3　いや、丈夫だから平気だよ。

10番

M：いよいよ君のスピーチだね。

F：1　うん、いいよ。
2　うん。緊張するよ。
3　うん。緊張したよ。

11番

M：ここで中止するわけにはいかないよ。

F：1　そうだね。みんな楽しみにしているからね。
2　そうだね。早くやめよう。
3　そうだね。もう終わったから。

問題5

1番

薬屋で、店員と男性客が話をしています。

F：風邪薬をお探しですか。
M：はい。
F：どれがよろしいでしょうか。熱がある場合はこちら、1日3回飲むタイプがいいです。ただ、お仕事をされていると、どうしても忘れてしまったり、忙しくて飲めなかったりしますよね。そんな場合はこの朝晩2回飲むタイプが便利かと思います。こちらは眠くなりません。
M：熱はないんですけど、のどが痛くて。
F：のどですか。他に症状はありますか。
M：他は、鼻水も出ないし、咳も出ないです。ビタミン剤とかでもいいのかな。

F：ええ。ビタミンはたくさんとってください。それが大切です。それで、もし他に症状がなくて喉だけなら、こちらの痛み止めの方がいいかもしれません。これで喉の痛みは治まると思います。

M：胃が弱いんですけど、大丈夫でしょうか。

F：これは胃に優しいお薬ですし、もしご心配でしたら、この胃薬と一緒に飲んでいただければ安心です。

M：ああ、じゃあ、この痛み止めを。こっちは、家に同じのがあるからいいです。

F：ビタミン剤はよろしいですか。

M：ええ。それじゃないけど、家にあるので。

F：承知しました。

男の人が買ったのはどんな薬ですか。

1　1日3回飲む風邪薬

2　ビタミン剤と痛み止め

3　胃薬と痛み止め

4　痛み止め

2番

会社の社員が今日の昼食について話しています。

F1：午前中、忙しかったね。

M：うん。そろそろ昼休みだね。ああ、腹減った。今日は時間があるから外に行こうか。焼肉でも食べにいかない？

F1：豪華ねえ。私はお弁当を作って来たけど。最近、駅前にできたおそば屋さん、おいしいらしいよ。

M：そばか。そばはちょっとなあ。そばだけじゃ足りないから他のものも頼んじゃって、結局高くなるんだよね。車もほしいし、旅行も行きたいからな。あ、早坂さんは。

F2：私はダイエット中なので。

M：えっ、食べないの？

F2：まさか。そうだ山下君、いいものあげる。これコンビニ弁当の割引券。うどんも焼肉もありますよ。

M：そうだね。よし。コンビニ、行ってくる。

男の社員は、どうしてコンビニに行くことにしましたか。

1　時間があるから

2　ダイエットのため

3　そばが苦手だから

4　節約のため

3番

テレビでアナウンサーが話しています。

F1：涙を流すことは、ストレス解消になるだけでなく、健康にもいいそうです。今は、大勢の人を集めて感動的な話を聞かせて涙を流させるイベントが流行しているそうです。また、会社で働いている女性に、感動的な映画を見せたり、心に響く話を聞かせて徹底的に涙を流させ、最後には涙をふいてくれる男性を出張させるビジネスもあるそうです。この出張サービスをする男性は、全員が「涙を流させるプロ」です。このビジネスは個人ではなく、会社との契約で行われていて、利用する会社は少しずつ増えているとのことです。

F2：わざわざ泣かなくても、笑っていればストレス解消になるんじゃない。

M：うん。ただ、考えて見ると、相手が笑っているとおかしくもないのに気をつかって笑うようなことがあって、そういう愛想笑をした後って、なんか疲れたって感じることもあるよ。だけど、子どもの頃、ケンカしたり叱られたりして泣いた後って、なんかすっきりしていたもん。

F2：たしかにそうね。愛想笑い、っていうことばはあるけど、愛想泣きって聞いたことないもんね。だけど、わざわざ泣くためにお金を払わなくてもいいんじゃない。いらないなあ。私には。

M：まあ、君はドラマを見ては泣くし、かわいそうな人の話を聞いてはもらい泣きをするし、そんなサービスいらないね。

F2：それ、ほめてるの。それともバカにしているの。

M：もちろん、ほめてるんだよ。僕はそういうイベントがあったらちょっと行ってみたい気がする。泣いた後って、すっきりするしね。だけど、男に涙を拭いてもらうのはイヤだな。

質問1. アナウンサーが紹介したビジネスはどれですか。

質問2. このビジネスについて、男の人と女の人の意見はどうですか。

日本語能力試験聴解 N2　第三回

問題 1

例

レストランで店員と客が話しています。客は店員に何を借りますか。

M：コートは、こちらでお預かりします。こちらの番号札をお持ちになってください。

F：じゃあこのカバンもお願いします。ええと、傘は、ここに置いといてもいいですか。

M：はい、こちらでお預かりします。

F：だいぶ濡れてるんですけど、いいですか。

M：はい、そのままお預かりします。お客様、よろしければ、ドライヤーをお使いになりますか。

F：ハンカチじゃだめなので、何かふくものをお借りできれば…。ドライヤーはいいです。ふくだけでだいじょうぶです。

客は店員に何を借りますか。

1 番

会社で男の人と女の人が話をしています。女の人はこの後何を飲みますか。

M：暑いね。何か飲まない。

F：うん。だいぶ片付いたから、休憩しようか。

M：俺、買ってくるよ。コーヒーでも。何がいい？ コンビニはちょっと遠いから、そこの自動販売機だけど。

F：私はお茶がいいな。あったかいの。最近出た、濃いめの緑茶、っていうのが飲みたいな。

M：夏だから、あったかいお茶はないよ。ジュースか、コーヒーは。

F：ああ、そっか。じゃ、コーヒーにしようかな。ミルクも砂糖も入ってないヤツ。

M：ブラックだね。OK。あ、ちょっと待って。この荷物宅配便で送るんだよね。じゃ、やっぱコンビニまで行かなきゃ。

F：よかった。じゃついでにさっき頼んだやつお願い。熱いのね。

女の人はこの後何を飲みますか。

2番

会社で、上司と部下が話をしています。二人は今、何をしていますか。

M：月曜日の準備はできてる？

F：ええ、発表会場の準備はできています。マイクやスピーカーも大丈夫です。あとはみなさんにお配りする資料ですが、そこに載せる写真の整理が終われば、印刷できます。

M：そうか。それがいちばん時間かかるな。もう少し写真の量を減らした方がいいね。全体で２時間しかないんだから。

F：あと、これなんですが…。

M：これが新しい商品か。これは人数分あるんだね。

F：それが、工場から10個以上用意するのは、難しいと連絡があって。

M：せっかく新しい商品を詳しく見てもらえる機会なのに、困ったな。

F：やはり写真を減らさないで、みなさんに細かく見ていただいた方がいいんじゃないでしょうか。

二人は今、何をしていますか。

3番

ラーメン屋の前で、男の人と女の人が話しています。男の人はこれから何をしますか。

M：今日こそ、食べたいな。

F：うん。ずっと楽しみにしてたんだからがんばろう。でも長い列。20人は並んでるんじゃない。

M：しょうがないよ。この店この前テレビに出ちゃったし。

F：そういえば、あの店もテレビに出てたよね。ほら、すごく大きいお寿司の店。

M：ああ、あそこか。すぐそこだよ。

F：そっちの方がすいてるかな。

M：寿司もいいな。ちょっと様子見てくるよ。並んでて。

F：うん。もしこっちより空いてたら電話して。

M：よし、そうしよう。

男の人はこの後、どうしますか。

4番

会社で社員が話しています。男の社員はこれから何をしますか。

F：田口君、ちょっと。さっきくれたこの書類だけど。

M：はい、何か問題がありましたでしょうか。

F：報告書の３ページめなんだけど、私が頼んだのは中国の資料で、日本のではないですよ。

M：えっ、あ、申し訳ありません。

F：しっかりしてよ。それと、報告書の部数だけど、この工場の200人だけじゃなくて2000人全員分が必要なの。本社にちゃんとした資料を送ってもらって作り直してね。

M：はい、すぐにやります。

男の社員はこれからまず何をしますか。

5番

男の人が病院の受付で話しています。男の人はいつ診察を受けますか。

M：おはようございます。関口ですけど、検査って時間かかりますか。

F：いいえ、30分もかかりません。今日は検査だけですので。

M：はい。あ、薬も頂けますか。

F：まだ痛みはありますか。

M：だいじょうぶな時もあるんですけど、ときどき痛みます。

F：そうですか…では、今日は診察も受けた方がいいですね。

M：ええと、今日はこれから会社なので時間がなくて。検査は受けますけど。

F：検査だけだと、お薬が出せないんですよね。先生の診察を受けていただかないと。

M：ああ、でも、明日は土曜日だから午前だけですよね？

F：はい…午後は…。

M：しょうがない。やっぱり、診てもらった方がよさそうだから、また夜に来ます。

F：わかりました。では、そちらでお待ちください。

男の人はいつ検査を受けますか。

問題 2

例

男の人と女の人が話しています。男の人はどうして寝られないと言っていますか。

M：あーあ。今日も寝られないよ。

F：どうしたの。残業？

M：いや、中国語の勉強をしなくちゃいけないんだよ。おととい、部長に呼ばれたんだ。それで、この前の会議の話をされてさ。

F：何か失敗しちゃったの？

M：いや、あの時、中国語の資料を使っただろう、って言われてさ。それなら、中国語は得意だろうから、来月の社長の出張について行って、中国語の通訳をしてくれって頼まれちゃって。仕方がないからすぐに本屋で買って来たんだ。このテキスト。

F：ああ、これで毎晩練習しているのね。でも、社長の通訳なんてすごいじゃない。がんばって。

男の人はどうして寝られないと言っていますか。

1 番

飛行機の中で男の人と女の人が話しています。男の人はこれからどうしますか。

F：出発が遅れたから、着くのは 11 時ですね。

M：うん。空港からのバスに間に合うかな。

F：ああ、荷物があるからバスじゃないと大変ですよね。

M：いや、それよりうちは田舎だから、電車がなくなっちゃうんだよ。

F：私、妹に迎えに来てもらうことになってるんでお送りしましょうか。

M：それは助かる、と言いたいところだけど、明日は朝一番で会議だからすぐ準備をしないとまずいんだ。いいよ。空港の近くに一泊する。シャワーさえあればいいんだから、どこかあるだろう。

F：わかりました。じゃ、荷物、私が預かります。明日会社に持って行きますよ。

M：悪いね。頼むよ。

男の人はこれからどうしますか。

2番

家の中で娘と父親が話しています。娘は父親に、何を頼みましたか。

F：お父さん、今度の土曜日なんだけど、仕事、休みだよね。どこかに出かける？

M：まあ仕事は休みだよ。出かけるって言っても、お母さんとスーパーへ買い物に行くぐらいかな。

F：私、遥たちと出かけたいんだけど…。

M：うん、どこに行くんだい？

F：乃木山。

M：へえ。何人で？

F：４人。で、キャンプをするの。だから、お父さん、お願いします。

M：えーっ…。片道２時間はかかるぞ。で、帰りはどうする？

F：遥のお父さんが迎えに来てくれるって。

M：しょうがないなあ。でもまあ、このごろ走ってないし。じゃあお母さんも誘って、帰りは二人で温泉でも寄って帰るか。

F：いいね。きっと喜ぶよ。

娘は父親に、何を頼みましたか。

3番

男の人と女の人が話しています。女の人は、どうして眠いと言っていますか。

M：おはよう。あれ、なんか今日、眠そうだね。ゼミ、発表だっけ？

F：ううん。それは先週。昨日はけっこう早めに寝たんだけどね。

M：そう。あ、また隣の家のパーティ？

F：パーティじゃなくて、隣のうちの女の子が５時頃、玄関のドアを開けて大声で泣いているの。びっくりしちゃった。

M：ええっ、で、どうしたの。

F：目が覚めたらお母さんがいないって。かわいそうだからしばらくいっしょにいたら、お母さん、すぐ帰って来たんだけど、子どもが寝ている間にアルバイトに行ってたんだって。大変だなあ、と思っちゃった。

M：そうか…。どんな家にも、いろんな事情があるよね。

女の人は、どうして眠いと言っていますか。

4番

男の人と女の人がデパートで話しています。二人はこれからどの売場へ行きますか。

M：花束もだよね。やっぱり、スピーチをしてもらった後に渡さないと。

F：うん。それは一條さんが頼んであるって。今は、記念になるもの。むずかしいよね。何がいいかな。川口さんの退職祝い。

M：うーん、川口さんって本好きだよな。でも、どんな本を持っているかわからないし。

F：じゃ、図書カードにする？ 好きな本が買えるように。

M：なんか学生みたいだよ。中学生とか大学生とか。まあ、新鮮な感じだけど。これから、第二の青春を楽しんでください、って。

F：学生って言えば腕時計か万年筆だよね。置時計。確かこの前、電波時計の話してたら、興味があるみたいだったよ。

M：電波時計？ ああ、世界中どこでも電波を受信して、正確な時間がわかるやつね。それ、いいね。問題は、値段が予算内で収まるかどうかだ。

F：だいじょうぶよ。今はいろいろ出ているから。

M：よし、それを買いに行こう。

二人はこれからどの売場へ行きますか。

5番

市民センターで男の人が話しています。男の人はどんな人たちについて話していますか。

M：親が仕事をしている場合もですが、入学してすぐクラブに入ったり、塾に行ったりすることによって、学校から帰る時間が遅くなり始めるのがこの年齢です。そうすると食事の時間が遅くなりがちで、寝る時間が深夜になってしまう場合もあります。絶対に何時間寝なければダメだということではないにせよ、睡眠時間が短くなると、朝起きるのが辛くなったり、元気が出なかったりして、友達といても生き生きと過ごせず、体育の時間も思いっきり体を動かせない。イライラしたりぼーっとして、ケガをしやすくなってしまう。大人になってからも、この生活習慣はずっと影響します。大事なのは一に睡眠。次に食事です。ご家庭でも学校でも、ぜひこのことを意識して様子を観察してほしいと思います。

男の人はどんな人たちについて話していますか。

6番

天気予報で女の人が話しています。今日の昼の天気はどうなると言っていますか。

F：朝晩、冷え込む季節になってきました。昨夜寝る時に毛布を出された方も多かったのではないでしょうか。今は、朝から美しい秋空が広がっていますが、ここでこうして立っていても、寒く感じます。今日も湿度が低く、すっきりした天気になるでしょう。出かける時は、厚めの上着があったほうがいいかもしれません。日中はこのまま晴れますが、夕方から気圧の影響で、雨の降る地域もあります。折り畳み傘を持って出かけてください。夜は晴れて美しい星空が見えるでしょう。

今日の昼の天気はどうなると言っていますか。

問題3

例

テレビで俳優が、子どもたちに見せたい映画について話しています。

M：この映画では、僕はアメリカ人の兵士の役です。英語は学校時代、本当に苦手だったので、覚えるのも大変でしたし、発音は泣きたくなるぐらい何回も直されました。僕がやる兵士は、明治時代に日本からアメリカに行った人の孫で、アメリカ人として軍隊に入るっていう、その話が中心の映画なんですが、銃を持って、祖父の母国である日本の兵士を撃つ場面では、本当に複雑な辛い気持ちになりました。アメリカの女性と結婚して、年をとってから妻を連れて、日本に旅行に行くんですが、自分の祖父のふるさとをたずねた時、妻が一生懸命覚えた日本語を話すんです。流れる音楽もいいですし…とにかくとてもいい映画なので、ぜひ観てほしいと思います。

どんな内容の映画ですか。

1　昔の小説家についての映画
2　戦争についての映画
3　英語教育のための映画
4　日本の音楽についての映画

1番

夫婦が話をしています。

M：いよいよ来週だね。この家と別れるの。

F：うん。引っ越したばっかりの時は、都心の家は狭いとか、日当たりが悪いとかいろいろ言ってたけど、いざ離れるとなるとちょっとさびしいね。

M：まあ、次の所もきっと好きになるよ。それに緑が多くて空気もいいんだし。

F：そうね。子どもたちにはいい環境だと思う。でも近くに駅があって、目の前にコンビニがあるのは便利だったな。

M：確かに。でも新しいとこも自転車ならすぐだよ。通勤時間だって20分も変わらないし。

F：自転車か。うん。でも、駅まで毎日歩けば、ダイエットになっていいかも。

この夫婦はどこからどこに引っ越ししますか。

1　郊外から都心

2　都心から郊外

3　田舎から都会

4　都会から田舎

2番

男性社員と女性社員が話しています。

F：なかなか決まりませんね。

M：うん。でも、毎年そうだよ。でも、今の男性はなかなかよかったね。うちの商品のこともよく研究していたし、やりたいことが商品開発、とはっきりしていた。筆記テストもよくできていたみたいだよ。

F：ええ。はっきりしているのはいいんですが、もし他の部署になった時にやっていけるかどうか。たとえば営業や販売のような仕事が続けられるか気になります。その点、最初に面接した女性は、おとなしい印象でしたが、好奇心が旺盛で、何でもやってみたい、という気持ちが伝わってきました。

M：実は、それも注意が必要なんだよ。せっかくうちの社に入ったとしても、すぐ他の仕事がしたくなって転職してしまったり、仕事に集中しなかったり。

F：むずかしいですね。二人とも、コミュニケーション能力は低くないようでしたが。

M：とにかく今の二人については、次のグループ面接での様子を見てみよう。

二人は何について話していますか。

1　開発中の新製品について
2　新発売する商品について
3　新入社員について
4　就職試験の受験者について

3番

男の人がテレビで話をしています。

M:　私は以前、仕事人間でした。仕事に集中できる自分は能力がある。なかなか仕事を覚えない人や、失敗をする人はダメだと思っていたのです。もちろん、どんどん給料も上がりました。しかし病気になってからは、自分でできるはずだと思っていてもできないんですね。なぜこんなことができないのか、もっとできるはずだ、と思っても、頭に体が追いつかないんです。周りはだれも文句をいわないし、怒る人もいないんですが、自分ではつらかったです。あの時、黙って仕事を手伝ってくれた同僚には、心から感謝しています。

　ひとつの仕事には、多くの人が関わっています。どんな人がその仕事に関わっているのかをメンバーが知っているかどうかで、仕事がうまくいくかどうかもちがいます。いつ病気になるかはわからないし、病気以外に仕事に集中できない状況が起きるかもしれないですからね。今では、周りの人の状況について関心をもち、お互いの力を合わせることが大事だと思い、ますます仕事が楽しくなりました。

この人の考え方は、どう変わりましたか。

1　以前は仕事が好きになれなかったが、今は病気が治ったので仕事に集中できるようになった。
2　以前は仕事第一だったか、今は家族が第一になった。
3　以前は自分の能力が高いので良い仕事ができると思っていたが、今は周囲との協力が大事だと思うようになった。
4　以前は仕事が嫌いだったが、今は周りの人と協力し合う楽しさを知って仕事が好きになった。

4番

女の人と男の人が、年をとってから住む場所について話しています。

F：私は、このまま都会で暮らしたいな。だって、年をとるとだんだん体が動かなくなるでしょう。不便な場所で暮らすのは大変だもん。

M：どこへ出かけるにしても都会は便利だからね。けど、お金がなかったら、都会にいてもつまらないよ。それに、年をとったらそんなに出かけたいと思うのかなあ。インターネットさえあれば僕はどこでも退屈しないから、どうせ暮らすなら緑に囲まれた自然がいっぱいの場所で生活したいな。

F：コンサートとか、美術館とか、たまに珍しい食べ物を買ったりするだけでもお金は使うね。ただ、人と会うのは都会の方が便利でしょう？私はずっとここで育ったから、友達や親戚と会えなくなるのはさびしいなあ。

M：結局、住みたい場所を選んでいると、自分にとって何が大事なのかってことがわかるね。

二人は年をとってから住む場所についてなんと言っていますか。

1　二人とも、どこかに出かけやすい便利な都会に住みたいと言っている。

2　二人とも、自然が豊かな場所に住みたいと言っている。

3　女の人は自然の豊かな所で、男の人はインターネットが使える便利な都会で暮らしたいと言っている。

4　女の人は親しい人の近くで、男の人は自然の豊かな場所で暮らしたいと言っている。

5番

料理研究家が、話しています。

F：最近、食料品の値段が上がっています。食費が上がって、家計が苦しくなりストレスが増えたという人が多いようです。ただ、日本という国は、世界でもっとも多くの食料を捨てている国の一つでもあることを、一度考えてください。ほしいものが買えないということも困ったことなのですが、まずは、必要なものが足りているか、今ほしいものはどのくらい必要なのかということを考えれば、ほしいものは多少我慢して食費も見直せるので、ストレスは減るかもしれません。必要なものとほしいものを区別して考えること。これは、食べ物に限ったことではないのかもしれませんね。

この人は、食費が高いことについてどうすればいいと言っていますか。

1　近い所でとれた野菜を買えばいいと言っている。

2　もっと我慢をするべきだと言っている。

3　必要なものと必要でないものを区別して買えばいいと言っている。

4　必要なものとほしいものを区別して買うべきだと言っている。

問題 4

例

M：あのう、この席、よろしいですか。

F：1　ええ、まあまあです。

2　ええ、いいです。

3　ええ、どうぞ。

1番

M：今日はずいぶんおとなしいんだね。

F：1　え？　私ってそんなにいつもうるさい？

2　たぶんみんな帰っちゃったんでしょう。

3　すみません、気をつけます。

2番

F：うちの子は生意気で。

M：1　優しいんだね。

2　元気があっていいんじゃない？

3　親の言うことをちゃんと聞いているんだね。

3番

M：あんなに上手く日本語が話せて、うらやましいよ。

F：1　はい、がんばります。

2　ええ、本当です。

3　いいえ、まだまだです。

4番

M：おまちどおさま。

F：1　いや、そんなに待っていないよ。
　2　いや、もうすぐだよ。
　3　いや、まだまだだよ。

5番

F：わあ、かわいい子犬。パパ、ありがとう。

M：1　ずっとかわいがるんだよ。
　2　ずっとかわいかったんだよ。
　3　ずっとかわいそうなんだよ。

6番

M：悔やんだところで、しかたがないですよ。

F：1　そうですね、あきらめないでよかったです。
　2　そうですね、残念ですが、あきらめます。
　3　そうですね、もうすぐだよ。

7番

M：わっ!!

F：1　わっ、びっくりした。おどかさないでよ。
　2　わっ、びっくりした。おどかしちゃった。
　3　わっ、びっくりした、おどろかないでよ。

8番

M：いちいち僕にきかなくてもいいよ。

F：1　じゃあ、ひとつずつ質問します。
　2　じゃあ、自分で決めてもいいんですね。
　3　じゃあ、ぜんぶ質問します。

9番

M：そのワンピース、おしゃれだね。

F：1　そうかな。結構、古いんだけどね。
　2　そうかな。じゃ、もっと安いのにするよ。
　3　そうかな。新しいのに。

10番

M：今日はくたびれたよ。

F：1　よかったね。きっと課長も喜ぶね。
　2　うまくいってよかった。心配したよ。
　3　お疲れ様。ゆっくり休んでね。

11番

F：あれ？パソコンがひとりでに終了したよ。

M：1　えっ、早いね。
　2　えっ、壊れたのかな。
　3　えっ、すごいな。

問題5

1番

デパートで、店員と男性客が話をしています。

M：知り合いの息子さんにあげるちょっとしたプレゼントを探しているんですけど。
F：何歳ぐらいのお子さんですか。
M：中一なんで、あまり子どもっぽいものでもどうかと思うんですが、おもちゃか文房具がいいと思って。服や靴なんかはサイズがね。好きなブランドもわからないので。
F：おもちゃというと、ゲームでしょうか。それでしたら…。
M：いえ、体を動かすようなものがいいんです。いつもゲームばっかりだから。
F：中学生でしたら、図書券とかシャープペンシルも人気がございますね。
M：本は読まないみたいなんですよ。文房具だとシャープペンシルかなあ。
F：学校で使いますからね。あとペンケースも人気があるようです。

M：ああ、それがよさそうだな。

男の人は、どんな相手に送るプレゼントを探していますか。

1　活発な小学生
2　おとなしい小学生
3　運動好きな中学生
4　ゲーム好きな中学生

2番

家族で冬休みの予定について話しています。

M1：今年ももう12月だね。また忙しくなるなあ。
F1：お父さんは、お正月もずっと出勤？
M1：いや、来年は元旦と3日が休みだよ。
F2：じゃ、遠くに旅行ってわけにもいかないね。お母さんはどうするの。
F1：お母さんは、31日まで仕事だけど元旦は休み。
M1：じゃ、みんなで温泉でも行こうか。
F2：いいけど、私は来週から31日までアルバイト。3日からスキーに行くよ。
F1：今年はどこへも出かけられそうにないね。
M1：そんなことないよ。行こうよ。温泉。
F2：うん。そうだよ。行こうよ。
F1：そうね。じゃ、日帰りで、そうしようか。

3人は、いつ温泉に行きますか。

1　12月30日
2　12月31日
3　1月1日
4　1月2日

3番

ラジオで講師が話しています。

M1：アンガーマネージメントということばをご存知でしょうか。英語で、アンガー、つまり怒るという気持ちをマネージメント、管理する、という意味で、要するに心理教育の一つです。最近では日本でも社員の研修で取り入れる企業が増えています。アンガーマネージメントを学ぶということは、怒らないようにすることではありません。怒ることは、まったく自然な感情です。問題は、自分が怒っていると感じた時、それを関係のない誰かや何かのせいにして感情を爆発させてしまうことで、自分にとって適切な時に適切な怒り方ができるように、自分の感情を調整することは、周囲との関係を良くするためにとても大事です。

F：怒った後ってイヤな気持ちになることが多いから、怒っちゃいけないって思っていた。

M2：そうだよな。だけど、子どもの頃、友達にされたことに怒ってケンカした後、すっきりしたこともあるなあ。

F：　へえ。私は、怒るのも怒られるのも苦手。それに、怒られた経験は忘れないんだけど、なんで怒られたかは忘れてることも多いよ。

M2：そうかな。僕はたいてい自分がしたことも覚えてるよ。親に反抗したこととかね。

F：　私の祖母はいつもニコニコしながらいろんなことを教えてくれた。それは、しっかり覚えてるんだよね。

M2：それ、よくわかるよ。逆に、急に殴られた時なんて、自分が相手に何をしたか考える余裕なんてなくなる。アンガーマネージメントができるってことは、精神的に大人になるってことなのかな。周りの人にも気持ちが伝わるとストレスも減るし。だから君のおばあちゃんはいつもニコニコしていられたんじゃない？

質問1. 講師は、何について話していますか。

質問2. アンガーマネージメントについて、男の人はどう考えていますか。

第1回（だいかい） 言語知識（文字・語彙）（げんごちしき（もじ・ごい）） 問題1（もんだい） P26

1

解　答　2

日文解題

「予報」は先に知らせること。「天気予報」は風、天気、気温などの予報。
他の選択肢の漢字は３「予防」
予＝ヨ／あらかじ - め
例・予定　予約
報＝ホウ／むく - いる
例・訪問

中文解說

「予報／預報」是指“事先通知”。「天気予報／天氣預報」是對風、天氣、溫度等等的預報。
其他選項的漢字：選項３「予防／預防」
予＝ヨ／あらかじ - め
例如：予定（預定）、予約（預約）
報＝ホウ／むく - いる
例如：訪問（訪問）

2

解　答　3

日文解題

「延期」は予定の日を後に延ばすこと。
延＝エン／の - ばす　の - びる　の - べる
例・延長戦
期＝キ・ゴ
例・期間　期待

中文解說

「延期／延期」是指將預定的日期往後延。
延＝エン／の - ばす　の - びる　の - べ
例如：延長戦（延長賽）
期＝キ・ゴ
例如：期間（期間）、期待（期待）

3

解　答　1

日文解題

「抱える」は荷物などを腕の中に持つこと。
抱＝ホウ／だ - く　かか - える　いだ - く
例・子犬を抱く　借金を抱える　夢を抱く
《その他の選択肢》
２「押さえて」３「捕らえて」４「構えて」

中文解說　「抱える／抱」是指用手臂將物品等抱住。
抱＝ホウ／だ‐く　かか‐える　いだ‐く
例如：子犬を抱く（抱著小狗）、借金を抱える（背負債務）、夢を抱く（懷抱夢想）
《其他選項》
選項２「押さえて／按壓」、選項３「捕らえて／捕捉」、選項４「構えて／建造」

4

解　答　4

日文解題　「汗」は暑いとき、運動したときなどに体から出る水分。
他の選択肢の漢字は１「血」　２「脳」　３「涙」
汗＝カン／あせ
例・汗をかく

中文解說　「汗／汗」是炎熱時、運動時等等情況下從身體排出的水分。
其他選項的漢字：選項１「血／血」、選項２「脳／腦」、選項３「涙／眼淚」
汗＝カン／あせ
例如：汗をかく（出汗）

5

解　答　2

日文解題　「住宅」は人が住むための家のこと。
住＝ジュウ／す‐む　す‐まう
例・住所　２階に住む
宅＝タク
例・自宅　宅配便
《その他の選択肢》３「住居」

中文解說　「住宅／住宅」是指供人居住的屋子。
住＝ジュウ／す‐む　す‐まう
例如：住所（住處）、２階に住む（住在二樓）
宅＝タク
例如：自宅（自家）、宅配便（快遞）
《其他選項》選項３「住居／住宅」

第１回（だいかい）　言語知識（文字・語彙）（げんごちしき（もじ・ごい））　問題２（もんだい）　P27

6

解　答　2

日文解題　「地下鉄」は地下にある鉄道。
地＝ジ・チ　例・地面　地球
下＝カ・ゲ／おり‐る・ろ‐す・くだ‐さる・くだ‐す・くだ‐る・さ‐がる・さ‐げる・した・しも・もと

鉄＝テツ　例・鉄道
《その他の選択肢》
1「硬」コウ／かた - い　例・硬貨　硬い文
3「鋭」エイ／するど - い　例・鋭い爪
4「決」ケツ／き - まる・き - める
例・解決　優勝が決まる　規則を決める

中文解說　「地下鉄／地鐵」是指位於地底下的鐵道。
地＝ジ・チ
例如：地面（地面）、地球（地球）
下＝カ・ゲ／おり - る・ろ - す・くだ - さる・くだ - す・くだ - る・さ - がる・さ - げる・した・しも・もと
鉄＝テツ
例如：鉄道（鐵道）
《其他選項》
1「硬」コウ／かた - い
例如：硬貨（硬幣）、硬い文（艱澀的文章）
3「鋭」エイ／するど - い
例如：鋭い爪（尖銳的爪子）
4「決」ケツ／き - まる・き - める
例如：解決（解決）、優勝が決まる（冠軍出爐）、規則を決める（制定規則）

7

解答　1

日文解題　文の意味から、「打って」ではなく「売って」を選ぶ。「売る」⇔「買う」
売＝バイ／う - る　例・売店　野菜を売る店
《その他の選択肢》
2「取」シュ／と - る　例・取り替える
3「打」ダ／う - つ　例・打ち合わせ
4「買」バイ／か - う　例・買い物

中文解說　從題目句的意思來看，不是「打って／打擊」，而應該選「売って／販賣」。「売る／販賣」⇔「買う／購買」
売＝バイ／う - る
例如：売店（商店）、野菜を売る店（賣蔬菜的商店）
《其他選項》
2「取」シュ／と - る
例如：取り替える（交換）
3「打」ダ／う - つ
例如：打ち合わせ（商談）
4「買」バイ／か - う
例如：買い物（購物）

8

解答 2

日文解題

「就職」は仕事が決まること。例・銀行に就職しました。
就＝シュウ／つ - く　例・就任　仕事に就く
職＝ショク
《その他の選択肢》
1、4「習」シュウ／なら - う　例・予習　ピアノを習う
3、4「織」シキ・ショク／お - る　例・織物

中文解說

「就職／就業」是指找到工作。例如：銀行に就職しました。（我到銀行上班了。）
就＝シュウ／つ - く
例如：就任（就任）、仕事に就く（到職）
職＝ショク
《其他選項》
1、4「習」シュウ／なら - う
例如：予習（預習）、ピアノを習う（學習鋼琴）
3、4「織」シキ・ショク／お - る
例如：織物（紡織品）

9

解答 1

日文解題

「祭り」は神に感謝したり、収穫、健康などを願ったりする行事。例・夏祭り
祭＝サイ／まつ - り　まつ - る
《その他の選択肢》
2「際」サイ／きわ　例・国際
3「然」ゼン・ネン　例・自然　天然
4「燃」ネン／も - える　も - やす　も - す

中文解說

「祭り／祭典」是感謝神明、祈求收成或健康之類的活動。
例如：夏祭り（夏日祭典）
《其他選項》
選項2「際」サイ／きわ
例如：国際（國際）
3「然」ゼン・ネン
例如：自然（自然）、天然（天然）
4「燃」ネン／も - える　も - やす　も - す

10

解答 4

日文解題

「横断」は横または東西の方向に移動すること。例・アメリカ横断　横断歩道
横＝オウ／よこ　例・横切る
断＝ダン／た - つ　ことわ - る　例・判断　誘いを断る
《その他の選択肢》
1、2「欧」オウ　例・欧州
1、3「段」ダン　例・階段

中文解說　「横断／穿越」是指橫向移動或東西方向的移動。例如：アメリカ横断（橫跨美國）、横断歩道（斑馬線）
横＝オウ／よこ
例如：横切る（穿過）
断＝ダン／た - つ　ことわ - る
例如：判断（判斷）、誘いを断る（拒絕邀約）
《其他選項》
1、2「欧」オウ
例如：欧州（歐洲）
1、3「段」ダン
例如：階段（樓梯）

第1回（だいかい）　言語知識（文字・語彙）（げんごちしき　もじ　ごい）　問題3（もんだい）　P28

11

解答　4

日文解題　「奨学金」は学費として貸与・給与される資金。
「～金」の例は「入会金」「保証金」。
《その他の選択肢の例》
1交通費　2タクシー代　3利用料

中文解說　「奨学金／助學金、獎學金」是指作為學費借貸或贈與的資金。
「～金／～費」的例子：「入会金／入會費」、「保証金／保證金」。
《其他選項》
選項1交通費（交通費）、選項2タクシー代（計程車費）、選項3利用料（使用費）

12

解答　3

日文解題　「～産」はその国、地域で作られた物という意味。
「～産」の例は「北海道産」「中国産」。
《その他の選択肢の例》
1洋式　2蜂蜜入りのお菓子　4スイス製の時計
※「～産」は、野菜や肉などの産物、4の「～製」は車や服などの製品をいう。

中文解說　「～産／～產」是"在某個國家、地區生產的作物"的意思。
「～産／～產」的例子：「北海道産／北海道生產」、「中国産／產自中國」。
《其他選項》
選項1洋式（西式）、選項2蜂蜜入りのお菓子（加入蜂蜜的點心）、選項4スイス製の時計（瑞士製的手錶）
※「～産／～產」用於"蔬菜或肉等"生鮮產品，選項4「～製／～製」用於"車子或衣服"等製品。

13

解　答　2

日文解題

「不～」は「～ではない」という意味。
「不～」の例は「不景気」「不規則」。
《その他の選択肢の例》
１非常識　３無関係　４絶食

中文解說

「不～／不～」是「～ではない／並非～」的意思。
「不～／不～」的例子：「不景気／不景氣」、「不規則／不規則」。
《其他選項的例子》
選項１非常識（沒常識）、３無関係（沒關係）、４絶食（絕食）

14

解　答　3

日文解題

「悪～」は「悪い～」という意味。
「悪～」の例は「悪条件」「悪影響」。
《その他の選択肢の例》
１不健康　２逆効果　４元歌手

中文解說

「悪～／不利～、壞～」是「悪い～／有礙～、對～有害」的意思。
「悪～／不利～、壞～」的例子：「悪条件／不利條件」、「悪影響／壞影響」。
《其他選項的例子》
選項１不健康（不健康）、２逆効果（反效果）、４元歌手（前歌手）

15

解　答　1

日文解題

「将来性」は将来に期待できる様子。「～性」はそのような性質、傾向のこと。
「～性」の例は「重要性」「安全性」。
《その他の選択肢の例》
２高齢化　３表現力　４責任感

中文解說

「将来性」是對未來抱有期待的樣子。「～性／～性」是指有這種性質，傾向。
「～性／～性」的例子：「重要性／重要性」、「安全性／安全性」。
《其他選項的例子》
選項２高齢化（高齡化）、３表現力（表現力）、４責任感（責任感）

第1回 言語知識（文字・語彙） 問題4 P29

16

解答 2

日文解題

「接続」は繋ぐこと、繋がること。例・この電車は次の駅で急行に接続します。
《その他の選択肢》
1「通信」は他者に意思や情報を通ずること。郵便や電話などによるものをさすことが多い。例・通信販売で布団を買った。
3「連続」はものごとが続くこと。例・3日連続で雨だ。
4「挿入」は差し入れること。例・レポートにグラフを挿入する。

中文解說

「接続／接續」是指連接、連繫。
例句：この電車は次の駅で急行に接続します。（這班電車可以在下一站接上快速列車的班次。）
《其他選項》
選項1「通信／通信」是向別人傳達意思或資訊往來。常用於指郵件或電話等的往返。
例句：通信販売で布団を買った。（透過郵購買了棉被。）
選項3「連続／連續」是指事物的持續。例句：3日連続で雨だ。（連續三天都在下雨。）
選項4「挿入／插入」是指插入其中。例句：レポートにグラフを挿入する。（在報告中加入圖表。）

17

解答 4

日文解題

「いらいら」はものごとが思い通りにならず、怒っている様子。例・PCの調子が悪くてイライラする。
《その他の選択肢》
1「はきはき」は話し方や態度が明るくはっきりしている様子。例・彼女は何を聞かれても、笑顔ではきはきと返事をした。
2「めちゃくちゃ」は全く整っていない、ひどく乱れている様子。また程度がとても大きいこと。例・トラックと衝突した車はめちゃくちゃに壊れた。
3「ぶつぶつ」は口の中で小さな声でしゃべる様子。例・彼はいつもぶつぶつと文句ばかり言っている。

中文解說

「いらいら」事情沒有按照預期進行而發怒的樣子。
例句：PCの調子が悪くてイライラする。（電腦怪怪的，讓人煩躁。）
《其他選項》
1「はきはき／乾脆」是指說話方式或態度明確清晰的樣子。
例句：彼女は何を聞かれても、笑顔ではきはきと返事をした。（無論問她什麼，她都笑著回答。）
2「めちゃくちゃ／亂七八糟」是指不完整，非常凌亂的樣子。另外也指程度十分嚴重。

例句：トラックと衝突した車はめちゃくちゃに壊れた。（與卡車相撞的那輛汽車被撞得稀巴爛。）
3「ぶつぶつ／嘟噥」在嘴裡小聲說的樣子。
例句：彼はいつもぶつぶつと文句ばかり言っている。（他總是嘮嘮叨叨的發著牢騷。）

18

解答 1

日文解題 「質」は内容や中味、価値のこと。例・あの店の料理は質が落ちたね。
《その他の選択肢のことば》
2「材」木材・材料・人材
3「好」好物・良好
4「食」食品・食事

中文解說 「質」是指內容或價值。
例如：あの店の料理は質が落ちたね。（那家餐廳的料理品質變差了。）
《其他選項的詞語》
2「材」木材（木材）・材料（材料）・人材（人才）
3「好」好物（喜歡吃的東西）・良好（良好）
4「食」食品（食品）・食事（用餐）

19

解答 1

日文解題 「当てはまる」はちょうど合う、うまく合うという意味。例・問題「次の文の（　　）の中に当てはまる言葉を書きなさい。」
《その他の選択肢》
2「打ち合わせる」は前もって相談すること。例・新製品の開発について打ち合わせる。
3「取り入れる」は取って中に入れること。また他のものを自分のものとして利用すること。例・洗濯物を取り入れる。外国の文化を取り入れる。
4「取り替える」はほかの物に替えること。また交換すること。例・電球が切れたので取り替えた。友達と服を取り替えた。

中文解說 「当てはまる」是剛好吻合、很適合的意思。
例如：題目說明「次の文の（　　）の中に当てはまる言葉を書きなさい。／請在以下句子的（　　）中填入適合的詞語。」
《其他選項》
選項2「打ち合わせる／商量」是事先商量。
例句：新製品の開発について打ち合わせる。（針對新產品的開發進行協商。）
選項3「取り入れる／拿進」是指拿到裡面。也指將他人的東西作為己用。
例句：洗濯物を取り入れる。（把洗好的衣服收進來。）、外国の文化を取り入れる。（引進外國文化。）
選項4「取り替える／更換」是指替換成其他物品，也指交換。
例句：電球が切れたので取り替えた。（因為燈泡壞了，所以把它換掉了。）、友達と服を取り替えた。（和朋友交換了衣服。）

20

解　答　3

日文解題

「主要」は主に重要なこと。例・チームの主要メンバーの一人が怪我をした。

《その他の選択肢》

1「中心」は真ん中のこと。例・彼はいつもクラスの中心にいる。

2「重要」は大事なこと、大切なこと。例・明日は重要な会議がある。

4「重大」は容易でない、非常に大切という意味。例・昨年はいくつもの重大な事件があった。

中文解說

「主要／主要」通常指重要的人事物。

例句：チームの主要メンバーの一人が怪我をした。（球隊的主要成員中的一人受傷了。）

《其他選項》

選項１「中心／中心」是指正中心的事物。

例句：彼はいつもクラスの中心にいる。（他一直都是班上的風雲人物。）

選項２「重要」是指要緊的事物、重要的事物。

例句：明日は重要な会議がある。（明天有一場重要的會議。）

選項４「重大」是不容易、非常重要的意思。

例句：昨年はいくつもの重大な事件があった。（去年發生了好幾起重大事件。）

21

解　答　3

日文解題

「うらやましい」は他人のよいこと、よいところを自分と比べたときになる嫌な気持ち。漢字は「羨ましい」。例・君の奥さんは料理が上手でうらやましいな。→このとき私が羨ましいと思うのは「君」。

《その他の選択肢》

1「もったいない」は無駄になるのが惜しいという意味。例・君には才能がある。怠けていてはもったいないよ。

2「はなはだしい」は程度が非常に大きいこと。漢字は「甚だしい」。例・挨拶もできないとは、非常識も甚だしい。

4「やかましい」は騒がしい、うるさいという意味。例・テレビの音がやかましくて勉強できない。

中文解說

「うらやましい／羨慕、忌妒」是當別人的境遇比自己好、比自己優秀時，心裡不舒服的感覺。漢字寫為「羨ましい／羨慕、忌妒」。

例句：君の奥さんは料理が上手でうらやましいな。（尊夫人很擅長料理，真令人羨慕啊！）→這時我羨慕的對象是「你」。

《其他選項》

選項１「もったいない／可惜」是“為浪費的事物感到惋惜”的意思。

例句：君には才能がある。怠けていてはもったいないよ。（你很有才華，這樣偷懶怠惰真是太可惜了。）

選項２「はなはだしい／非常」指程度很高。漢字寫為「甚だしい／非常」。

例句：挨拶もできないとは、非常識も甚だしい。（居然連打招呼都不會，真是太不懂事了。）

選項４「やかましい／吵鬧」是嘈雜、吵鬧的意思。

例句：テレビの音がやかましくて勉強できない。（電視的音量吵得我都沒辦法讀書了。）

22

解　答　3

日文解題

「エネルギー」は物体が仕事をするための力。

例・日本で一番多く使われているエネルギー源は石油です。

《その他の選択肢》

１「カロリー」は熱量の単位。例・病気のため、カロリーを抑えた食事をとっている。

２「テクノロジー」は科学技術のこと。例・先端テクノロジーの発展は目覚ましいものがある。

４「バランス」は均衡のこと。例・栄養バランスのとれた食事を心がけよう。

中文解說

「エネルギー／能源」是供物體運作的動力。

例句：日本で一番多く使われているエネルギー源は石油です。（在日本，最常使用的能源是石油。）

《其他選項》

選項１「カロリー／卡路里」是熱量的單位。

例句：病気のため、カロリーを抑えた食事をとっている。（我由於生病而只能攝取低熱量的食物。）

選項２「テクノロジー／科技」指科學技術。

例句：先端テクノロジーの発展は目覚ましいものがある。（尖端科技的發展有了顯著的進步。）

選項４「バランス／平衡」是均衡的意思。

例句：栄養バランスのとれた食事を心がけよう。（注意要攝取營養均衡的飲食。）

第１回　言語知識（文字・語彙）　問題５　P30

23

解　答　4

日文解題

「でたらめ」はいい加減なこと、筋が通らないこと。例・昨日会った女の子から聞いた電話番号はでたらめだった。

中文解說

「でたらめ／胡說八道」是指靠不住、不合道理。

例句：昨天遇到的那個女孩子給我的電話是假的。

24

解　答　3

日文解題

「鋭い」は刃物などの先のとがっている様子、また才能や技量などが優れていることをいう。

3「的確な」は的を外れず、間違いがないこと。例・課長の的確な指示のおかげで、素晴らしい仕事をすることができた。

《その他の選択肢》

1「厳しい」は激しい、険しい、酷いなどの意味。例・町の消防隊は厳しい訓練を受けている。

2「冷静な」は、感情的でなく落ち着いていること。例・みんなが興奮して騒ぐ中、彼だけが冷静だった。

4「ずるい」は自分の得のために、仕事を怠けたりうまく行動したりすることをいう。またそのような性格をさす。例・お兄ちゃんは一番大きいケーキをとって、ずるいよ。

中文解說

「鋭い」是指刀刃等物品的前端很尖銳的樣子，也用於指才能或技藝等優點很出色。

選項3「的確な／準確」是正中靶心、沒有錯誤的意思。

例句：課長の的確な指示のおかげで、素晴らしい仕事をすることができた。（多虧了科長精準的指示，才能完美地完成這份工作。）

《其他選項》

選項1「厳しい／嚴峻」是激烈、險峻、嚴重的意思。例句：町の消防隊は厳しい訓練を受けている。（鎮上的消防隊接受了嚴格的訓練。）

選項2「冷静な／冷靜」是指不感情用事，平心靜氣。例句：當大家都在興奮吵鬧時，只有他一人十分冷靜。

選項4「ずるい／狡猾」是指為了自己的利益而行動，或是工作偷懶之類的狀況，也用於指這種人的個性。例句：お兄ちゃんは一番大きいケーキをとって、ずるいよ。（哥哥拿了最大塊的蛋糕，真狡猾！）

25

解　答　1

日文解題

「身につける」は知識や技術を自分のものにすること。

1「覚える」は学んで知ること、また人に教えられて習得すること。例・毎日漢字を10ずつ覚えます。

《その他の選択肢》

2「使う」の例・英語を使った仕事がしたい。

3「整理する」は片付けること、順番などを正しく直すこと。例・資料をファイルに分けて整理する。

4「伝える」の例・みなさんによろしくお伝えください。

中文解說

「身につける／掌握」是指將知識或技術等納為己用。

選項1「覚える／學會」是指因學習而知道、也指受到別人教導而習得某事物。

例句：毎日漢字を10ずつ覚えます。（一天背十個漢字。）

《其他選項》

選項２「使う／使用」的例句：英語を使った仕事がしたい。（我想從事會用到英語的工作。）
選項３「整理する／整理」是指整理、將順序等調整正確。例句：資料をファイルに分けて整理する。（把資料分門別類收進檔案夾。）
選項４「伝える／傳達」的例子：みなさんによろしくお伝えください。（請代我向大家問好。）

26

解　答　3

日文解題

「いくらか」はわずか、少しだけという意味の副詞。
３「少しは」の「は」は、たくさんではないという気持ちを表している。
《その他の選択肢》
１「ますます」は前よりももっと、という意味。例・物価が上がって、生活はますます苦しくなった。
２「ちっとも」は「少しも～ない」という意味。後に打消しのことばを伴う。例・課長の冗談はちっとも面白くない。
４「あっという間に」は非常に短い間にという意味。例・猫は、大きな音に驚いてあっという間にいなくなった。

中文解說

「いくらか／若干」是副詞，是少量、一點點的意思。
選項３「少しは」的「は」表示不太多。
《其他選項》
選項１「ますます／越來越～」是比先前更加～的意思。例句：物価が上がって、生活はますます苦しくなった。（物價上漲，日子越來越難過了。）
選項２「ちっとも／一點也（不）」是「少しも～ない／一點都不～」的意思。後面會接否定的詞。例句：課長の冗談はちっとも面白くない。（科長說的笑話一點都不好笑。）
選項４「あっという間に」是“非常短的時間”的意思。例句：猫は、大きな音に驚いてあっという間にいなくなった。（貓咪被巨大的聲響嚇得一溜煙跑不見了。）

27

解　答　1

日文解題

「プラス」は加えること、足すことを意味するが、よいこと、有利なことという意味でも使われる。⇔マイナス。

中文解說

「プラス／增加」是加上、添加的意思，也可以用於指正向、正面的事物。
⇔マイナス（負面）。

第1回（だいかい） 言語知識（文字・語彙）（げんごちしき もじ ごい） 問題6（もんだい） P31

28

解答 3

日文解題
「不平」は不満に思うこと。文句。例・彼はとうとう日頃の不平不満を爆発させた。
《その他の選択肢の例》
1「不公平」　2「平ら」　4「不正」

中文解說
「不平／不平」是指心懷不滿、抱怨。例句：彼はとうとう日頃の不平不満を爆発させた。（他累積多時的不滿終於爆發了。）
《更正其他選項》
選項1「不公平／不公平」、選項2「平ら／平坦」、選項4「不正／不正當」

29

解答 3

日文解題
「きっかけ」はものごとを始める機会。例・私がスケートを始めたきっかけは、テレビで彼女の演技を見たことでした。
《その他の選択肢の例》
1「この映画を見たきっかけは、友人に勧められたことでした。」
2「私が女優になったのは、この映画を見たことがきっかけでした。
4「この映画を見て、涙がとまりませんでした。」

中文解說
「きっかけ／契機」是指事情開始的機會。例句：私がスケートを始めたきっかけは、テレビで彼女の演技を見たことでした。（在電視上看到她的表演，是促使我溜冰的契機。）
《更正其他選項》
選項1「この映画を見たきっかけは、友人に勧められたことでした。／因為朋友推薦，所以我看了這部電影。」
選項2「私が女優になったのは、この映画を見たことがきっかけでした。／看了這部電影是我成為女演員的契機。」
選項4「この映画を見て、涙がとまりませんでした。／看了這部電影後淚流不止。」

30

解答 4

日文解題
「高度」は高さの程度。程度が高いことをあらわす。例・この都市の交通網は高度に発達している。
《その他の選択肢の例》
1「高さ」。山や建物については「高度」ではなく「高さ」という。
※飛行機：「現在高度1万メートルの上空です。」
2「高級」　3「温度」

中文解說　「高度」是指高低的程度。表示程度高。例句：この都市の交通網は高度に発達している。（這座城市的交通網絡非常發達。）
《更正其他選項》
選項１「高さ／高」。若要指山或建築物，不會說「高度」，而應說「高さ」。
※飛機的例子：「現在高度１万メートルの上空です。／現在我們飛行在高度一萬公尺的空中。」
選項２「高級／高級」、選項３「温度／溫度」

31

解　答　2

日文解題　「結ぶ」は糸や紐などの端を組んで繋ぐこと。
例・東海道新幹線は東京と大阪を結んでいます。
《その他の選択肢の例》
１「剃る」　３「乾かす」　４「つける、する」

中文解說　「結ぶ」是指把線或繩子等的一端連接起來。
例句：東海道新幹線は東京と大阪を結んでいます。（東海道新幹線把東京和大阪連接起來了。）
《更正其他選項》
選項１「剃る／剃」、選項３「乾かす／吹乾、晾乾、烤乾」、選項４「つける、する／繫上」

32

解　答　2

日文解題　「せっせと」は仕事などを、休まず熱心にすること。忙しく動き回ったり、作業を繰り返しする様子。例・しゃべってばかりいないで、せっせと手を動かしなさい。
《その他の選択肢の例》
１「せっせと」は同じ小さな作業を何度もするというような意味がある。大きい魚を一度運ぶ様子には使わない。
３「さっさと」
４「せっせと」は忙しく働く様子なので、たばこを吸うなどの時には使わない。

中文解說　「せっせと／孜孜不倦地」是工作之類的情況中不休息、十分熱衷的意思。用於指忙來忙去、反覆勞動的樣子。例句：しゃべってばかりいないで、せっせと手を動かしなさい。（不要光出一張嘴，請趕快動手做事。）
《更正其他選項》
選項１「せっせと／孜孜不倦地」含有一再重複做小事情的意思，不會用在搬運大魚這種一次性的動作上。
選項３「さっさと／迅速地」。
選項４「せっせと／孜孜不倦地」是指忙碌工作的樣子，不會用在吸菸這類情況。

33

解答 1

日文解題

「（動詞て形）からでないと」は後に否定的な文を伴って、～した後でなければだめだ、前もって～しておくことが必要だ、という意味を表す。例・この果物は全体が赤くなってからでないと、すっぱくて食べられません。

《その他の選択肢》

2「利用する前に会員登録をしてください」

3「この施設の利用は、会員登録をしてからとなります」

4「会員登録をしていない人は利用しないでください。」（このような表現はあまり使われない）

中文解說

「（動詞て形）からでないと」後面要接否定的句子，表示“如果沒有～就不行、之前必須要先做～”的意思。例句：這種水果除非整顆熟成紅色，否則就不能食用。

《其他選項》

選項２若改為「利用する前に会員登録をしてください／使用前請先登錄會員」則正確。

選項３若改為「この施設の利用は、会員登録をしてからとなります／註冊會員後即可使用本設備」則正確。

選項４若改為「会員登録をしていない人は利用しないでください／沒有註冊過的民眾請勿使用」則正確。（一般不會用這種說法）

34

解答 3

日文解題

「（名詞、動詞辞書形、い形 - い）やら」は、例をあげて、いろいろあって大変だと言いたいとき。例、

・映画館では観客が泣くやら笑うやら、最後までこの映画を楽しんでいた。

《その他の選択肢》

1「～や～など」はを並べて例をあげる言い方。例、

・今日は牛乳やバターなどの乳製品が安くなっています。

2「～とか～とか」は名詞や動作を表す動詞を並べて、同じような例をあげるときの言い方。話し言葉。例、

・休むときは、電話するとかメールするとか、ちゃんと連絡してよ。

4「～にしろ～にしろ」は、～も～も同じだと言いたいとき。例、

・家は買うにしろ借りるにしろ、お金がかかる。

中文解說

「（名詞、動詞辭書形、形容詞辭書形）やら／又…又…」用於列舉例子，表示又是這樣又是那樣，真受不了的情況時。例如：

・觀眾在電影院裡從頭到尾又哭又笑地看完了這部電影。

《其他選項》

選項１「～や～など／…和…之類的」用在列舉名詞為例子。例如：

・牛奶和牛油之類的乳製品如今變得比較便宜。

選項２「～とか～とか／或…之類」用於列舉名詞或表示動作的動詞，舉出同類型的例子之時。是口語形。例如：

・以後要請假的時候，看是打電話還是傳訊息，總之一定要先聯絡啦！

選項４「～にしろ～にしろ／不管是…，或是…」用於表達～跟～都一樣之時。例如：

・不管是買房子或是租房子，總之都得花錢。

35

解　答　2

日文解題

「（名詞（する動詞の語幹）、動詞辞書形）にしたがって」は、一方が変化するとき、もう一方も変化すると言いたいとき。例、

・父は年をとるにしたがって、怒りっぽくなっていった。

《その他の選択肢》

１「～に基づいて…」は、～を基準として…するという意味。例、

・この映画は歴史的事実に基づいて作られています。

３「～にかかわらず」は、～に関係なく、という意味。例、

・試験の結果は、合否にかかわらず、ご連絡します。

４「～に応じて…」は、前のことが変われば、後のこともそれに合わせて変わる、変えるという意味。例、

・お客様のご予算に応じて、さまざまなプランをご提案しています。

後のことは、前の変化に合わせるという点から、４は間違い。

中文解說

「（名詞（する動詞的語幹）、動詞辭書形）にしたがって／隨著…」表示隨著一方的變化，與此同時另一方也跟著發生變化。例如：

・隨著年事漸高，父親愈來愈容易發脾氣了。

《其他選項》

選項１「～に基づいて…／根據…」表示以～為根據做…的意思。例如：

・這部電影是根據史實而製作的。

選項３「～にかかわらず／無論…與否…」表示與～無關，都不是問題之意。例如：

・不論考試的結果通過與否，都將與您聯繫。

選項４「～に応じて…／按照…」表示前項如果發生變化，後項也將根據前項而發生變化、進行改變。例如：

・我們可以配合顧客的預算，提供您各式各樣的規劃案。

從後項將根據前項而相應發生變化這一點來看，４是不正確的。

36

解　答　3

日文解題

「（動詞ない形、い形くない、な形-でない、名詞-でない）ことには…」は、～なければ…できないという意味。後には否定的な意味の文が来る。例、

・子供がもう少し大きくならないことには、働こうにも働けません。

中文解說

「（動詞ない形、形容詞くない、形容動詞でない、名詞でない）ことには…／要是不…」表示如果不～，也就不能…。後項一般是接否定意思的句子。例如：

・除非等孩子再大一點，否則就算想工作也沒辦法工作。

文法 1 2 3 CHECK 1 2 3

37

解 答 4

日文解題

「（動詞辞書形）わけにはいかない」は、社会的、道徳的、心理的な理由から～できない、と言いたいとき。例、

・研究で成果を出すと先生に誓ったのだから、ここで諦めるわけにはいかない。

《その他の選択肢》

１「～ずにはいられない」は、どうしても～してしまう、抑えられないという意味。例、

・この本は面白くて、一度読み始めたら、最後まで読まずにはいられないですよ。

２「～てたまらない」は、非常に～だと感じるという意味。例、

・薬を飲んだせいで、眠くてたまらない。

３「～わけがない」は、絶対～ない、という意味。例、

・木村さんが今日の約束を忘れるわけがないよ。すごく楽しみにしてたんだから。

中文解說

「（動詞辭書形）わけにはいかない／不能…」用在想表達基於社會性、道德性、心理性的因素，而無法做出～的舉動的時候。例如：

・我已經向老師發誓會做出研究成果給他看了，所以絕不能在這時候放棄！

《其他選項》

選項１「～ずにはいられない／不得不…」表示情不自禁地做～，意志無法克制的意思。例如：

・這本書很精彩，只要翻開第一頁，就非得一口氣讀到最後一行才捨得把書放下。

選項２「～てたまらない／…得受不了」表示強烈地感到非常～的意思。例如：

・由於服藥的緣故，睏得不得了。

選項３「～わけがない／不可能…」表示絕對不可能～的意思。例如：

・木村先生不可能忘記今天的約會啦！因為他一直很期待這一天的到來。

38

解 答 1

日文解題

「（名詞、動詞・形容詞の普通形）くらい、ぐらい」で、程度が軽いと考えていることを表す。例、

・いくら忙しくても、電話くらいできるでしょう。

《その他の選択肢》

２「～なんか」は、価値が低い、大切ではないと考えていることを表す。例、

・あの人のことなんか、とっくに忘れました。

３「～とたん（に）」は、～した直後に、という意味。例、

・女の子はお母さんの姿を見たとたん、泣き出した。

４「～ばかり（だ）」は、悪い方向に変化が進んでいく様子を表す。例、

・労働条件は悪くなるばかりだ。

中文解說

「（名詞、動詞普通形、形容詞普通形）くらい、ぐらい／一點點」表示覺得程度輕微。例如：

・再怎麼忙，總能抽出一點時間打一通電話吧？

《其他選項》
選項２「～なんか／怎麼會…」表示覺得價值低廉，微不足道的心情。例如：
・我早就把那個人忘得一乾二淨了。
選項３「～とたん（に）／剛…就…」表示～之後剎那就～的意思。例如：
・小女孩一看到媽媽出現，馬上哭了出來。
選項４「～ばかり（だ）／越來越…」表示事態朝壞的一方發展的狀況。例如：
・勞動條件愈趨惡化。

39

解答 3

日文解題

「（動詞辞書形）べきだ」は、当然～したほうがいい、人の義務として～しなければならないと言いたいとき。例、
・みんなに迷惑をかけたのだから、きちんと謝るべきだよ。
《その他の選択肢》
１、２は、法律や規則で決まっていることには使わないので不適切。
１「パスポートを持って行かなければならない」なら正解。
２「その国の法律を守らなければならない」なら正解。
４「べきだ」は動詞のない形に接続することはない。「…当然だと思うべきではない」なら正解。間違い「～いべきだ」→正しい「～べきではない」。

中文解說

「（動詞辭書形）べきだ／必須…」用在想表達做～當然是比較好的，以作為人的義務而言，必須做～之時。例如：
・畢竟造成了大家的困擾，必須誠心誠意道歉才行喔！
《其他選項》
選項１、２由於不能使用在法律或規則所訂的事項上，因此不正確。
選項１如果是「必須攜帶護照」就正確。
選項２如果是「必須遵守該國的法律」就正確。
選項４「べきだ」不能接動詞的否定形。如果是「…不應理直氣壯地堅持…」就正確。「～いべきだ」是錯誤的表達方式，如果是「～べきではない／不應該」就正確。

40

解答 3

日文解題

「（普通形現在）限り（は）」で、～の状態が続く間は、という意味。後には、同じ状態が続くという意味の文が来る。例、
・体が丈夫な限り、働きたい。
問題文は、「生活習慣を変えない状態が続く」→「病気はよくならない」と考えて、３を選ぶ。例、
・辛い経験を乗り越えない限り、人は幸せになれません。

中文解說

「（普通形現在）限り（は）／只要…」表示在～的狀態持續期間的意思。後接持續同樣的狀態之意的句子。例如：
・只要身體健康，我仍然希望工作。
本題的意思是「在生活習慣仍持續不改變的狀態」→由此認為「病就治不好」，

因此要選3。例如：
・唯有克服了痛苦的考驗，人們才能得到幸福。

41

解　答　2

日文解題　動詞「起きる」は、使役文で使うとき、他動詞形の「起こす」となる。
×「起きさせる」→○「起こす」
問題文は「（私は）ニワトリに」という使役受身文なので「起こされて」が正解。

中文解說　動詞「起きる／起床」用在使役形的句子時，要改成他動詞的「起こす／喚醒」。
×「起きさせる」→○「起こす／喚醒」
因為題目句是使役被動的句子「（私は）ニワトリに／我被雞」，所以正確答案是「起こされて／喚醒」。

42

解　答　1

日文解題　能力的にできない、という意味で使えるのは選択肢1のみ。
《その他の選択肢》
2、3、4はどれも、～できないという意味だが、能力的にできないという意味では使わない。
2「～がたい（難い）」はその動作の実現が困難であることを表す。例、
・あの優しい先生があんなに怒るなんて、信じがたい気持ちだった。
3「～かねる」は、その状況や条件、その人の立場では～できないと言いたいとき。例、
・お客様の電話番号は、個人情報ですので、お教え出来かねます。
4「～わけにはいかない」は、社会的、道徳的、心理的な理由からできないと言いたいとき。

中文解說　能夠用於表示沒有能力的只有選項1。
《其他選項》
選項2、3、4雖都表示無法～之意。但都不能用於表示沒有能力的意思上。
選項2「～がたい（難い）／難以…」表示難以實現該動作的意思。例如：
・我實在難以想像那位和藹的老師居然會那麼生氣！
選項3「～かねる／無法…」用於表達在該狀況或條件，該人的立場上，難以做～時。例如：
・由於顧客的電話號碼屬於個資，請恕無法告知。
選項4「～わけにはいかない／不能…」用在由於社會上、道德上、心理因素等約束，無法做～之時。

43

解　答　4

日文解題　「（私は）犯人に反省してほしい」という文。同じ意味になるのは4「もらいたい」。

中文解說　題目句的意思是「（私は）犯人に反省してほしい／我希望犯人可以好好反省」。意思相同的是選項4「もらいたい／希望（別人做～）」。

44

解答 2

日文解題 「見ます」の可能形「見られます」を尊敬表現にする。

《その他の選択肢》

1「拝見します」は「見ます」の謙譲語。

3のことばはない。

4「お目にかかる」は「会う」の謙譲語。

中文解說 這題的句子將「見ます／看」的可能形「見られます／能看見」當作尊敬形使用。

《其他選項》

選項1「拝見します／瞻仰」是「見ます／看」的謙讓語。

沒有選項3這個詞語。

選項4「お目にかかる／見到」是「会う／見到」的謙讓語。

第1回（だいかい） 言語知識（文法）（げんごちしき ぶんぽう） 問題8（もんだい） P34-35

45

解答 1

日文解題 正しい語順：野菜が苦手な　4お子様にも　2食べて頂ける　1ように　3ソースの味を　工夫しました。

「野菜が苦手な」の後に4、「工夫しました」の前に3を置く。間に2と1を入れる。

《文法の確認》

主語は「お子様」ではなく「私（私たち、当社など）」。「～ように」で目標を表す。

中文解說 正確語順：1為了讓　不喜歡吃蔬菜的　4小朋友也　2願意吃，我在　3醬料的調味上　下了一番功夫。

「野菜が苦手な／不喜歡吃蔬菜的」後面應該接4，「工夫しました／下了一番功夫」的前面應填入3。而中間應填入2跟1。

《確認文法》

主語不是「お子様／小朋友」而是「私（私たち、当社など）／我（我們、本社等）」。「～ように／為了」表示目標。

46

解答 4

日文解題 正しい語順：あの男は私と　2別れた　1とたん　4他の女と　3結婚　したんです。

「したんです」の前に3を置く。「～たとたん」と考えて、2と1をつなげる。3の前に4を入れる。

《文法の確認》

「（動詞た形）とたん（に）」は、〜したら直後に、という意味。例、

・家に着いたとたんに、雨が降り出した。

中文解說 正確語順：那個男人 1才剛剛 和我 2分了手 1就馬上 4與別的女人 3結婚了。

空格後面「したんです／…了」的前面應填入3。這題是「〜たとたん／」句型的應用，得知2應該與1連接。3的前面應填入4。

《確認文法》

「（動詞た形）とたん（に）／剛…就…」表示〜動作完成馬上的意思。例如：

・才踏進家門就下雨了。

47

解　答 2

日文解題 正しい語順：社長の話は、3長い 1上に 2何が 4言いたいのか よくわからない。

「上に」は、〜だけでなく、という意味。「社長の話」について、「長い」だけでなく「よくわからない」と言っている文。「よくわからない」の前に2と4を置く。

《文法の確認》

「（普通形）上に」は、〜だけでなくさらに、と言いたいとき。いいことにいいこと、悪いことに悪いことを重ねていう言い方。例、

・あの店は安い上においしいよ。

中文解說 正確語順：總經理的話 1不但 3冗長，1而且也讓人聽不懂他到底 4想說 2什麼。

「上に／不但…，而且…」是不僅如此的意思。句子要說的是針對「社長の話／總經理的話」，不僅只是「長い／冗長」而且還「よくわからない／完全聽不懂」。「よくわからない」的前面應填入2跟4。

《確認文法》

「（普通形）上に／不僅…，而且…」用於表達不僅如此，還〜的意思。用在好事再加上好事，壞事再加上壞事，追加同類內容的時候。例如：

・那家店不但便宜，而且很好吃喔！

48

解　答 1

日文解題 正しい語順：彼女はきれいな 3服が汚れる 2のもかまわず 1おぼれた 4子犬を 抱き上げた。

「おぼれる（溺れる）」は、水中で、泳げないで沈む様子。「抱き上げた」の前に2、1と4が置ける。「きれいな」のあとに3をつづける。

《文法の確認》

「（名詞）もかまわず」、「（普通形）のもかまわず」は、〜を気にしないで、という意味。例、

・彼は、みんなが見ているのもかまわず、大きな声で歌い始めた。

中文解說 正確語順：她 2不顧 3會弄髒 身上漂亮的 3衣服，抱起了 1溺水的 4小狗。

「おぼれる（溺れる）／溺水的」指不會游泳淹沒在水中的樣子。「抱き上げた／抱起了」的前面按照順序應填入２→１→４。「きれいな／漂亮的」的後面應該連接３。

《確認文法》

「（名詞）もかまわず、（[形容詞・動詞]普通形）のもかまわず／（連…都）不顧…」表示對～不介意，不放在心上的意思。例如：

・他不顧眾目睽睽，開始大聲唱起了歌。

49

解答 3

日文解題

正しい語順：浴衣を着て歩いていたら、１外国人の観光客に　４写真を　３撮らせて　２欲しいと言われて、びっくりしました。

（人）に～と言われて、という文だと分かる。４と３をつなげて、～の部分に入れる。

《文法の確認》

「撮らせる」は「撮る」の使役形。

※使役形を使った「～（さ）せていただけませんか」は、丁寧に頼むときの言い方。「『撮らせていただけませんか』と言われた」と「撮らせて欲しいと言われた」は同じ。

中文解說

正確語順：穿著浴衣走在路上時，　１被外國遊客搭話，　２３問可不可以拍４我的照片，我嚇了一跳。

題目的句型是“被（人）說～”。連接選項３和４，填入～中。

《確認文法》

「撮らせる／讓～拍照」是「撮る／拍照」的使役形。

※使役形用「～（さ）せていただけませんか／可以讓我～嗎」是鄭重地拜託對方的說法。「『撮らせていただけませんか』と言われた／他問我『可以讓我拍一張照嗎』」和「撮らせて欲しいと言われた／他對我說希望能拍一張照」意思相同。

第1回（だいかい）　言語知識（文法）（げんごちしき　ぶんぽう）　問題9（もんだい）　P36-37

50

解答 3

日文解題

前の文で「なぜそう思うのか」と投げかけている。「まず、」の文は、その投げかけに対して答えを述べている。「なぜ」に対する答え方は「～から」。

中文解說

前面的文章提出疑問說「なぜそう思うのか／為什麼我會有這樣的想法呢」。這裡以「まず／首先」開頭的句子來回答該提問。而針對「なぜ／為什麼」的提問，回答要用「～から／因為」。

読解　1　2　3　CHECK　1　2　3

51

解　答　1

日文解題　本を読むとどうなるか、どう変化するか、ということを説明している文。「知識」を主語として、自動詞「増える」を選ぶ。

中文解說　這句話在說明，閱讀書籍會有什麼狀況發生，會有什麼變化呢？句子以「知識／知識」為主語，自動詞要選「増える／增加」。

52

解　答　4

日文解題　52 の前には「その作家を知って（その作家と）友達になれる」とあり、後には「その作家を好きな人とも…友達になれるのだ」とある。ＡだけでなくＢも、という形。

《その他の選択肢》

１「ばかりに」は、そのことが原因で、という意味。悪い結果が来る。例、

・携帯を忘れたばかりに、友達と会えなかった。

２「からには」は、～のだから当然、という意味。例、

・約束したからには、ちゃんと守ってくださいね。

３「に際して」は、～の時、という意味。例、

・出発に際して、先生に挨拶に行った。

中文解說　52 之前提到「可以讓我了解那位作家，儼然成為他的知音」，之後提到「和同樣喜歡那位作家的人們…，與他們結為好友」。這裡是「ＡだけでなくＢも／不僅是Ａ而且Ｂ也」句型的應用。

《其他選項》

選項１「ばかりに／都是因為…」表示就是因為某事的緣故之意。後面要接不好的結果。例如：

・只不過因為忘記帶手機，就這樣沒能見到朋友了。

選項２「からには／既然…」表示既然～，理所當然就要的意思。例如：

・既然已經講好了，請務必遵守約定喔！

選項３「に際して／當…的時候」是當～之際的意思。例如：

・出發前去向老師辭行了。

53

解　答　4

日文解題　筆者は「本を読むことで、判断力を深めて欲しい」と言い、人生の状況の例をあげた後で、そう思う理由を述べている。

状況１「生きていると…不幸な出来事にあう」。

状況２「…誰にも相談できないようなことも 53 」。

理由「そんなとき、…教えてくれるのは読書の効果だと思うからだ」 53 には、可能性を表す４が入る。

中文解說　作者提出「希望他們能夠透過閱讀來增進自身的判斷力」，接下來舉出人生的各種情況後，再闡述那樣思考的理由。

情況１「人生在世，免不了遇上困難或遭逢不幸」。

情況２「也沒有辦法和任何人商量的情況 53 」。

理由是「我認為當面臨這種情況時，之前的閱讀經驗可以告訴你」。 53 要填入表示可能性的4。

54

解　答　3

日文解題　「ほかの人たちが 54 …克服したのかを…」とあり、この部分が疑問文になっていることが分かる。選択肢の中で疑問詞は3のみ。

中文解說　從文中的「ほかの人たちが 54 …克服したのかを…／別人 54 …克服」這句話得知，這一部分是疑問句。而選項中的疑問詞只有3。

第1回　読解　問題10　P38-42

55

解　答　3

日文解題　最後の文に、「その国の言葉も…衣装もその国々の伝統として大切に守っていきたい」とある。

《その他の選択肢》

1「世界共通」なのは「kimono」という言葉。

2「どこの国の…民族衣装も素晴らしい」と言っている。

4のような表現はない。

中文解說　題目句最後有「その国の言葉も…衣装もその国々の伝統として大切に守っていきたい／該國的語言和…服飾都是該國的傳統文化，必須好好守護」。

《其他選項》

選項1「世界共通／世界通用」的是「kimono」。

選項2，文章提到「どこの国の…民族衣装も素晴らしい／無論哪個國家的…民族服飾都很美觀」。

沒有選項4的說法。

56

解　答　3

日文解題　「やばい」は、不都合である、危険であるという意味だとある。筆者は、美しいものを見たときの若者の「やばい」は、「感激のあまり、自分の身が危ないほどである」という気持ちが込められているのだろうと言っている。これは、「やばい」のもともとの意味で使っていると言える。

《その他の選択肢》

筆者は、若者の使う「やばい」は、もともとの意味で使っていると考えているので、

1「意味を間違えて使っている」、2「新しい意味を作り出している」、4「正反対の意味で使っている」はどれも間違い。

中文解說　「やばい／不妙」是"不合適、危險"的意思。作者提到，當年輕人看到美好的事物，脫口而出的「やばい」則含有「感激のあまり、自分の身が危ないほどである／感動到幾乎控制不住自己」的心情。作者認為這種說法堪稱吻合「やばい／不妙」的原意。
《其他選項》
作者認為年輕人說的「やばい／不妙」是這個詞語的原意，所以選項１「意味を間違えて使っている／用錯了意思」、選項２「新しい意味を作り出している／創造了新的意思」、選項４「正反対の意味で使っている／用了相反的意思」都不正確。

57

解　答　1

日文解題　最後の文に「非常に珍しいことだからこその『ちょっとした新鮮な体験』なのだろう」とある。満員電車が珍しいから、と言っている。
「こそ」は強調。

中文解說　文章最後寫道「非常に珍しいことだからこその『ちょっとした新鮮な体験』なのだろう／正因為非常難得，所以才是『有點新鮮的體驗』吧」。
「こそ／正」表示強調。

58

解　答　4

日文解題　「人間と同じだ！」と筆者は驚き、感嘆している。直前の文にその原因があると考える。
「寂しさを紛らわせ、自分を勇気づけるために歌うのだそうだ」とある。

中文解說　作者感嘆「人間と同じだ！／人類也一樣！」。可以從前文找到其原因。
作者提到「寂しさを紛らわせ、自分を勇気づけるために歌うのだそうだ／據說是為了排解寂寞、讓自己鼓起勇氣而唱歌」。

59

解　答　3

日文解題　田中さんはアイディア商品として、洗濯バサミの企画を会社に送った。商品化するには試験をしなければならない。試験の結果が出たら連絡する、というのが手紙の主旨。
《その他の選択肢》
１、２　「田中さんが作った洗濯バサミ」の部分が間違い。田中さんは洗濯バサミを作ったわけではない。
４　手紙の最後に、アイディア商品の企画があればまた送ってほしいとあるが、これは手紙の挨拶。洗濯バサミの商品化についてのアイディアのことではない。

中文解說　田中小姐把創意商品"曬衣夾的企劃"送到公司。若要使該企劃成為商品就必須要做測試。這封信的主旨是"測試結果出爐後會再聯絡田中小姐"。
《其他選項》
選項１、２「田中さんが作った洗濯バサミ／田中小姐做的曬衣夾」這一部分不正確。田中小姐並沒有製作曬衣夾。

選項４，雖然信的最後提到“如果您還有其他創意商品的企劃，請再次發送至本公司”，但這只是信上的寒暄語。和將曬衣夾商品化的發想無關。

第１回（だいかい） 読解（どっかい） 問題（もんだい）11 P43-48

60

解答 2

日文解題 ２は、肌という、物の様子を表す擬態語。

《その他の選択肢》

１、３、４は物の音や動物の鳴き声を表す擬声語。

中文解說 選項２是形容皮膚等物體的樣子的擬態語。

《其他選項》

選項１、３、４是表示物體發出的聲音或是動物鳴叫聲的擬聲語。

61

解答 3

日文解題 「難しいのではないだろうか」と述べた後、９行目で「日本人の語感に基づいたものだから」と説明している。

《その他の選択肢》

１　漢字やカタカナといった表記のことには触れていない。

２　７行目「ほかの国にはどんなオノマトペがあるのか調べたことはないが」とある。

４　聞こえ方の違いには触れていない。

中文解說 作者先提到「難しいのではないだろうか／我想並不太困難」，之後在第九行說明「日本人の語感に基づいたものだから／因為是基於日本人的語感而來」。

《其他選項》

選項１，文章並沒有提到漢字和片假名的書寫方法。

選項２，第七行寫到「ほかの国にはどんなオノマトペがあるのか調べたことはないが／我沒有調查過其他國家有什麼擬聲語」。

選項４，文章中沒有提到聽聲音方式的不同。

62

解答 4

日文解題 16行目「日本人にとっては」とあり、これと直前の「外国人にとっては」が対比している。

「日本人にとっては…おいしそうに感じられる」とあるので、聞いてみたいことは、「外国人にとっても、おいしそうに感じられるか」ということ。

中文解說 第十六行寫到「日本人にとっては／對日本人而言」，用來對比前面提到的「外国人にとっては／對外國人而言」。

因為文章中提到「日本人にとっては…おいしそうに感じられる／對日本人而

言…感覺好像很好吃」，因此可知想聽聽看外國人的看法的是「外国人にとっても、おいしそうに感じられるか／對外國人而言，會有“好像很好吃”的感覺嗎」這件事。

63

解　答　1

日文解題　直後の「どうやら」以降で説明している。1の「雨といえば傘」は、本文「雨から傘をすぐにイメージする」と同じ。
「どうやら」は、何となく、どうも、という意味。はっきりしないが、そのようだ、そう聞いた、と言いたいとき。

中文解說　從後面的「どうやら／看來」這句話開始說明。選項１「雨といえば傘／提到雨就想到傘」和文章中的「雨から傘をすぐにイメージする／說到雨，腦中立刻浮現出一把傘」的意思相同。
「どうやら／總覺得」是“不知道為什麼、總覺得”的意思。用在想表示“雖然沒有明說，但就是有這種感覺”時。

64

解　答　3

日文解題　「その」が指すのは前の段落の最後の文、「欧米の人にとっては、傘は…使わないもの」。
後に、傘を使わない理由をあげていることからも分かる。

中文解說　「その」指的是前一段的最後一句「欧米の人にとっては、傘は…使わないもの／對於西方人來說，雨傘是…不會去用的東西」。
從後面舉出的“不使用雨傘的理由”也可以推測答案。

65

解　答　2

日文解題　９行目以降、欧米人の「ある人」は、大雨のときは「雨宿りをする」、「外出しない」などと答えている。
16行目「雨宿りのために大切な会議に遅刻しても、たいした問題にならない、というのだ」と日本人である筆者は驚いていることから、２を選ぶ。
《その他の選択肢》
１　雨に濡れることを気にするかどうか、という話ではない。
３　６行目「（欧米人は）傘はかなりのことがなければ使わない」とあり、欧米に傘の文化がないわけではない。
４　雨宿りをするのは欧米人。なお、雨宿りの文化があるかどうかは話題になっていない。

中文解說　第九行後面，歐美的「ある人／某些人」針對大雨時的對應方法的回答有「雨宿りをする／避雨」、「外出しない／不出門」等等。
從第十六行後面可知，身為日本人的作者對於「雨宿りのために大切な会議に遅刻しても、たいした問題にならない、というのだ／如果是因為避雨而在重要的會議上遲到，這種事沒人會放在心上」感到十分吃驚，因此答案是選項２。
《其他選項》

選項１，文章中沒有提到是否介意被雨淋濕。

選項３，第六行寫到「（欧米人は）傘はかなりのことがなければ使わない／除非必要，否則西方人不會撐傘」，所以歐美並不是沒有雨傘。

選項４，會避雨的是歐美人，另外，本文並沒有討論到是否有避雨的文化。

66

解　答　1

日文解題　3行目「65 歳以上は 110 万 2000 人の増加」とあるので、１が間違い。

《その他の選択肢》

２　１行目「日本の人口は、…年々減り続けている」とあり、正しい。

３　３行目「65 歳以上は…0 ～ 14 歳の年少人口の２倍を超え」とあり、正しい。

４　３行目「15 ～ 64 歳の生産年齢人口は 116 万人減少」とあり、正しい。

中文解說　因為第三行寫到「65 歳以上は 110 万 2000 人の増加／ 65 歲以上的人口增加了 110 萬 2000 人」，所以選項１不正確。

《其他選項》

第一行寫到「日本の人口は、…年々減り続けている／日本的人口…逐年遞減」，因此選項２正確。

第三行寫到「65 歳以上は…0 ～ 14 歳の年少人口の２倍を超え／ 65 歲以上的人口…已經超過了 0 ～ 14 歲兒少人口的兩倍」，因此選項３正確。

第三行寫到「15 ～ 64 歳の生産年齢人口は 116 万人減少／ 15 ～ 64 歲的育齡人口減少了 116 萬人」，所以選項４正確。

67

解　答　2

日文解題　文頭に「その原因として」とあり、「その一つ」は「その原因のひとつ」という意味。

「その原因」の「その」が指すのは、すぐ上の行の「なかなか子供の数は増えない」こと、つまり「少子化」。

中文解說　本段一開始寫道「その原因として／這個原因」，「その一つ／其中之一」是「その原因のひとつ／其中的一個原因」的意思。

「その原因／這個原因」的「その／這個」指的是上一行的「なかなか子供の数は増えない／一直無法使兒童的數量增多」，也就是「少子化／少子化」。

68

解　答　4

日文解題　13 行目「つまり、『個』の意識ばかりを優先する結果、結婚をしないのだ」とある。「『個』の意識」とは「自分自身」のこと。

最後の文に「他の存在があってこその『個』であり」とあり、ここが筆者の言いたいこと。

《その他の選択肢》

１「無理もない」は、しかたないと許すときの言い方。本文に、結婚しない若者に理解を示すような表現はない。

２　若者が結婚しない傾向を残念に思っているが、「人はすべて」とは言っていない。

３　人と交わることについては、触れていない。

中文解說　第十三行寫道「つまり、『個』の意識ばかりを優先する結果、結婚をしないのだ／也就是說，一個勁的提升『個人』意識，造成了不想結婚的結果」，這就是作者的想要表達的事。

《其他選項》

選項１「無理もない／也難怪」是表達“沒辦法了只好接受”的說法。本篇文章並沒有表示理解年輕人不結婚的想法。

選項２，雖然作者對於年輕人不結婚的傾向感到惋惜，但並沒有說「人はすべて／人人都應該要（結婚）」。

選項３，文章並沒有針對人際交往進行討論。

第1回　読解　問題12　P49-50

69

解答　3

日文解題　Aは「一生懸命考えた末決断したことだから納得できる」（３行目）、Bは「その時の自分がしたいと思うこと、好きなことを重視する」（４行目）とある。

中文解說　A寫道「一生懸命考えた末決断したことだから納得できる／因為是自己認真思考後做出的決定，所以可以接受」（第三行），B寫道「その時の自分がしたいと思うこと、好きなことを重視する／重視當下自己想做的是什麼事、喜歡的是什麼東西」（第四行）。

70

解答　4

日文解題　Aは「迷い考えることによって成長する」、Bは「その時の自分がしたいと思うこと、好きなことを重視する」と言っている。

《その他の選択肢》

１　Aは合っているが、Bの「よく考えて決断すれば」が違う。

２　Aは、後悔することはあると言っている。またBは後悔しないと言っているので、どちらも間違い。

３　Aは合っているが、Bは、「信頼できる自分を作ることで正しい決断ができる」と言っているので間違い。

中文解說　A寫道「迷い考えることによって成長する／透過思考煩惱而成長」、B寫道「その時の自分がしたいと思うこと、好きなことを重視する／重視當下自己想做的是什麼事、喜歡的是什麼東西」。

《其他選項》

選項１雖然符合A，但不同於B提到的「よく考えて決断すれば／只要是認真思考後做出的決定」。

選項２，Ａ提到有可能會後悔。又Ｂ認為不會後悔，因此兩者皆不正確。
選項３雖然符合Ａ，但Ｂ提道「信頼できる自分を作ることで正しい決断ができる／使自己變得可靠，以做出正確的決定」，所以不正確。

第1回 読解 問題13　P51-53

71

解答 3

日文解題
「誰が想像しただろう」の後には、「いや、誰も想像しなかった」という言葉が続く。このような表現を反語という。
《その他の選択肢》
４「想像しないことはなかった」は二重否定で、想像した可能性はあるという意味。

中文解說
「誰が想像しただろう／誰想像得到呢」的後面應該接「いや、誰も想像しなかった／不，誰都想像不到」這句話。這是反詰用法。
《其他選項》
選項４「想像しないことはなかった／倒也不是想像不到」是雙重否定，意思是可能想像的到。

72

解答 4

日文解題
「貧困家庭の子供は、成人しても収入の低い仕事しか選べない」とある。成人して作った家庭が、また貧困家庭になってしまい、その子供がまた貧困家庭の子供になってしまう、という繰り返しのことを述べている。

中文解說
「貧困家庭の子供は、成人しても収入の低い仕事しか選べない／貧窮家庭出身的孩子，即使成年了，也只能從事低收入的工作」。文章敘述的是，貧窮兒童成年後組成的家庭也是貧窮家庭、生的孩子又成為貧窮兒童，周而復始。

73

解答 2

日文解題
最後に「今すぐ国を挙げて…対策を取らなくては、将来取り戻すことができない状況になってしまうだろう」と言っている。
「取り戻すことができない」と２の「取り返しのつかない」は同じ。
《その他の選択肢》
４　「よりほかに」は「以外に」という意味。

中文解說
文章最後提到「今すぐ国を挙げて…対策を取らなくては、将来取り戻すことができない状況になってしまうだろう／現在國家政府若不立即採取對策，將來就會造成無法挽回的局面吧」。
「取り戻すことができない／無法挽回」和選項２「取り返しのつかない／難以

挽回」意思相同。

《其他選項》

選項４「よりほかに／除此之外」是「以外に／以外」的意思。

第1回(だいかい) 讀解(どっかい) 問題(もんだい)14 P54-55

74

解答 3

日文解題 案内の「はじめに」を読むと、予約はできない、直前に事務所に連絡して残数を確認、とある。

借りるのは、３月１日の朝から３日の正午（昼の１２時）までの３日間なので、料金は③３日貸し 600 円。

身分証明書は、外国人なのでパスポートか外国人登録証が必要。

《その他の選択肢》

１は、「予約をして」が間違い。

２は、「予約をして」と「900 円」が間違い。

４は、「900 円」が間違い。

中文解說 請看告示的「はじめに／首先」，上面寫道“不接受預約，借用前請先和負責單位聯繫，確認可借數量”。

要租借的時間是３月１日的早上到３日的中午（中午 12 點）總共３天，因此租金是③，租借３天 600 圓。

至於身份證件，由於是外國人，因此必須持有護照或外國人登錄證。

《其他選項》

選項１，「予約をして／預約」不正確。

選項２，「予約をして／預約」和「900 円／ 900 圓」不正確。

選項４，「900 円／ 900 圓」不正確。

75

解答 4

日文解題 当日貸しは、午後 8 時 30 分までに返却しなければならないので、５日の夜間と６日の午後 10 時まで借りるためには③３日貸しとなる。

中文解說 當天借還的話，必須在晚上八點半前歸還，因此，租車的時間若是包含５號的半夜，以及到６號的晚上十點之前的話，必須選擇③租借三天。

第1回（だい かい） 聴解（ちょうかい） 問題1（もんだい） P56-59

1番

解答 2

日文解題 用紙には記入済み。
体重、身長を計る前に、着替えをする。
その後レントゲン検査。

中文解說 資料已經填完了。
量身高體重之前要先換衣服。
之後要做X光検查。

2番

解答 2

日文解題 タクシーを予約する。
部長は別の場所から行くかもしれないので、確認する。
必要なら部長に店を教える。
まず部長の予定をきいて、別の場所から行くならお店の情報を教え、タクシーを予約するという順。

中文解說 要預約計程車。
因為經理可能會從其他地方過去，所以要再確認。
如果經理要一個人過去，要告知經理餐廳的名稱。
男士要做的事情順序是：首先要確認經理的行程，如果經理要從其他地方過去，就要告知經理餐廳的資訊，然後預約計程車。

3番

解答 1

日文解題 もう一人の警官が戻ったらきく。
「待ってる間」なので、これがこの後すること。
分からなかったら、ペットショップに行く。
《その他の選択肢》
2　もう一人の警官が分からなかったとき。
3　もう一人の警官が戻ったら。
4　探しに行くとは言っていない。

中文解說 另一位警官回來後再問問他。
「待ってる間／等待的時候」要做的事情，就是接下來要做的事。
如果還是不清楚的話，就去寵物店問問看。
《其他選項》
選項２，如果另一位警官也不知道的話才要這麼做。
選項３是另一位警官回來後要做的事。
選項４，兩人並沒有談到要親自去找。

4番

解答　3

日文解題

「今から」と言っている。

《その他の選択肢》

1　もう作ってある。

2　男の人に「お願い」と言っている。

4　もうすぐ子どもたち、帰って来るよ、と言っている。

《言葉と表現》

「びしょびしょ」は、たくさんの水で濡れている様子。

「買っとく」、「お風呂に入れといて」は「買っておく」「～入れておいて」の話し言葉。

中文解說

注意女士說「今から／現在」的部分。

《其他選項》

選項1，晚飯已經做好了。

選項2，女士對男士說「お願い／拜託你了」。

選項4，男士說孩子們就快要回來了。

《詞彙和用法》

「びしょびしょ／溼答答」表示被大量的水淋濕的樣子。

「買っとく／先去買」、「お風呂に入れといて／先去泡澡」是「買っておく／先去買」、「～入れておいて／先進去～」的口語說法。

5番

解答　1

日文解題

荷物は一つ1,130円。3つで3,390円。

一つはケーキで冷蔵なので1,790円、合計4,050円。

ケーキは送るのをやめたので、荷物二つで2,260円。

中文解說

寄一件行李是1,130圓，因此三件要3,390圓。

其中一件是蛋糕，因為需要冷藏所以是1,790圓，總共4,050圓。

男士決定不寄送蛋糕了，因此要寄送的行李是兩件，總共2,260圓。

1番

解答 1

日文解題

「余裕をもって」は、時間の余裕をもって、という意味。前にも、「いつまで」「明日まで」など、期日の話していることからも分かる。

《その他の選択肢》

2　先生は、明日から出張だからではなく、頼むのが遅いから、注意している。

3　推薦状を書いてほしいと伝えてある。

4　「直すことはすぐできる」とある。

中文解說

「余裕をもって／從容」是“時間綽綽有餘”的意思。從前面的「いつまで／到什麼時候」、「明日まで／到明天之前」等等也可以知道兩人談論的是日期。

《其他選項》

選項２，老師要學生注意的不是“老師明天要出差”，而是“學生太晚才拜託老師了”。

選項３，學生說希望老師可以幫忙寫推薦函。

選項４，老師說「直すことはすぐできる／馬上就能修改好」。

2番

解答 2

日文解題

和菓子屋はなくなったのではなく引っ越した。

もう６時なので今日は行かない。

捜していた和菓子屋が引っ越したことが分かり、乗客は、よかったと言っている。

《その他の選択肢》

1　閉店していない。

3　教えたのは、西町までの時間。

4　西町へは行っていない。

《言葉と表現》

「～かしら」、「～わ」は女性が使う言い方。

中文解說

點心店不是倒閉，而是搬家了。

因為已經六點了，所以今天就不去了。

乘客知道了正在找的點心店只是搬家了，因而說「よかった／太好了」。

《其他選項》

選項１，點心店沒有倒閉。

選項３，司機回答的是“從這裡到西町”的時間。

選項４，女士並沒有要去西町。

《詞彙和用法》

「～かしら」、「～わ」是女性用語。

3番

解答　1

日文解題
「休講」とは講義（授業）が休み、ということ。大学では、授業のことを講義という。
《その他の選択肢》
2　休講だから、その時間にうちで復習をする、と言っている。
3　今日の難しかった授業と、明日休講の授業とは関係ない。
4　ドイツ語は明日の午後。

中文解說
「休講／停課」是指暫停授課。大學裡的“上課”多稱作“授課”。
《其他選項》
選項2，女學生說因為停課，所以這段時間要用來複習。
選項3，今天的上課內容很困難，和明天停課沒有關係。
選項4，德語課在明天下午。

4番

解答　4

日文解題
持っていたのはデジタルカメラではなく、自転車のライト。
クッキーやガムは、選択肢の中の「お菓子」に当てはまる。

中文解說
女士說她帶的不是數位相機，而是自行車的車燈。
餅乾和口香糖符合選項中的「お菓子／點心」。

5番

解答　1

日文解題
「道路が凍って、滑りやすくなる」と言っている。「滑らないよう」は「凍った道路で」という意味。この文は「明日は」で始まっているので、注意して聞く。
《言葉と表現》
「恐れがある」は、悪いことが起きる可能性がある、という意味。

中文解說
播報員說「道路が凍って、滑りやすくなる／路面結冰了，很容易打滑」。「滑らないよう／小心駕駛以免打滑」是針對「凍った道路で／在結冰的道路上」。因為這句話是以「明日は／明天」開頭，因此要注意聆聽。
《詞彙和用法》
「恐れがある／恐怕」是“有可能會發生不好的事”的意思。

6番

解答　3

日文解題
友達と、大学に授業を聞きに行くと言っている。
《その他の選択肢》
1　行くのは「映画で学ぶフランス語」という、大学の授業。
2　レストランに行くとは言っていない。
4　デパートの前で待ち合わせだと言っている。
《言葉と表現》
「さぼる」は、仕事や勉強を怠けること。

中文解說 女士說要和朋友一起去大學聽課。

《其他選項》

選項１，女士要去大學上「映画で学ぶフランス語／看電影學法語」這堂課。

選項２，女士並沒有說要去餐廳。

選項４，女士說要和朋友在百貨公司前會面。

《詞彙和用法》

「さぼる／翹班、翹課」是指偷懶不工作，或不去上課。

第1回（だいかい） 聴解（ちょうかい） 問題3（もんだい） P64

1番

解　答 4

日文解題 全体として、朝の散歩の話をしている。

《その他の選択肢》

１　体操は、「していたこともあった」と言っている。経験がある、という意味で今の話ではない。

２　話の全体は現在形で、今のこと。

３　犬といっしょにしている、と言っている。

《言葉と表現》

「おかげ」は、その影響でいい結果になった、という意味。例・先生のおかげで、合格できました。

「どうかな」は、否定的な気持ちを表している。疲れている時に走ることにはあまり賛成できない、と言っている。

中文解說 全文都在講述早晨散步的話題。

《其他選項》

選項１，女演員說「していたこともあった／以前有做過（體操）」。這是說她有此經驗，但並不是這次談話的主題。

選項２，女演員說的話全都是現在式，表示她說的是現在的事情。

選項３，女演員說她會和狗狗一起。

《詞彙和用法》

「おかげ／多虧了」是“因為某事造成了良好的影響”的意思。例句：先生のおかげで、合格できました。（托老師的福，我考上了。）

「どうかな／這樣似乎不太妥當、這樣妥當嗎」表示否定的心情。女演員要說的是“我不贊成在疲憊的時候跑步”。

2番

解　答　1

日文解題　「新しい場所」、「わが社」と言っているので、入社式などの話と推測できる。

中文解說　男士說「新しい場所／新的環境」、「わが社／本公司」，因此可推測這是新進員工入社典禮之類場合的演說。

3番

解　答　3

日文解題　話の流れは以下の通り。
コンビニには様々な役割がある。
コンビニは進化を続けている。
コンビニから経済や社会の変化を予想できる。
《その他の選択肢》
1　小さかったとは言っていない。
2　海外で有名だとは言っていない。
4　危険な社会になったとは言っていない。

中文解說　老師說的內容順序如下：
便利商店有各式各樣的功能。
便利商店的功能持續推陳出新。
從便利商店可以預測出經濟和社會的變化。
《其他選項》
選項１，老師並沒有說便利商店很小。
選項２，老師並沒有說日本的便利商店在海外也很有名。
選項４，老師並沒有說便利商店會危害社會。

4番

解　答　2

日文解題　いろんなことを遊びに換えてしまう母と、一つのことに一生懸命になる父と言っている。

中文解說　女士正在談論的是擅於把各種事物變成遊戲的媽媽，和一次只專注在一件事上的爸爸。

5番

解　答　3

日文解題　城山さんから、書類が足りないと電話。
資料はすぐに送れるが、女の人が確認してから、と思い、女の人に報告。
女の人は、すぐ送るように言っている。「大丈夫」とは、確認しなくてもいいという意味。
《その他の選択肢》
1　電話をするのは女の人。
2　去年の資料だから探さなくてもすぐに送れる。
4　城山さんに対して怒っているわけではない。

中文解說　城山先生打電話來說資料不齊全。
男士向女士報告：資料可以馬上寄出，但覺得還是等女士確認過後再寄送比較好。
女士說可以馬上寄送。「大丈夫／沒關係」的意思是不必確認也沒關係。
《其他選項》
選項１，要打電話的是女士。
選項２，因為是去年的資料，所以不需要找，可以馬上寄出。
選項４，沒有對城山先生生氣。

第１回（だいかい）　聴解（ちょうかい）　問題４（もんだい）　P65

１番

解　答　1

日文解題　「さすがに」は、評価と違う面があると言いたいとき。私はお酒が飲めるが、それにしても昨日は飲み過ぎた、という意味。
《その他の選択肢》
３　「昨日はたくさん飲んだけど、全然なんともないよ（元気だよ）」と言われたときの返事。「やっぱり、あなたはお酒が強いね」という意味。

中文解說　「さすがに／真不愧」用於想表達“有和評價不同的一面”時。題目的意思是“我雖然能喝酒，但昨天真的喝太多了”的意思。
《其他選項》
選項３是當對方說「昨日はたくさん飲んだけど、全然なんともないよ（元気だよ）／雖然昨天喝了很多，但完全沒受影響耶（依然很有精神哦）」時的回答。意思是「やっぱり、あなたはお酒が強いね／你的酒量果然很好」。

２番

解　答　3

日文解題　部長の顔を見なくていいので嬉しいと言っている。男の人は、「うん」と答えて、気持ちは分かるとしながら、「でも」と続けている。
《その他の選択肢》
１「うん」と肯定して、「寂しいね」はおかしい。
２は、男の人がすることを、楽しみに待っていてね、と言いたいとき。部長がいないことと、男の人の行動は関係ないので間違い。
例・旅行のお土産を買って帰るから、楽しみに待っててね。
《言葉と表現》
「やっと」は待っていたことが実現して嬉しい、と言いたいとき。

中文解說　題目說的是“不用再見到經理了，很開心”。男士回答「うん／對啊」，表示理解對方的心情，後面接「でも／但是」，表示“可是～”。
《其他選項》
選項１，以「うん／對啊」表示肯定，後面接「寂しいね／好寂寞喔」不合邏輯。
選項２用在“男士將要做某事，請對方拭目以待”時。經理不在公司和男士要做什麼事沒有關係，所以不正確。
例句：旅行のお土産を買って帰るから、楽しみに待っててね。（我會帶旅行的伴手禮回來，好好期待哦！）
《詞彙和用法》
「やっと／終於」用在表示“等待的事得以實現，很開心”時。

3番

解　答　1

日文解題　ここにあったはずの荷物が、今見たらない、という状況。女の人は、違う場所へ持って行ったよ、と言っている。
《言葉と表現》
「いつの間にか」は、気がつかない間に、という意味。

中文解說　男士說的是“行李本來應該在這裡的，但現在卻找不到”的情況。女士回答“已經搬到其他地方了哦”。
《詞彙和用法》
「いつの間にか／不知不覺」是“沒注意到的時候”的意思。

4番

解　答　1

日文解題　「いったん（一旦）」は、一度、しばらくの間、という意味。
《その他の選択肢》
2　「行った」とは言っていない。
3　「ここで」というのは、「今」「この時に」という意味なので、「いつ休みますか」ときくのはおかしい。

中文解說　「いったん（一旦）／一旦」是“一旦、暫時”的意思。
《其他選項》
選項２，題目說的不是「行った／去了」。
選項３，「ここで／現在」指的是「今／現在」、「この時に／此刻」，因此詢問「いつ休みますか／什麼時候休息」不合邏輯。

5番

解　答　3

日文解題　「その本」は、まだ返していない。
《その他の選択肢》
1　「いいえ。（今）お返しします」なら正解。
2　「はい。今度お返しします」なら正解。

中文解說　題目的意思是還沒歸還「その本／那本書」。
《其他選項》
選項１，如果是「いいえ。（今）お返しします／不，我現在就還你」則為正確答案。
選項２，如果是「はい。今度お返しします／好，我下次還你」則為正確答案。

6番

解　答　1

日文解題

「思うように」は、自分が考えている通りに、という意味。「うまく書けない」と言っている。

《その他の選択肢》

２は「なんとか書けそうだな」などに対する答え。

３は「うまく書けたと思うけど、どうかな」などに対する答え。

《言葉と表現》

「なかなか～ない」で、すぐに～ない、簡単に～ない、という意味。

中文解說

「思うように／和想像的一樣」是"正如我所想的那樣"的意思。男士說的是「うまく書けない／無法寫得很好」。

《其他選項》

選項２是當對方說「なんとか書けそうだな／不管是什麼，總能寫出點東西吧」等情況時的回答。

選項３是當對方說「うまく書けたと思うけど、どうかな／我覺得我寫得很好，你覺得呢？」等情況時的回答。

《詞彙和用法》

「なかなか～ない／相當不～」是"非常不～、不是簡單就～"的意思。

7番

解　答　1

日文解題

仕事などができなくて、叱られている状況。

《その他の選択肢》

２　「他にもやることがありますか」などに対する答え。

３　できないと叱られているので、「すぐできました」は間違い。

《言葉と表現》

「これぐらい」は、この程度の簡単なことは、と言っている。最低限のこと。

中文解說

這是因沒有做好工作等等，而被訓斥的情形。

《其他選項》

選項２是當對方問「他にもやることがありますか／還有其他事要做嗎」時的回答。

選項３，因為沒做好所以被訓斥，這時回答「すぐできました／很快就做好了」是不正確的。

《詞彙和用法》

「これぐらい／這種程度」是"很容易就能做到這個程度"的意思，用於指"最低限度"。

8番

解答 2

日文解題

「女らしい」は、女の人の特徴を持っている、女の人の典型である、という意味。女性に対して、褒めていることば。

2は、山口さんが、謙遜して言っている。

《その他の選択肢》

1 「今度新しく来る山口課長は、女性らしいね。」などに対する答え。この「らしい」は、根拠のある推測や判断、また伝聞を表す。例・事故があったらしいね。電車が止まっている。

3「ハンサム」は男の人のことを言う。「そうです。きれいでやさしい人です」なら正解。これは山口さんではない人のことば。

中文解說

「女らしい／有女人味」是"有女孩子的感覺、女性的典範"的意思。對女性而言是稱讚的詞語。

選項2是山口小姐自謙的回答。

《其他選項》

選項1是當對方說「今度新しく来る山口課長は、女性らしいね／這次新來的山口科長，好像是女性哦」時的回答。這裡的「らしい」表示有根據的推測和判斷，也用於表示傳聞。例句：事故があったらしいね。電車が止まっている。（似乎發生事故了。電車不開了。）

選項3「ハンサム／帥氣」用於形容男性。如果回答的是「そうです。きれいでやさしい人です／對啊。她是個既漂亮又溫柔的人。」則是正確答案。山口小姐本人之外的其他人才能這麼回答。

9番

解答 2

日文解題

誕生日は今日一日のことなので、1「これから」、3「もう終わった」はおかしい。

中文解說

因為生日是今天一整天，所以選項1「これから／現在開始」、選項3「もう終わった／已經結束了」不合邏輯。

10番

解答 1

日文解題

1点足りなくて、不合格だったという状況。

「惜しい」は、実現までもう少しだった、という残念な気持ち。

《その他の選択肢》

2 不合格なので間違い。

3「あと1点」なので、「まだまだ」ではない。「まだまだ」は、「まだ」を強調したことば。かなり足りない、そこまで距離や時間がある、という意味。

《言葉と表現》

「～ば～のに」で、実現できなくて残念だという気持ちを表している。

中文解說

這是因為少一分而不及格的狀況。

「惜しい／可惜」表達了距離實現只差一點點的遺憾心情。

《其他選項》
選項２，因為對方不及格，所以這個回答不正確。
選項３，因為「あと１点／只差一分」，所以並不是「まだまだ／差的遠呢」。「まだまだ／差的遠呢」中的「まだ」是表示強調的詞語，意思是“還遠遠不夠，還有很長一段距離或時間”。
《詞彙和用法》
「～ば～のに／要是～就好了」表示無法實現的遺憾心情。

11番

解　答　2

日文解題　「みたいだ」は推量を表す。お店の様子を見て、休みだと判断している状況。
《その他の選択肢》
１「すいてる」は客が少ないという意味。店は休みなので間違い。「すいてる」は「すいている」の話し言葉。

中文解說　「みたいだ／似乎」表示推測。這提的情況是在看到店家的樣子後，判斷“店家沒營業”。
《其他選項》
選項１「すいてる／很空」是客人很少的意思。因為店家沒營業，所以選項１不正確。「すいてる／很空」是「すいている／很空曠」的口語說法。

第１回（だいかい）　聴解（ちょうかい）　問題（もんだい）5　P66-67

1番

解　答　3

日文解題　「撮影したい」と言っている。
「ビデオカメラのように…はできませんが」と言っているので、ビデオカメラではないことが分かる。

中文解說　男士說「撮影したい／想攝影」。
女士說「ビデオカメラのように…はできませんが／雖然不能像攝像機一樣…」，因此可知兩人談論的並非攝影機。

2番

解　答　1

日文解題　飲み物をがまんするのは嫌だと言っている。
ホテルの値段を下げるしかない。
部屋はきれいな方がいいが、窓からの景色は我慢する。
《言葉と表現》
ホテルの部屋が「きれい」というのは、清潔だと言うこと。

中文解說　三人的對話中提到不想忍受沒有飲料。
必須降低住宿的價格。

因為希望房間乾淨，所以就必須忍受“無法從窗戶看見海”。
《詞彙和用法》
旅館的房間「きれい／乾淨」指的是清潔程度。

3番 質問1

解　答　1

日文解題　最近、インターネットで出会った夫婦が増えているという話。

中文解說　播報員談論的是“最近透過網路認識的男女結為夫妻的人數逐漸增加”。

3番 質問2

解　答　3

日文解題　「この方法」とは、その前の男の人の「インターネットを通じて知り合った」を指している。
男の人も、「そう思う」と同意している。
《その他の選択肢》
１「驚くだろう」、２「いいのか、…わからない」、４「調査をした方がいい」は、どれも言っていない。

中文解說　女士提到的「この方法／這個方法」指的是先前男士說的「インターネットを通じて知り合った／透過網絡認識」。
男士也以「そう思う／我也有同感」同意女士的話。
《其他選項》
選項１「驚くだろう／驚訝吧」、選項２「いいのか、…わからない／不知道…好不好」、選項４「調査をした方がいい／應該好好調查」都是對話中沒有提到的內容。

MEMO

第2回 言語知識（文字・語彙） 問題1 P68

1

解答 2

日文解題

「早速」は「すぐに」という意味の副詞。
早＝サッ　ソウ／はや - い　はや - まる　はや - める
例・早朝　この時計は５分早い
※「速い」はスピードを表す。
例・仕事が速い

中文解說

「早速／立刻」是副詞，意思是「すぐに／很快的」。
早＝サッ　ソウ／はや - い　はや - まる　はや - める
例如：早朝（早晨）、この時計は５分早い（這個手錶快了五分鐘）
※「速い／快」表示速度。
例如：仕事が速い（工作做得很快）

2

解答 3

日文解題

「行方」は進む方向、また、行った場所。「行方不明」はどこへ行ったかわからないこと。
行＝アン・ギョウ・コウ／い - く・ゆ - く・おこな - う
例・行動　行事　学校へ行く　北京行きの飛行機　開会式を行う
方＝ホウ／かた
例・方向　一方　あの方はどなたですか
※「行方」は特別な読み方

中文解說

「行方」指前進的方向，又指前往的地方。「行方不明／去向不明」指不知道對方去了哪裡。
行＝アン・ギョウ・コウ／い - く・ゆ - く・おこな -
例如:行動（行動）、行事（活動）、学校へ行く（去學校）、北京行きの飛行機（飛往北京的班機）、開会式を行う（舉行開幕典禮）
方＝ホウ／かた
例如：方向（方向）、一方（一方面）、あの方はどなたですか（那一位是誰）
※「行方／去向」（ゆくえ）是特殊念法。

3

解答 3

日文解題

「訪ねる」は人に会いに行くこと。訪問。
訪＝ホウ／たず - ねる　おとず - れる
例・会社を訪問する　友人宅を訪ねる　観光地を訪れる
《その他の選択肢》
1「重ねる」2「兼ねる」

中文解說

「訪ねる／拜訪」指去和他人見面，又指訪問。
訪＝ホウ／たず - ねる　おとず - れる
例如：会社を訪問する（拜訪公司）、友人宅を訪ねる（去朋友家拜訪）、観光地を訪れる（參訪觀光景點）
《其他選項》
選項１「重ねる／重複」、選項２「兼ねる／兼備」。

4

解答　1

日文解題

「財産」は個人や団体が持つ、お金や土地、建物、商品などの総称。
財＝サイ　ザイ
例・財布
産＝サン／うぶ・う - まれる・う - む
例・産業　病院で産まれる　女の子を産む
特別な読み方・土産

中文解說

「財産／財產」是個人或團體所擁有的金錢、土地、建築物、商品等的總稱。
財＝サイ　ザイ
例如：財布（錢包）
産＝サン／うぶ・う - まれる・う - む
例如：産業（產業）、病院で産まれる（在醫院出生）、女の子を産む（生女兒）
特殊念法：土産／伴手禮（みやげ）

5

解答　4

日文解題

「工夫」はいろいろ考えて、よい方法を探すこと。
工＝ク・コウ
例・大工　工場
夫＝フ・フウ／おっと
例・夫人　夫婦

中文解說

「工夫／設法」是指想方設法找出好方法。
工＝ク・コウ
例如：大工（木匠）、工場（工廠）
夫＝フ・フウ／おっと
例如：夫人（夫人）、夫婦（夫婦）

第2回 言語知識（文字・語彙） 問題2 P69

6

解答 3

日文解題

「電池」は（＋）と（－）があって電気を作り出すもの。懐中電灯や携帯電話、デジタルカメラなどの電気製品に使われる。
電＝デン　例・電車
池＝チ／いけ　例・公園の池
《その他の選択肢》
１「値」チ／ね・あたい　例・価値　値段
２「地」ジ・チ　例・地味　地図
４「置」チ／お-く　例・位置　物置

中文解說

「電池」是由正極和負極而產生電力的東西。用於手電筒或手機、數位相機等電器用品。
電＝デン
例如：電車（電車）
池＝チ／いけ
例如：公園の池（公園的池塘）
《其他選項》
選項１「値」チ／ね・あたい
例如：価値（價值）、値段（價格）
選項２「地」ジ・チ
例如：地味（樸素）、地図（地圖）
選項４「置」チ／お-く
例如：位置（位置）、物置（倉庫）

7

解答 2

日文解題

「真っ暗」はとても暗いこと。明かりが全くない様子。
真＝シン／ま　例・写真　真ん中
暗＝アン／くら-い　例・暗記
《その他の選択肢》
１「真っ赤」とても赤いこと、全て赤いこと
３「真っ黒」とても黒いこと、全て黒いこと
４「空」クウ／あ-く・あ-ける・そら・から　例・空間　席が空く　空の箱
※「真っ空」ということばはない。

中文解說

「真っ暗／黑暗」是指非常暗，完全沒有光線的樣子。
真＝シン／ま　例如：写真（照片）、真ん中（正中央）
暗＝アン／くら-い　例如：暗記（背誦）
《其他選項》
選項１「真っ赤／通紅」指非常紅、全都是紅色。

選項３「真っ黒／漆黒」指非常黒、全都是黑色。
選項４「空」クウ／あ - く・あ - ける・そら・から　例如：空間（空間）、席が空く（座位空著）、空の箱（空箱子）
※沒有「真っ空」這個詞。

8

解　答　2

日文解題

「批判」は批評し判定すること。否定的な内容をいうことが多い。
批＝ヒ　例・批評
判＝ハン・バン　例・裁判
《その他の選択肢》
１、４「否」ヒ／いな　例・否定
３、４「反」ハン・タン・ホン／そ - る・そ - らす　例・反対　背中を反らす

中文解說

「批判／批判」是指批評、做出評價。多用於否定的內容。
批＝ヒ　例如：批評（批評）
判＝ハン・バン　例如：裁判（裁判）
《其他選項》
１、４「否」ヒ／いな　例如：否定（否定）
３、４「反」ハン・タン・ホン／そ - る・そ - らす　例如：反対（反對）、背中を反らす（身體向後仰）

9

解　答　1

日文解題

「治る」は病気や怪我がよくなること。３の「直る」は壊れたものがよくなること。
治＝ジ・チ／おさ - める・なお - す・なお - る　例・政治　治療　国を治める　病気を治す
《その他の選択肢》
２「改」カイ／あらた - まる・あらた - める
例・改正
３「直」ジキ・チョク／なお - す・なお - る・ただ - ちに　例・正直　直前
４「替」タイ／か - える・か - わる　例・交替　着替える

中文解說

「治る」是指病情或傷勢好轉。選項３「直る／修理」是指將壞掉的東西修好。
治＝ジ・チ／おさ - める・なお - す・なお - る
例如：政治（政治）、治療（治療）、国を治める（治理國家）、病気を治す（治病）
《其他選項》
２「改」カイ／あらた - まる・あらた - める
例如：改正（改正）
３「直」ジキ・チョク／なお - す・なお - る・ただ - ちに　例如：正直（正直）、直前（將要～之前）
４「替」タイ／か - える・か - わる　例如：交替（替換）、着替える（更衣）

10

解　答 3

日文解題

「立候補」は選挙に候補者として出ること。「候補者」はその地位を望む人。
立＝リツ・リュウ／た - つ・た - てる　例・国立
候＝コウ／そうろう
補＝ホ／おぎな - う　例・補助
《その他の選択肢》
1、4「構」コウ／かま - う・かま - える　例・構造
1、2「捕」ホ／つか - まえる・つか - まる・と - らえる・と - らわれる・と - る　例・逮捕

中文解說

「立候補／參選」是指在以候選人的身分參加選舉。「候補者／候選人」是想爭取某個地位的人。
立＝リツ・リュウ／た - つ・た - てる　例如：国立（國立）
候＝コウ／そうろう
補＝ホ／おぎな - う　例如：補助（補助）
《其他選項》
1、4「構」コウ／かま - う・かま - える　例如：構造（構造）
1、2「捕」ホ／つか - まえる・つか - まる・と - らえる・と - らわれる・と - る　例如：逮捕（逮捕）

第2回　言語知識（文字・語彙）　問題3　P70

11

解　答 1

日文解題

「交通費」は電車、バスなど交通機関の使用にかかる費用。
「～費」の例は「生活費」「参加費」。
《その他の選択肢》
2電気代　3手数料　4寄付金

中文解說

「交通費／交通費」是指搭乘電車、巴士等交通工具的費用。
「～費／～費」的例子有「生活費／生活費」、「参加費／參加費」。
《其他選項》
選項2電気代（電費）、選項3手数料（手續費）、選項4寄付金（捐款）

12

解　答 2

日文解題

「住宅街」は住宅が集まっている地域のこと。
「～街」の例は「商店街」「オフィス街」。
《その他の選択肢》
1結婚式場　3保健所　4地区

中文解說　「住宅街／住宅區」是指住宅聚集的地區。
「～街／～街」的例子有「商店街／商店街」、「オフィス街／商業區」。
《其他選項》
選項１結婚式場（婚禮會場）、選項３保健所（公共衛生中心）、選項４地区（地區）

13

解答　1

日文解題　「責任感」は責任を感じる気持ちのこと。
「～感」の例は「危機感」「信頼感」。
《その他の選択肢》
２恐怖心　３日系企業　４期待値

中文解說　「責任感／責任感」是指感受到自己的責任。
「～感／～感」的例子有「危機感／危機感」、「信頼感／信賴感」。
《其他選項》
選項２恐怖心（恐懼心理）、選項３日系企業（日商公司）、選項４期待値（期望值）

14

解答　4

日文解題　「高カロリー」は高いカロリーのこと。「カロリー」は熱量の単位で、食べ物の栄養価を表す。
「高～」の例は「高学歴」「高性能」。
《その他の選択肢》
１大流行　２長距離　３重点

中文解說　「高カロリー／高熱量」是指卡路里很高。「カロリー／卡路里」是熱量的單位，表示食物的營養價值。
「高～／高～」的例子有「高学歴／高學歷」、「高性能／高性能」。
《其他選項》
選項１大流行（蔚為風尚）、選項２長距離（遠距離）、選項３重点（重點）

15

解答　4

日文解題　「全財産」は全ての財産のこと。
「全～」の例は「全世界」「全自動」。
《その他の選択肢》
１総人口　２多国籍　３完了

中文解說　「全財産／全部家當」指全部的財產。
「全～／全～」的例子有「全世界／全世界」、「全自動／全自動」。
《其他選項》
選項１総人口（總人口）、選項２多国籍（多重國籍）、選項３完了（完成）

第2回 言語知識（文字・語彙） 問題4 P71

16

解答 2

日文解題

「差別」は差をつけて扱うこと。理由なく劣ったものとして扱うこと。例・部長はかわいい優子さんに甘い。これは差別だ。

《その他の選択肢》

１「分解」はまとまってひとつになっているものを、ばらばらに分けること。例・時計を分解して修理する。

３「区別」は違いによって分けること。例・あの三人兄弟は顔も体形もそっくりで、全く区別がつかない。

４「特別」は普通一般と違うこと。例・今日は30年前に妻と出会った特別な日なんです。

中文解說

「差別／歧視」是指差別待遇、沒有理由的不公平待遇。

例句：部長はかわいい優子さんに甘い。これは差別だ。（經理對可愛的優子小姐特別好。真不公平！）

《其他選項》

１「分解／拆解」是指把東西一個一個分開來。例句：時計を分解して修理する。（把手錶拆開來修理。）

３「区別／差異」是指根據不同處來辨別。例句：あの三人兄弟は顔も体形もそっくりで、全く区別がつかない。（那三兄弟的長相和身材都一模一樣，完全無法區分誰是誰。）

４「特別／特別」是指與眾不同。例句：今日は30年前に妻と出会った特別な日なんです。（今天是和我太太相識的三十周年紀念日。）

17

解答 1

日文解題

「便」は都合がよいこと。「交通の便がいい」とは、交通が便利だという意味。「バスの便がある」などのように使う。

《その他の選択肢》

２「網」は糸や針金を編んで作った道具だが、「交通網」などのように比喩的に使われる。

例・東京は地下鉄網が張り巡らされている。

２「網」３「関」４「道」は「交通の～」という言い方はない。

中文解說

「便／方便」指情況允許。「交通の便がいい／交通方便」是交通很便利的意思。用法有「バスの便がある／搭公車很方便」等等。

《其他選項》

選項２「網／網子」是用線、鐵絲編織而成的工具，也用於比喻網絡，如「交通網／交通網絡」等。

例句：東京は地下鉄網が張り巡らされている。（捷運網絡遍布整個東京。）

選項２「網／網子」、選項３「関／關卡」、選項４「道／道路」的前面不會接「交通の～／交通的～」

18

解　答　2

日文解題

「経験」はそれを重ねることを「積む」という。同じものを上へ上へと重ねる様子、また車などに荷を載せること。

《その他の選択肢》

1「招く」は人を呼ぶこと。例・友人を自宅に招いて食事会を開く。

3「寄せる」は近づけるという意味。例・カメラのレンズを花に寄せる。

4「盛る」は食物を器に入れること、また物を高く積み上げること。例・校庭に土を盛る。

中文解說

重複獲取「経験／經驗」要用「積む／累積」這個詞。用於把同樣的事物向上疊加的樣子，又指把貨物放在車上等等。

《其他選項》

選項1「招く／招待、招呼」是指呼叫別人。例句：友人を自宅に招いて食事会を開く。（邀請朋友來家裡舉辦餐會。）

選項3「寄せる／靠近」是靠近的意思。例句：カメラのレンズを花に寄せる。（把照相機的鏡頭靠近花。）

選項4「盛る／裝盛、堆高」是指把食物裝進容器裡，也指把物品堆高。例句：校庭に土を盛る。（在校園裡堆土。）

19

解　答　3

日文解題

「引っ張る」は力を入れて引くこと。引いて近寄せること。

《その他の選択肢》

1「引き受ける」は仕事や役職を受けること。担当する。例・この子の世話は私が引き受けます。

2「引き出す」は中のものを引っ張って出すこと。預金をおろすときもいう。例・彼の才能を引き出したのは今のコーチだ。

4「引っかける」は突き出ているものに物をかけることなど。例・暑くなったので、木の枝に脱いだ上着を引っかけておいた。

中文解說

「引っ張る」是指用力拉、拉近。

《其他選項》

1「引き受ける／接受」是指接受工作或職務、擔任。例句：この子の世話は私が引き受けます。（我來照顧這個孩子。）

2「引き出す」是指把藏在裡面的東西挖出來。也指提領存款。例句：彼の才能を引き出したのは今のコーチだ。（發掘出他潛能的是目前這位教練。）

4「引っかける」指把物品掛在突出的東西上。例句：暑くなったので、木の枝に脱いだ上着を引っかけておいた。（天氣熱了，所以我把衣服脫下，掛在樹枝上。）

20

解　答　4

日文解題　「大まかな」は細かく考えない様子。だいたい。
《その他の選択肢》
1「単純な」は作り方や考え方などが複雑でないこと。簡単。⇔複雑な
例・このスープは塩だけの単純な味が人気です。
2「微妙な」は細かい部分に複雑な意味や小さな違いがある様子。例・別れる時、彼女は笑っているような泣いているような、微妙な顔をした。
3「勝手な」は自分だけに都合のよいことをする様子。例・グループ旅行ですから、勝手な行動はしないでください。

中文解說　「大まかな／草率」是指思考不仔細的樣子、粗略。
《其他選項》
選項1「単純な／單純」是指做法或想法等不複雜、簡單。⇔複雑な（複雜）
例句：このスープは塩だけの単純な味が人気です。（這湯只加了鹽，簡單的味道令它大受歡迎。）
選項2「微妙な／微妙」是指在細微的部分有複雜的感覺，或微小的差異。例句：別れる時、彼女は笑っているような泣いているような、微妙な顔をした。（分手的時候，她露出了似笑又像哭的微妙表情。）
選項3「勝手な／任意」是指做事只顧自己方便的樣子。例句：グループ旅行ですから、勝手な行動はしないでください。（因為這是團體旅遊，請大家不要個別行動。）

21

解　答　2

日文解題　「たちまち」は短い時間を表す副詞。すぐ。あっという間に。
《その他の選択肢》
1「しばらく」は少しの間という意味の副詞。
例・雨はしばらくして止んだ。
「しばらく」には少し長い間という意味もある。例・しばらく会えないけど、元気でね。
3「当分」は近い将来まで。しばらくの間。
例・景気の回復は当分期待できない。
4「いずれ」はいつとは分からないがいつか、という意味。例・あの子はいづれ世の中を変えるような偉い人になるよ。

中文解說　「たちまち／轉眼間」是副詞，表示很短的時間，意思是“馬上、一轉眼”。
《其他選項》
選項1「しばらく／暫時」是副詞，意思是“短暫的時間”
例句：雨はしばらくして止んだ。（雨暫時停了。）
「しばらく／暫時」也可以表示“稍微長一點的時間”。例句：しばらく会えないけど、元気でね。（我們暫時無法見面了，你要保重哦！）
選項3「当分／近期」是指到不久的將來、這一段時間。
例句：景気の回復は当分期待できない。（短期內看不到景氣復甦。）

選項４「いずれ／總之」是指“雖然不知道是什麼時候，但總有一天”的意思。例句：あの子はいずれ世の中を変えるような偉い人になるよ。（那個孩子遲早會成為改變世界的偉人吧。）

22

解答 1

日文解題

「メディア」はマスコミの媒体、テレビや新聞、インターネットの情報サイトなどのこと。

《その他の選択肢》

２「コミュニケーション」は人々の間の思考や感情の伝達をさす。例・会社の飲み会で若い社員とのコミュニケーションを図る。

３「プログラム」は予定や計画、予定表、また音楽会などの解説をした冊子。コンピュータ用語でPCに仕事を指示するもの。例・文化祭のプログラムを作る。

４「アクセント」は言語の強弱、高低などのこと。デザインでは強調する点のこと。例・「朝」という言葉は「あ」にアクセントがあります。

中文解說

「メディア／媒體」是指大眾傳播媒體、電視、報紙、網路上的資訊網站等等。

《其他選項》

選項２「コミュニケーション／溝通」指人和人之間傳達想法和感情。例句：会社の飲み会で若い社員とのコミュニケーションを図る。（盼望能在公司的酒會上與年輕的員工交流。）

選項３「プログラム／計畫表、說明書」是指說明預定或計畫的行程表，或指說明音樂會等的本子。若用於電腦用語，則是指對電腦下指令的程序。例句：文化祭のプログラムを作る。（製作校慶活動的計畫書。）

選項４「アクセント／重音」是指語調的強弱、高低等。用於設計方面則是指“著重點”。例句：「朝」という言葉は「あ」にアクセントがあります。（「朝」這個字彙的重音在「あ」。）

第２回　言語知識（文字・語彙）　問題５

P72

23

解答 1

日文解題

「お坊ちゃん」は息子、息子さんを敬って言う言い方。女の子の場合はお嬢さん。問題文の「入院された」の「された」は「した」の尊敬形。

中文解說

「お坊ちゃん／令公子」是對對方兒子表示尊敬的說法。若是對方的女兒，則稱「お嬢さん／令嬡」。題目句的「入院された／住院了」中的「された」是「した」的尊敬形。

24

解答　4

日文解題　「めざましい（目覚ましい）」は目の覚めるように素晴らしいという意味。
《その他の選択肢》
2「意外な」は思っていたのと違うという意味。案外。例・君に音楽の趣味があるとは意外だな。

中文解說　「めざましい（目覚ましい）／異常顯著」是“非常出色、令人眼睛一亮”的意思。
《其他選項》
選項2「意外な／意外」意思是和想像的不一樣、預料之外。例句：君に音楽の趣味があるとは意外だな。（真沒想到你居然對音樂有興趣。）

25

解答　2

日文解題　「思い込む」はすっかり信じてしまうという意味。問題文は、電話は息子からのものではなかったという意味。

中文解說　「思い込む／深信」是完全相信的意思。題目的意思是“電話其實不是兒子打來的”。

26

解答　2

日文解題　「なかなか」はかなりの程度であること。
※とても（いい）>なかなか>まあまあ>あまり（よくない）
《その他の選択肢》
3「きわめて（極めて）」は程度が非常に高いことを表す。例・この地方で雨が降ることは極めて珍しいことだ。

中文解說　「なかなか／頗」指有相當的程度。
※とても〈いい〉（非常）>なかなか（頗）>まあまあ（普通）>あまり〈よくない〉（不太）
《其他選項》
選項3「きわめて（極めて）／極其」表示程度非常高。例句：この地方で雨が降ることは極めて珍しいことだ。（這個地區下雨是非常少見的。）

27

解答　3

日文解題　「サポート」は支えること。助けること。
3「支援」は支え助けること。援助。
《その他の選択肢》
1「制限」は限界、範囲を決めること。例・この映画には年齢制限があります。
2「調査」は調べること。例・犯人と思われる人物について、調査を進める。
4「許可」は許すこと。例・ここは許可された人した通れません。

中文解說　「サポート／支援」是指支持、幫助。
3「支援／支援」是指支助、援助。
《其他選項》
1「制限／限制」是指界定界限、範圍。例句：この映画には年齢制限があります。（這部電影的觀眾需符合年齡分級限制。）
2「調査／調查」是指搜查。例句：犯人と思われる人物について、調査を進める。（針對嫌疑犯進行調查。）
4「許可／許可」是指允許。例句：ここは許可された人しか通れません。（只有得到許可的人員可以進出這裡。）

第2回（だいかい）　言語知識（文字・語彙）（げんごちしき もじ ごい）　問題6（もんだい）　P73

28

解　答　3

日文解題　「予算」は収入や支出の予定、計画のこと。例・パソコンを買いたいです。予算は10万円くらいです。
《その他の選択肢の例》
1「税金」　2「計算」　4「預金」

中文解說　「予算／預算」是指預定收入和支出的計畫。例句：パソコンを買いたいです。予算は10万円くらいです。（我想買電腦。預算是十萬圓左右。）
《更正其他選項》
選項1「税金／稅金」、選項2「計算／計算」、選項4「預金／存款」

29

解　答　2

日文解題　「要旨」は文章の中の大切な内容。大体の内容のこと。例・この文の要旨を200字にまとめなさい。
《その他の選択肢の例》
1「タイトル、題名」など　3「見出し」　4「重要」

中文解說　「要旨／主旨」是指文章的主要內容、大致的內容。例句：この文の要旨を200字にまとめなさい。（請把這篇文章的內容整理成兩百字的大綱。）
《更正其他選項》
1「タイトル、題名／片名」等等、選項3「見出し／標題」、選項4「重要／重要」

30

解答 3

日文解題

「だらしない」は服装や行動がきちんとしていない様子。例・君、シャツのボタンがとれてるよ、だらしないなあ。

《その他の選択肢の例》

1「おしゃれだ、変だ」など。「派手な服」と「だらしない」は違う。

2「もったいない」　4「ゆるい」

中文解說

「だらしない／邋遢」是指衣著不整齊或動作散漫的樣子。例句：君、シャツのボタンがとれてるよ、だらしないなあ。（你襯衫的紐扣掉了，真是太邋遢了。）

《更正其他選項》

選項1「おしゃれだ、変だ／好看、怪異」等等。「派手な服／華麗的服裝」和「だらしない／邋遢」意思不同。

選項2「もったいない／浪費」、選項4「ゆるい／寬鬆」

31

解答 2

日文解題

「知り合う」は人と人が互いに知ること。

例・妻と知り合ったのは友人の結婚式でした。

《その他の選択肢の例》

1「知る」　3「付き合って」　4「伝わる」

中文解說

「知り合う／相識」是指人與人互相認識。

例句：妻と知り合ったのは友人の結婚式でした。（我和妻子是在朋友的婚禮上認識的。）

《更正其他選項》

選項1「知る／知道」、選項3「付き合って／交往」、選項4「伝わる／傳達」

32

解答 1

日文解題

「口が滑る」は言うつもりでなかったことを、うっかり言ってしまうこと。

例・このことはここだけの秘密だと言ったのに、口を滑らせたのは誰ですか。

《その他の選択肢の例》

2「よく口が滑って」→「うまく話せて」など。3「手が滑って」など。

4「口が堅い」

中文解說

「口が滑る／說溜嘴」是指不小心把原本不打算說的事情說出口了。例句：このことはここだけの秘密だと言ったのに、口を滑らせたのは誰ですか。（明明說好了這件事是我們幾個人的秘密，是誰說出去的？）

《更正其他選項》

選項2「よく口が滑って」改成「うまく話せて／說得很好」等等、選項3「手が滑って／手滑了一下」等等、選項4「口が堅い／口風很緊」。

33

解答 4

日文解題

「（動詞辞書形）だけ」は、範囲の限界までする、という意味。例、
・おなかが空いたでしょう。ここにあるものは食べたいだけ食べてくださいね。
※「～だけ」は限定を表す。例、
・僕が好きなのは世界中であなただけです。
《その他の選択肢》
１「わけ」には多くの意味があるが、「言って」の前に「わけ」を置くとき、「わけを言って」となる。
２「こそ」や３「きり」も、「わけ」と同様に、「言いたい」の後や、「言って」の前には接続できない。また、文の意味も成立しない。

中文解說

「（動詞辭書形）だけ／盡量」的意思是該舉動達到某個範圍的最大值。例如：
・肚子餓了吧？這裡的東西只要吃得下請盡量多吃喔！
※「～だけ」表示限定。例如：
・全世界我喜歡的就只有你而已。
《其他選項》
選項１，「わけ／原因」具有多種含意。當「わけ」放在「言って／說」之前的時候，就變成「わけを言って／說原因」。
選項２的「こそ／正是」和選項３的「きり／一…就…」都和「わけ」一樣，不能接在「言いたい／想說」後面，也不能放在「言って」的前面。不僅如此，這樣的句子也不合邏輯。

34

解答 2

日文解題

「きちんと計算してある」と言っているので、「完成できる」という意味になるように考える。
「（普通形）わけがない」は、絶対～ない、と確信していると言いたいとき。
問題文は、二重否定で、できない＋わけがない→絶対できる、という意味になる。

中文解說

由於題目提到「きちんと計算してある／一切都經過了精密的計算」，可以推測出句子的完整意思是「完成できる／可以完工」。
「（[形容詞・動詞]普通形）わけがない／不可能…」用在想表達絕對不可能～，有十足把握的時候。
題目是雙重否定的用法，意思是：「できない＋わけがない／辦不到＋沒道理會那樣」→絕對做得到。

35

解　答　1

日文解題

「（取り上げることば）といえば」は、話題に出たことばを取り上げて、それに関する別の話をするときの言い方。例、

・A：このドラマ、いいですよ。

・B：ドラマといえば、昨日、駅前でドラマの撮影をしていたよ。

《その他の選択肢》

２「～といったら」は、～ということばからすぐに思いつくことばを言うとき。例、

・日本の花といったらやはり桜ですね。

３「～とは」は、～ということばを説明するときの言い方。例、

・「逐一」とは、一つ一つという意味です。

４「～となると」は、～ということになった場合、そうなる、そうする、と言いたいとき。例、

・沢田さんが海外に赴任となると、ここも寂しくなりますね。

中文解說

「（提起的話題）といえば／說到…」用在承接某個話題的內容，並由這個話題引起另一個相關話題的時候。例如：

・A：「這齣影集很好看喔！」

・B：「說到影集，昨天有劇組在車站前拍攝喔！」

《其他選項》

選項２「～といったら／提到…」用在從某～的內容，馬上聯想到另一個相關話題的時候。例如：

・提到日本的花，第一個想到的就是櫻花吧！

選項３「～とは／所謂…」前接～對該內容進行說明定義的用法。例如：

・所謂「逐一」的意思是指一項接著一項。

選項４「～となると／如果…那就…」表示如果發展到～情況，就理所當然導向某結論、某動作。例如：

・要是澤田小姐派駐國外以後，這裡就要冷清了呢。

36

解　答　3

日文解題

「（名詞－の、い形普通形、な形－な）おかげだ」は、～の影響でいい結果になった、と言いたいとき。例、

・生まれつき体が丈夫なおかげで、今日まで元気にやって来られました。

《その他の選択肢》

「～おかげで」は結果を表す言い方なので、

１「～たいです」（意向）や、２「～ます」（意志や未来）、４「～ましょう」（働きかけ）などの表現は来ない。

中文解說

「（名詞の、形容詞普通形、形容動詞詞幹な）おかげだ／多虧…」用於表達由於受到某～影響，導致後面好的結果時。例如：

・多虧這與生俱來的強健身體，才能活力充沛地活到了今天。

《其他選項》

由於「～おかげで」是導致後面結果的用法，因此：
因此都不能接：１「～たいです／想要」（表意向），或２「～ます／做」（表意志或未来），４「～ましょう／做…吧」（表推動）等表現方式。

37

解　答　2

日文解題

問題文から、連絡する方法がないという状況が分かる。「（動詞ます形）ようがない」は、～したくても方法がなくてできない、と言いたいとき。例、
・彼には頑張ろうという気持ちがないんです。助けたくても私にはどうしようもありません。
《その他の選択肢》
１「～かねる」は、その状況や条件、その人の立場では～できないと言いたいとき。例、
・会社を預かる社長として、あなたの意見には賛成しかねます。
３「～わけにはいかない」は、社会的、道徳的、心理的な理由から～できない、と言いたいとき。例、
・今日の食事会には先生もいらっしゃるから、時間に遅れるわけにはいかない。
４「～どころではない」は、余裕がなくて～できる状況ではないと言いたいとき。例、
・明日試験なので、テレビを見るどころじゃないんです。

中文解說

從題目可以知道，目前的狀況是說話者沒有聯絡對方的管道。「（動詞ます形）ようがない／無法…」用在想表達即使想～也沒有方法，以致於辦不到的時候。例如：
・他根本沒有努力的決心，就算我想幫忙也幫不上忙。
《其他選項》
選項１「～かねる／難以…」用於表達由於某狀況或條件，站在該人的立場上，難以做～時。例如：
・身為領導這家公司的總經理，我無法贊同你的意見。
選項３「～わけにはいかない／不能不…」用於表達根據社會上的、道德上的、心理上的因素，而無法做～之意。例如：
・今天的餐會老師也將出席，所以實在不好意思遲到。
選項４「～どころではない／不是…的時候」用於表達因某緣由，沒有餘裕做～的情況時。例如：
・明天就要考試了，現在可不是看電視的時候。

38

解答 4

日文解題 「（名詞）さえ…ば」は、「（名詞）が…」という条件が満たされれば、それだけで十分だと言いたいとき。例、

・子供は、お母さんさえいれば安心するものです。

※他に、「（名詞）さえ」は、極端な例をあげて、他ももちろんそうだ、と言うときに使う。例、

・朝は時間がなくて、ご飯はもちろん、水も飲めない時もあります。

《その他の選択肢》

1「こそ」はものごとを強調することば。例、

・去年は行けなかったから、今年こそ旅行に行きたい。

中文解說 「（名詞）さえ…ば／只要…（就）…」是表示只要能滿足「（名詞）が…」這個條件，就非常足夠了。例如：

・孩子只要待在媽媽的身邊就會感到安心。

※其他「（名詞）さえ／連…」也用在舉出極端的例子，其他更不必提的時候。例如：

・早上匆匆忙忙的，別說吃飯了，有時候連水都來不及喝。

《其他選項》

選項1「こそ／一定」是用在強調某事物的詞語。例如：

・畢竟去年沒能去旅行，希望今年一定要成行！

39

解答 1

日文解題 「（普通形）ものか」は、絶対～ないという意味。話し言葉。「ものですか」「もんか」も同じ。例、

・あなたに私の気持ちが分かるものですか。

問題文は、彼は絶対にいい人ではない、と言っている。

中文解說 「（[形容詞・動詞]普通形）ものか／才不…呢」表示絕對不是～的意思。口語形。也可說成「ものですか」、「もんか」。例如：

・你怎麼可能明白我的心情呢！

本題要說的是他絕對不是好人。

40

解答 3

日文解題 「（動詞て形）て以来」は、～してから今まで、ずっとその状態が続いている、と言いたいとき。例、

・10年前に病気をして以来、お酒は飲まないようにしています。

《その他の選択肢》

選択肢の中で、過去から続いている状況を表しているのは3。4は「…卒業して以来、英語に触れる機会はない」＋「ので、すっかり忘れてしまった」なら、文として成立する。

中文解說 「（動詞て形）て以来／自從…就一直…」用於表達自從～以後，直到現在為止

一直持續的某狀態時。例如：
・自從十年前生病之後，就把酒戒了。
《其他選項》
選項中能表達從過去以來狀態一直持續的是 3。選項 4 如果是「自從…畢業後，就沒有機會接觸英語」＋「因此，已經忘得一乾二淨了」這樣的句子就成立。

41

解　答　2

日文解題　「安い物を（店が客に）無理に高く（　　）」という文。「店」が主語なので、使役文を作る。

中文解說　題目句的意思是「商家強迫客人以高昂的價格購買便宜的物品」。因為「店／商家」是主詞，所以要寫成使役形的句子。

42

解　答　4

日文解題　可能性を表す「かもしれない」を選ぶ。
《その他の選択肢》
1「～とみえる」は、他の人の様子を見て、～らしい、と推量するときの言い方。例、
・あの子は勉強が嫌いとみえる。外ばかり見ている。
2「（動詞辞書形）しかない」は、他に選択肢がない、可能性がないと言いたいとき。例、
・バスはあと 2 時間来ないよ。駅まで歩くしかない。
3「～おそれがある」は、悪いことが起こる可能性があるという意味。意味は合っているが、「～おそれがある」は硬い言い方なので、問題文のような話し言葉では使わない。例、
・明朝、大型の台風が関東地方に上陸するおそれがあります。

中文解說　這題要選表示可能性的「かもしれない／可能」。
《其他選項》
選項 1「～とみえる／似乎…」用在從他人的現況，來推測好像～之時。例如：
・那孩子似乎不喜歡讀書，總是望著窗外。
選項 2「（動詞辭書形）しかない／只好…」用於表達沒有別的選擇，或沒有其它的可能性時。例如：
・巴士還得等上兩小時才來喔！只好走去車站了。
選項 3「～おそれがある／恐怕會…」表示有發生某不良事件的可能性。意思雖然符合，但是由於「～おそれがある」是較為生硬的說法，不能用在像本題這樣的口語形。例如：
・強烈颱風可能將在明天上午從關東地區登陸。

文法 1 2 3 CHECK 1 2 3

43

解答　2

日文解題　「雨が降る」という文を考えると、主語は「私」ではなく「雨」。「雨が止んだ」という表現に、ちょうどいい時に止んだことに対する感謝の気持ちを加えて、「雨が止んでくれた」とする。

中文解說　考慮到「雨が降る／下雨」這個句子，可知主詞不是「私／我」而是「雨／雨」。「雨が止んだ／雨停了」這個用法再加上對於“（雨）停得正是時候”的感謝心情，句子變成「雨が止んでくれた／雨停了」。

44

解答　3

日文解題　「郵送します」の謙譲表現。例・こちらの申込書はコピーを取らせていただきます。

《その他の選択肢》

１、２「郵送します」の尊敬表現。

４「郵送です」の丁寧な言い方。

中文解說　選項３是「郵送します」的謙讓說法。例句：請讓我來複印這份申請書。

《其他選項》

選項１、２是「郵送します」的尊敬說法。

選項４是「郵送です」的鄭重說法。

第２回　言語知識（文法）　問題８　P76-77

45

解答　3

日文解題　正しい語順：デザートは　2買ってくる　1にしても　3料理は　4手作りのものを　食べさせたい。

「デザートは」と３「料理は」が対比になっていることに気づく。意味から「食べさせたい」の前に、３、４が置ける。

《文法の確認》

「（名詞、普通形）にしても」は、たとえ～と仮定しても、という意味。例、

・転勤するにしても日本の国内がいいなあ。

※「～にしても」には、他に「～のは分かるが、でも」という意味がある。例、

・月末で忙しいにしても、電話くらいできるでしょ。

中文解說　正確語順：許久沒有碰面的兒子回來了，所以　1即使　甜點　2是去外面買的，1至少　3飯菜　希望讓他吃到是　4我親手做的。

請留意「デザートは／甜點」與「３料理は／３飯菜」是對比的。從意思得知「食べさせたい／希望讓他吃到」的前面要填入３、４。

《確認文法》
「（名詞、[形容詞・動詞] 普通形）にしても／即使…，也…」是就算假設～也～的意思。例如：
・即使要派駐外地，也希望能留在日本國內比較好哪！
※「～にしても／雖說…，但…」另外也有表示「雖然瞭解～，但是」的意思。例如：
・雖說月底很忙，總能抽出時間打一通電話吧？

46

解　答　1

日文解題　正しい語順：何度も報告書を　2見直す　3うちに　1おかしな点に　4気がついた　んです。
動詞は2と4。「何度も報告書を」のあとに2、「んです」の前に4を置く。1と4をつなげる。3「うちに」は、～ている間に、と言いたいとき。3は2の後に来る。
《文法の確認》
「（動詞辞書形、ている形、ない形）うちに」で、～ている間に変化が起こったという意味。例、
・この音楽は落ち着くので、聞いているうちに眠ってしまいます。
※「～うちに」は他に、～でなくなる前に、という意味がある。例、
・温かいうちに召し上がってください。

中文解說　正確語順：就在一次次反覆　2檢視　報告　3之際，我　4察覺到了　1不對勁的地方。
動詞是2與4。「何度も報告書を／就在一次次反覆報告」的後面要接2、「んです」的前面應填入4。1與4相連接。3的句型「うちに／之際」用於表達在～期間之意。由此得知3接在2的後面。
《確認文法》
「（動詞辭書形、ている形、ない形）うちに／在…之內」表示在～狀態持續的期間，發生變化的意思。例如：
・這種音樂能讓心情平靜下來，聽著聽著就睡著了。
※「～うちに／趁…」另外還表示趁著～變化之前的意思。例如：
・請趁熱吃。

47

解　答　2

日文解題　正しい語順：4よほど　1親しい　2人でない　3限り、連絡先は教えないことにしているんです。
3「限り」は限定を表す。「～ない限り」で、～でなければ、という意味になる。1、2、3とつなげる。4は1を修飾するので、1の前に置く。「よほど」はかなり、ずいぶんという意味。
《文法の確認》
「（動詞ない形）限り」で、あることが成立しない状況では、という意味を表す。あとには、否定的な表現が来る。例、
・明らかな証拠がない限り、彼を疑うことはできない。

中文解說 正確語順：3除非是　4非常　1親近　2的人（以外），否則不會告知聯絡方式。
3「限り／除非是…」表示限定。「～ない限り／除非是…以外」是必須得～的意思。如此一來順序就是1→2→3。由於4要修飾1，所以應該填在1的前面。「よほど／非常」是頗為，相當之意。
《確認文法》
「（動詞ない形）限り／除非…」表示只要在某事不實現的狀態下之意。後面要接否定的說法。例如：
・除非有明確的證據，否則沒辦法認為他有嫌疑。

48

解　答 3

日文解題 正しい語順：さすが、2若い　4だけあって　3理解が　1速い　ね。
4「～だけあって」は、～ので期待通りだ、と評価が高いことを表す。文の意味から、「若いので速い」と考えて、2、4、1。3は4の後に入れる。「さすが」は、やはりすごい、と評価通りの実力を認める言い方。例、
・さすが農薬の専門家だ、農薬のことなら何でも知っている。
「さすが」は「だけあって」と一緒に使われることが多い。
《文法の確認》
「（名詞、普通形）だけ（のことは）ある」は、～から期待される通りだという意味。例、
・いい靴だね。イタリア製だけのことはある。

中文解說 正確語順：真厲害！4不愧是　2年輕人，1一下子　就　3聽懂　了！
4「～だけあって／不愧是」表示因為～與期待相符，而給予高度的評價之意。從句意推敲，「若いので速い／因為年輕所以很快」，得知正確語順是2→4→1。而3要填入4的後面。「さすが／真厲害」表示果然厲害，承認實力與評價名實相符的意思。例如：
・不愧是農藥專家！舉凡和農藥相關的事，無所不知。
「さすが」常與「だけあって」前後呼應一起使用。
《確認文法》
「（名詞、[形容詞・動詞]普通形）だけ（のことは）ある／不愧是…」表示從其做的～與期待相符的意思。例如：
・真是一雙好鞋子，不愧是義大利製造的！

49

解　答 4

日文解題 正しい語順：ずっと体調のよくない　2父を　3病院に　4行かせたいのだが、1父は　どうしても行こうとしない。
「4行かせたい」は使役形なので、4の前には、1父は　ではなく、2父をを置く。前半の文は2、3、4とつなげる。後の文は、主語が　1父は　に変わっている。
《文法の確認》
「行かせたい」は「行く」の使役形「行かせる」に希望の「～たい」をつけた

もの。私は父を病院に行かせたい、という文。

中文解說
正確語順： 4我想讓長期抱恙的 2爸爸 4去 3醫院，但 1爸爸無論如何都不想去。
因為選項4「行かせたい／讓（某人）去」是使役形，因此選項4前面要接的不是選項1「父は／爸爸」而是選項2「父を／爸爸」。前半句先將選項2、3、4連接起來。後半句將主詞改成選項1「父は／爸爸」。
《確認文法》
「行かせたい」是「行く」的使役形「行かせる」再接上表示希望的「～たい」。題目句的意思是「私は父を病院に行かせたい／我想讓父親去醫院」。

第2回 言語知識（文法） 問題9 P78-79

50

解答 4

日文解題
「犬や猫」と例をあげている。「（名詞）をはじめ」は、代表的な例をあげて、他も同じと言いたいとき。
《その他の選択肢》
1「といえば」は、話題に出たことばから、別の話をするとき。例・きれいな花だね。花といえば、今週デパートでバラの花の展覧会をやってるよ。
2「を問わず」は、～に関係なくという意味。例・マラソンは年齢を問わず、誰でもできるスポーツだ。
3「ばかりか」は、～だけでなくという意味。ここは駅から遠いばかりか、周りに店もない。

中文解說
文中舉了「犬や猫」的例子。以「（名詞）をはじめ」舉出一個代表的例子，用於想表達其他事物也相同時。
《其他選項》
選項1「といえば」是引出話題的詞語，用於想轉換話題時。例句：きれいな花だね。花といえば、今週デパートでバラの花の展覧会をやってるよ。（這真是一朵漂亮的花啊。說起花，這星期在百貨公司有玫瑰花博覽會。）
選項2「を問わず」是"和～無關"的意思。例句：マラソンは年齢を問わず、誰でもできるスポーツだ。（馬拉松是一項不管幾歲都能參與的運動。）
選項3「ばかりか」是"不僅～"的意思。從這裡到車站不僅路途遙遠，而且周圍還沒有任何商店。

51

解　答　3

日文解題　「（無責任な人は、ペットが）大きくなったり、（さらに）老いたりすると、ほったらかす」と考える。「すると」は、そのときはいつも、という意味。例・このボタンを押すと、おつりが出ます。

中文解說　這句話可以理解為「（無責任な人は、ペットが）大きくなったり、（さらに）老いたりすると、ほったらかす／（不負責任的人）等到寵物長大、（甚至是）變老時，就會棄寵物不顧」。「すると／於是就會」是"那時就會"的意思。例句：このボタンを押すと、おつりが出ます。（只要按下這個按鈕，零錢就會掉出來。）

52

解　答　3

日文解題　ペットを主語にして、受身形の文を作る。例・私は人々に感謝される仕事がしたい。

中文解說　這裡的主詞是寵物，所以要寫成被動式的句子。例句：私は人々に感謝される仕事がしたい。（我想從事會被他人感謝的工作。）

53

解　答　1

日文解題　ペットに対して、野生動物は、と比べている。
「一方」は、二つのことを並べて比べる言い方。
《その他の選択肢》
２「そればかりか」は、さらに加えて言う言い方。例・先輩には仕事を教えてもらった。そればかりか、ご飯もよくごちそうしてもらった。
４「にも関わらず」は、～には影響されないで、という意味。例・強い雨にも関わらず、試合は続行された。

中文解說　相對於寵物、可以和寵物進行比較的是野生動物。
「一方」是用於比較兩件事物的說法。
《其他選項》
選項２「そればかりか／不僅如此」是除了某事物之外再加上其他事物的說法。例句：先輩には仕事を教えてもらった。そればかりか、ご飯もよくごちそうしてもらった。（前輩教我工作上的事。不僅如此，他還經常請我吃飯。）
選項４「にも関わらず／無論～」是"不因～而受到影響"的意思。例句：強い雨にも関わらず、試合は続行された。（就算下大雨也還是繼續進行比賽。）

54

解　答　2

日文解題　「（名詞 - の、動詞辞書形、ない形）おそれがある」は、悪いことが起こる可能性があるという意味。
《その他の選択肢》
１も、悪い結果になる可能性があるという意味だが、「（動詞ます形）かねない」で、接続が違う。

３「ところだった」は、過去に悪い結果になる可能性があったが、今はその可能性はない、という意味。例・タクシーに乗ったので間に合ったが、あのまま電車に乗っていたら、遅刻するところだった。（遅刻しなかったという意味）
４「ことはない」は、～する必要はないと言う意味。例・謝ることはないよ。君は何も悪くないんだから。

中文解說

「（名詞 - の、動詞辞書形、ない形）おそれがある」是"有可能發生不好的事"的意思。

《其他選項》

選項１的意思也是"有可能發生不好的事"，但「（動詞ます形）かねない」的接續不正確。

選項３「ところだった／差點就」是"以前如果～則有可能發生不好的結果，但現在沒有發生"的意思。例句：タクシーに乗ったので間に合ったが、あのまま電車に乗っていたら、遅刻するところだった。（我搭計程車去所以趕上了。如果搭電車大概就遲到了吧。）

選項４「ことはない／沒必要做～」是"沒必要做～這件事"的意思。例句：謝ることはないよ。君は何も悪くないんだから。（你不用道歉，你沒有做錯任何事。）

第２回（だいかい）　読解（どっかい）　問題（もんだい）10　P80-84

55

解　答　３

日文解題

続けて、「『親』には…という意味、『切』には…という意味もあるのだ」と言っている。つまり、他にも意味があるということ。

中文解說

接在後面的是「『親』には…という意味、『切』には…という意味もあるのだ／『親』含有…的意思，『切』也含有…的意思。」。這句話表示"還有其他的意思"。

56

解　答　３

日文解題

「気になるメールや調べ物があったとしても、寝る１時間前には電源を切りたいものだ」とある。メールや調べものと言っているので、電源とはパソコンの電源のこと。

《その他の選択肢》

１の「寝る前にメールをチェックする」ことと、２の「コーヒー」は、どちらもよい睡眠のためによくない例としてあげられている。

３「部屋を暗くして」とあるが、「寝る１時間前に」とは言っていない。

中文解說

文章中寫道「気になるメールや調べ物があったとしても、寝る１時間前には電源を切りたいものだ／即使有重要的郵件或想查詢的事物，睡前一小時也必須關掉電子產品的電源。」

《其他選項》
選項１的「寝る前にメールをチェックする／睡前檢查郵件」和選項２的「コーヒー／咖啡」都是文章中舉出妨礙睡眠的事物例子。
選項３，文章中雖然有寫道「部屋を暗くして／使房間暗下來」，但並沒有限定「寝る１時間前に／睡前一小時」。

57

解　答　3

日文解題　ステッカーは「混雑時には携帯電話の電源をお切りください」と呼び掛けている。問題は、してはいけないことなので、答えは３。

中文解說　貼紙的用意是呼籲大家「混雑時には携帯電話の電源をお切りください／車廂內人潮眾多時，請將手機關機」。由於題目問的是“不能做的事”，所以答案是選項３。

58

解　答　1

日文解題　「紙の新聞の良さは一覧性にある」と言い、その中に、１迫力ある写真、２見出しの大小、３思いがけない記事との出会い　があると言っている。この中で一番魅力的なのは３。
《その他の選択肢》
２　重要度を知ることができると言っており、見やすくてよいとは言っていない。
３と４は、本文にない。

中文解說　文章中寫道「紙の新聞の良さは一覧性にある　／報紙的優點在於方便閱讀」，在這之中提到了選項１扣人心弦的照片、選項２標題的大小、選項３看見意想不到的報導。這之中最具有吸引力的是選項３。
《其他選項》
選項２，文章中說的是可以了解該報導的重要程度，並沒有提到大字看得比較清楚。
選項３和４，文章中並沒有提到相關內容。

59

解　答　2

日文解題　「笑っているのだから楽しいはずだと脳は錯覚する」とある。笑っていると、脳が間違えると言っている。
《その他の選択肢》
３　「ふりをする」は、本当は違うが、そのように見せる様子。例・部屋に母が入ってきたが、話したくなかったので寝ているふりをしていた。
脳は笑顔にだまされているので、「だまされるふりをして」は間違い。
４は、本文にない。

中文解說　文章中寫道「笑っているのだから楽しいはずだと脳は錯覚する／大腦會產生錯覺，認為自己現在正在笑著，所以應該很開心」。意思是只要露出笑容的話，大腦就會誤以為自己現在很開心。
《其他選項》
選項3「ふりをする／裝作～的樣子」是指其實不是這樣，但看起來像是這樣。
例句：部屋に母が入ってきたが、話したくなかったので寝ているふりをしていた。（雖然媽媽進來房間，但我不想說話，所以裝作睡著了。）
因為大腦是真的會被笑容欺騙，所以「だまされるふりをして／裝作受騙的樣子」不正確。
選項4，文章中沒有提到相關內容。

第2回（だいかい） 読解（どっかい） 問題11（もんだい） P85-90

60

解答 1

日文解題 11行目「無関係の…人たちにはどう思われようと気にしない、ということなのではないだろうか」とある。

中文解說 第十一行寫道「無関係の…人たちにはどう思われようと気にしない、ということなのではないだろうか／因為不在意和自己無關的人怎麼想，難道不是這樣嗎」。

61

解答 3

日文解題 10行目「自分に関係のある人には自分がどう思われるかをとても気にする」とある。
《その他の選択肢》
1　知らない人のことは気にしないので、間違い。
2「誰にも見られていないと思って」という場面は、本文にない。
4　気にするのは「特に親しい人」ではなく、「自分に関係のある人」なので間違い。気にする基準は親しいかどうかではない。

中文解說 第十行寫道「自分に関係のある人には自分がどう思われるかをとても気にする／很在意和自己有關的人會怎麼看待自己」。
《其他選項》
選項1，文章是說對不認識的人不甚在意，所以不正確。
選項2，文章中沒有提到「誰にも見られていないと思って／認為自己沒有被任何人看見」這種情形。
選項4，會在意的不是「特に親しい人／特別親密的人」，而是「自分に関係のある人／和自己有關係的人」，所以不正確。會不會在意的標準並非“熟悉或不熟悉”。

讀解 1 2 3 CHECK 1 2 3

62

解答　2

日文解題　直前に「つまり、車内は自分一人の部屋と同じなのである」とある。
《その他の選択肢》
1「すぐに別れる」ことが、気にしないことの条件ではない。
3　関係のある人がいないから、ではなく、関係のない人はそこに居ないも同然だから、と言っている。
4については、触れていない。

中文解說　劃線部分的前一句提到「つまり、車内は自分一人の部屋と同じなのである／也就是說，車廂內和自己獨處的房間是一樣的」。
《其他選項》
選項1「すぐに別れる／馬上就要分別了」並非會不會在意的標準。
選項3，並不是因為沒有認識的人。這一段的意思是，身邊有和自己無關的人，就和身邊沒人一樣。
選項4，文章中沒有提到相關內容。

63

解答　3

日文解題　娘は、6，7行目で「そんなにぺこぺこ頭を提げたり…してもしょうがないんだよ」と言っている。
この「しょうがない」は、「そんなことをしても意味がない」という意味で、3の「なんにもならない」と同じ。

中文解說　第六、七行，女兒說「そんなにぺこぺこ頭を提げたり…してもしょうがないんだよ／用不著那樣點頭哈腰吧」。
這裡的「しょうがない／用不著」是「そんなことをしても意味がない／這麼做也沒有意義」的意思。和選項3「なんにもならない／無濟於事」意思相同。

64

解答　3

日文解題　「まっすぐ立ったままお礼を言う」のと、「頭を下げながら言う」のの違いのこと。9行目で父が「しっかり頭を下げたりしないとこっちの心が伝わらないんだよ」と言っている。
また、心があれば自然に頭が下がるとも言っている。
《その他の選択肢》
1　電話で言葉をしゃべっているので、お礼を言っているということは伝わる。
2　お礼の言い方の話であり、うそをつく場面ではない。
4　聞いている人に伝わるのは、話す人の体の形ではなく、心の様子。

中文解說　這裡說的是「まっすぐ立ったままお礼を言う／站得直挺挺的道謝」和「頭を下げながら言う／一面鞠躬一面說（謝謝）」的不同。第九行，爸爸說「しっかり頭を下げたりしないとこっちの心が伝わらないんだよ／如果不誠懇鞠躬道謝，就無法表達我們的心意哦」。
另外爸爸又說，只要心懷誠意，自然就會鞠躬。

《其他選項》
選項１，因為是在電話中說的話，所以是表達謝意。
選項２，兩人談論的是道謝的表達方式，沒有討論到說謊的情形。
選項４，要向聽者傳達的不是說話者的姿勢，而是心意。

65

解答　2

日文解題　「『見えないからこそ、しっかり心を込めて話す』ことが大切だ」と言っている。
「こそ」は強調。
２「かえって」は、逆に、という意味。

中文解說　文章中提到「『見えないからこそ、しっかり心を込めて話す』ことが大切だ／『正因為看不見，所以說話更要誠心誠意』這是非常重要的」。
「こそ」表示強調。
選項２「かえって」是“反而”的意思。

66

解答　1

日文解題　「そういう」が指すのは、４行目「自らの評価と、人から評価されたタイプは一致しない」という部分。
《その他の選択肢》
２の「計算」は能力や技術であり、ここでいう「人の特徴」には当てはまらない。
３　「まさに」は「本当に」という意味。
４　「真面目」と「真面目すぎる」は同じタイプ。

中文解說　「そういう／那樣」指的是第四行「自らの評価と、人から評価されたタイプは一致しない／自己認為自己屬於哪一型，和他人的看法不同」這個部分。
《其他選項》
選項２的「計算／計算」用於能力或技術，無法用在本文中的「人の特徴／人的特徵」。
選項３，「まさに／正是」是「本当に／真正」的意思。
選項４，「真面目／認真」和「真面目すぎる／過於認真」是同一種人。

67

解答　3

日文解題　「そう見られている」の主語は「私」。自分が他人からどう見られているかを考えることは、自分自身を知ることになる。

中文解說　「そう見られている／為什麼會讓人有這種想法」的主詞是「私／我」。好好想想別人為什麼會這樣看待自己，就會更了解自己。

68

解　答　3

日文解題　「やはり」とあるので、その前の段落を見る。
「五つのグループの全員が含まれるようにすると、その組織は安定する」とある。これは、異なるタイプが互いに補い合うということ。
《その他の選択肢》
1　個性の強さについては述べていない。
2　優秀であるか、普通であるかは問題にしていない。
4　すべての人を５つのグループに分けた方法である。

中文解說　這句話前面是「やはり／果然」，所以要看前一個段落。
前一個段落提到「五つのグループの全員が含まれるようにすると、その組織は安定する／如果一個組織包含這五種類型的人，這個組織就會維持穩定」。這是指不同類型的人會互補。
《其他選項》
選項１，文章中並沒有提到強烈的個性。
選項２，這和是優秀的人或是平凡的人沒有關係。
選項４，有方法可以把全部的人都分別歸類成這五種類型。

第２回（だいかい）　読解（どっかい）　問題（もんだい）12

P91-93

69

解　答　4

日文解題　ＡもＢも親と同じ職業を選んだ人たちについて述べている。Ａは芸術家で、親から受け継いだ才能を生かして、Ｂは政治家で、出身地域の期待に応えて、と言っている。

中文解說　Ａ和Ｂ都是描述選擇和父母相同職業的人。Ａ是藝術家，充分發揮繼承自父母的才能；Ｂ是政治家，文章中提到不可辜負故鄉民眾的期待。

70

解　答　3

日文解題　Ａは、親から先天的な才能を受け継いでいるからと述べており、肯定している。Ｂは、「先天的な能力などあるとは思えない…政治家に向いている性格とも思えない」と批判している。

中文解說　Ａ認為孩子繼承了父母的才能，因此對子承父業持肯定看法。Ｂ則以「先天的な能力などあるとは思えない…政治家に向いている性格とも思えない／我不認為這些孩子有天分…也不認為他們的個性適合成為政治家」進行批判。

71

解答 2

日文解題
「内向き」は自分の家や国から外へ出たがらないこと。内向きの若者が求めるのは「安全な企業」ではなく「自分の住んでいる地方の企業」。
５行目「大学にしても安全第一」の「安全」は、慣れた親の家から通えるという意味の安全。

中文解說
「内向き／保守、內向」是指不想離開自家或祖國。保守的年輕人追求的並非「安全な企業／有保障的公司」，而是「自分の住んでいる地方の企業／位在自己居住地區的公司」。
第五行「大学にしても安全第一／選擇大學也以位於舒適圈為前提」的「安全／安全」是“可以從住慣了的父母家通勤往返”的意思。

72

解答 3

日文解題
物事を自分で判断しない、誰かに頼ればいいと考えるのは、消極的な姿勢といえる。
《その他の選択肢》
１「経済的」はお金や費用に関すること。例・大学進学は、経済的な理由で諦めざるを得なかった。
２「意欲的」は仕事などのやる気が強い様子。例・彼は、新商品を次々と提案し、商品開発に意欲的に取り組んだ。
４「積極的」は物事をすすんでしようとする様子。例・彼女は授業中に質問したり、自分の意見を述べたり、とても積極的な生徒です。

中文解說
不願自己判斷事情，總想著依靠別人就好，這就是消極的態度。
《其他選項》
選項１「経済的／經濟因素」指有關於金錢或花費。例句：大学進学は、経済的な理由で諦めざるを得なかった。（因為經濟因素而不得不放棄了就讀大學。）
選項２「意欲的／積極主動」指在工作等方面幹勁十足的樣子。例句：彼は、新商品を次々と提案し、商品開発に意欲的に取り組んだ。（他不斷提出新商品的企劃，積極開發產品。）
選項４「積極的／積極的」指主動做事的樣子。例句：彼女は授業中に質問したり、自分の意見を述べたり、とても積極的な生徒です。（她經常在課堂上提問、闡述自己的意見，是位非常積極的學生。）

73

解答 4

日文解題

14 行目「いったい、若者はなぜ…」に対して、続けて「電子機器の普及も原因の一つではないか」と問題提起している。さらに 30 行目「では、…どうすればいいのか」に対して「若者の一人一人が安易な機器などに頼らず…」とあり、結論を導いている。筆者の言いたいことは、若者と電子機器の関係。

《その他の選択肢》

1　筆者が問題にしているのは、若者が外でスポーツをしなくなったことではなく、その原因。

2　11 行目に「たとえ家庭に経済的余裕がなくても…」と言っている。

3　このような記述はない。

中文解說

對於第十四行的「いったい、若者はなぜ…／到底年輕人為什麼…」，下一段寫道「電子機器の普及も原因の一つではないか／電子設備的普及也是原因之一吧」。另外，針對第三十行的「では、…どうすればいいのか／那麼…該怎麼做才好呢」，後面又寫「若者の一人一人が安易な機器などに頼らず…／每一位年輕人不要輕易依賴機器等等…」進而整理出結論。作者要說的是年輕人和電子設備的關係。

《其他選項》

選項 1，作者認為的問題不是年輕人不去外面運動，而是其中的原因。

選項 2，第十一行寫道「たとえ家庭に経済的余裕がなくても…／即使家裡經濟並不寬裕…」。

選項 3，文章中沒有提到相關內容。

第2回　読解　問題 14　P96-97

74

解答 4

日文解題

「インターネット予約の事前準備」の欄の 1 に「仮パスワードをお好みのパスワードに変更してください」とある。さらに「仮パスワードから本パスワードへの変更」の欄に「…変更は、利用者のパソコン・携帯電話で」とある。

《その他の選択肢》

1「利用者カード」は持っているので、間違い。

2「図書館のパソコンで」が間違い。

3「図書館のカウンターで」が間違い。

中文解說

「インターネット予約の事前準備／網路預約的事前準備」欄位中，第一項寫道「仮パスワードをお好みのパスワードに変更してください／請將臨時密碼更改為您的密碼」。另外，「仮パスワードから本パスワードへの変更／由臨時密碼更改為您的密碼」欄位中寫道「…変更は、利用者のパソコン・携帯電話で／從您的電腦或手機進行更改」。

《その他の選択肢》
選項1因為山本小姐已經有「利用者カード／借閱證」了，所以不正確。
選項2「図書館のパソコンで／在圖書館的電腦」不正確。
選項3「図書館のカウンターで／在圖書館的櫃檯」不正確。

75

解答　2

日文解題　「インターネット予約の手順」の欄の⑥に、「…貸出準備が整いましたら、図書館から連絡します」とある。

中文解說　「インターネット予約の手順／網路預約的流程」欄位的⑥寫道「…貸出準備が整いましたら、図書館から連絡します／若已經可供借閱，圖書館將會聯繫您」。

第2回　聴解　問題1　P98-101

1番

解答　2

日文解題　本社にFAXをすぐ送るように連絡する。
車の用意は必要ない。
宴会の時間と場所は後で男の人の携帯に連絡する。
《その他の選択肢》
1　本社からのFAXを待っている。
3　山口さんに説明するのは、FAXの内容。
4　「あとで」と言っている。

中文解說　女士要聯絡總公司儘快把資料傳真過來。
不需要備車。
女士之後再以手機聯繫男士關於宴會的時間和地點。
《其他選項》
選項1，女士在等總公司的傳真。
選項3，要向山口小姐說明的是傳真的內容。
選項4，男士說「あとで／之後再」。

2番

解答　2

日文解題　掃除は店の外をやってから、中をやる。
今日は、外は済んだので、中からやる。
店の中は、3時間に1回床をふく。
「店の中の掃除」と「店の床の掃除」は同じ。

中文解說　要先打掃店面外，再打掃店內。
今天店面外已經打掃完了，所以男士要從打掃店內開始做起。

店內每三個小時要擦一次地板。
「店の中の掃除／打掃店內」和「店の床の掃除／打掃店面的地板」意思相同。

3番

解　答　4

日文解題
地図を見ると、歩ける距離に、駅がある。
「この駅」や「ここ」とは、「この地図」の中の駅のこと。二人はスマホの画面を見ているので、近くを表す「この」や「ここ」「こっち」ということばになる。
別の線の駅なので、電車は動いている。
《その他の選択肢》
1　「待っててもしょうがない」と言っている。
2　タクシーは高いと言っている。
3　バスはすごく混んでると思うと言っている。
《言葉と表現》
（※）「スマホ」とは、スマートフォンのこと。

中文解說
兩人看了地圖之後，發現附近有一個車站可以步行到達。
「この駅／這一站」和「ここ／這裡」是指「この地図／這個地圖」中的車站。由於兩人是看著智慧型手機的畫面交談，因此表示地圖中較近的位置要用「この／這個」、「ここ／這裡」、「こっち／這一邊」等詞語。
因為那一站是位於另一條鐵路線的車站，所以那裡的電車仍照常行駛。
《其他選項》
選項1，男學生說「待っててもしょうがない／等下去也不是辦法」。
選項2，男學生說計程車費太貴了。
選項3，女學生認為搭公車會塞車。
《詞彙和用法》
（※）「スマホ／智慧手機」指智慧型手機。

4番

解　答　1

日文解題
息子が「おなかぺこぺこだよ」と言って、母親が「しょうがないわね」と言っているので、このあとは夕飯を食べる。
《その他の選択肢》
2　勉強は夕飯食べてから、と言っている。
3　母親が勧めたが、「しょうがない」と諦めている。
4　試合の後、練習をして、帰って来たところ。

中文解說
兒子說「おなかぺこぺこだよ／肚子餓扁了啦」，媽媽回答「しょうがないわね／真拿你沒辦法啊」，由此可知接下來要吃晚餐。
《其他選項》
選項2，兒子說吃完晚餐後再唸書。
選項3，媽媽問兒子要不要洗澡，但後來又說「しょうがない／真拿你沒辦法」，可知媽媽放棄了要兒子先洗澡的想法。
選項4，兒子比完賽後接著練習，然後才回家。

5番

解答 3

日文解題

店員が、中をみて調べる、と言っている。

「中をみる」と「分解する」は同じ。

《その他の選択肢》

２、４　修理できるかどうかは、分解して調べないと分からない。まず調べることが必要。

中文解說

店員說要檢查電腦內部。

「中をみる／檢查內部」和「分解する／拆解」意思相同。

《其他選項》

選項２、４，要先拆解檢查才能知道是否能修好。因此必須要先檢查。

第２回　聴解　問題２

P102-105

1番

解答 3

日文解題

明日は忙しいと言っている。

「～ちゃった」は、失敗の意味。「～てしまった」の話し言葉。

忙しいが、自分がやるしかないと言っている。

女の人に事前に確認していなかった。そのことを謝っていることが分かる。

《その他の選択肢》

１　女の人の仕事は手伝えないので、代わりに、会議の資料を作るように言われている。

２　「明日中にやる」と約束した。失礼なことは言っていない。

４　手伝わなかったとは言っていない。

中文解說

兩人提到明天會很忙。

「～ちゃった」含有“完了”的意思。是「～てしまった」的口語說法。

女士說“雖然很忙，但這些事情也只能自己做”。

男士沒有事先向女士確認，可知男士正是為此向女士道歉。

《其他選項》

選項１，因為男士沒辦法幫忙女士手邊的工作，所以女士開口請他代為製作會議資料。

選項２，已經約好了「明日中にやる／明天會做」，並沒有對客人說不禮貌的話。

選項４，對話中沒有說不幫忙。

聽解
1
2
3
CHECK 1 2 3

2番

解答 4

日文解題 「私はノートとボールペンをかったのに、このレシートをもらったんです」が、女の人の言いたいこと。「～のに、…」と言っている。

《その他の選択肢》

１「お金は…合ってると思うんですけど」と言っている。

２、３については言っていない。

中文解說 女士想要表達的是「私はノートとボールペンをかったのに、このレシートをもらったんです／我買的是筆記本和原子筆，但卻拿到了這張發票」。「～のに、…／但卻…」

《其他選項》

選項１，「お金は…合ってると思うんですけど／金額是正確的」。

選項２、３，對話中沒有提到相關內容。

3番

解答 4

日文解題 「確かに寝不足」と言っている。続いて、寝不足になった理由を言っている。「観てたから」の「から」は理由を言っている。

《その他の選択肢》

１　疲れたと言ったのは、男の人。

２　「それは迷信だよ」と言っている。「迷信」とは、昔からの言い伝えなどで、科学的にあり得ないようなこと。

３「仕事っていうか」と言っている。「っていうか」は「というか」の話し言葉で、「それもそうだが、でも」「そうではなくて」のような意味で使う。

中文解說 女士說「確かに寝不足／的確是睡眠不足」，接著說明睡眠不足的原因。「観てたから／因為那時在看～」的「から／因為」表示理由。

《其他選項》

選項１，說“很累”的是男士。

選項２，女士說「それは迷信だよ／那是迷信啦」。「迷信／迷信」是指從以前流傳到現在的傳聞、無法以科學角度說明的事。

選項３，女士說「仕事っていうか／與其說是工作」。「っていうか／與其說」是「というか／與其說」的口語說法，用於表示「それもそうだが、でも／這也是原因之一，不過」或「そうではなくて／不是那樣」的意思。

4番

解答 4

日文解題 近くで強盗事件があった。

「こんな時間ですし」と言っているので、夜遅い時間だと分かる。

《その他の選択肢》

１「自宅に」とは言っていない。

２「気をつけて帰ってください」と言われており、どろぼうと間違われたわけではない。

3　これからコンビニに行くところ。

中文解說　附近發生了強盜案。

因為警察說「こんな時間ですし／已經到了這個時間」，可知當時已經很晚了。

《其他選項》

選項１，對話中沒有提到「自宅に／自家」。

選項２，警察說「気をつけて帰ってください／回去路上請小心」，由此可知警察並沒有把女士當成強盜。

選項３，女士原本打算去便利商店。

5番

解　答　3

日文解題　「お母さんの好みに合わせて…」で、お母さんに贈り物をすると分かる。「傘や、エプロン、ハンドバッグなど」や「ケーキに感謝のことばを書いたもの」からも推測できる。

「カーネーション」は、母の日に贈る習慣がある花の名前。

中文解說　從「お母さんの好みに合わせて…／依據媽媽的喜好」可知是要送給媽媽的禮物。從「傘や、エプロン、ハンドバッグなど／雨傘、圍裙、手提包」和「ケーキに感謝のことばを書いたもの／在蛋糕上寫下感謝的話」也可以推測出來。

「カーネーション／康乃馨」是慣例在母親節送給媽媽的花。

6番

解　答　2

日文解題　書類を忘れて来たので、会社に寄ってから行く、と言っている。

《その他の選択肢》

1　仕事が残っているのではない、と言っている。

3、4は、急いでいる理由ではない。4は、3の理由。

中文解說　女士說她忘記把檔案帶回來，所以要先去公司一趟再過去。

《其他選項》

選項１，女士說不是因為有工作沒做完。

選項３、４都不是匆忙的原因。選項４是選項３的原因。

第2回 聴解 問題3

P106

1番

解答 4

日文解題 「みなさん、ニコニコして…」で4を選ぶことができるが、その前にも「働いている人たちの笑顔」や「協力し合って仕事をしている」「自然に助け合う」「笑って乗り越える」などのことばがある。
問題が分からない状態で聞くので、大事なところを予測しながら聞く。「ここで評判なのは」や「その理由をうかがったところ」などの後に、重要なことが来ると考えられる。

中文解說 從「みなさん、ニコニコして…／大家都笑咪咪的…」這句就可以推測出答案是選項4。前面也提到「働いている人たちの笑顔／工作人員的笑容」、「協力し合って仕事をしている／互助合作完成工作」、「自然に助け合う／自然而然地互相幫忙」、「笑って乗り越える／笑著克服（困難）」等句子。
因為是在“不知道題目是什麼”的情況下聽內容，所以要一邊聽一邊預測重點。可以推測在「ここで評判なのは／這裡最受歡迎的是」或「その理由をうかがったところ／聽到這個原因之後」等句子的後面會出現重點。

2番

解答 3

日文解題 定食屋に行く前に駅に寄ってほしい。
駅は、定食屋に行く通り道にあるから大丈夫。
コンビニは遠いが、寿司屋の近く。
ごはんは定食屋がいいので寿司屋には行かない。コンビニは後でいい。
定食屋に行く前に駅に寄るので、「駅」が正解。

中文解說 在去定食餐廳之前，女士希望先繞去車站。
車站位在前往定食餐廳的路上，所以沒關係。
便利商店很遠，但就在壽司店附近。
女士決定要在定食餐廳吃飯就好，所以不去壽司店。便利商店稍後再去即可。
去定食餐廳之前要先繞去車站，所以「駅／車站」是正確答案。

3番

解答 4

日文解題 初めの方に、「眠れる」、「眠れなくなってしまう」、「何も考えない、というのも難しい」などのことばがある。最後に「眠れなくても気にしない」とあり、眠れない人に話していると分かる。

中文解說 醫生一開始提到「眠れる／睡著」、「眠れなくなってしまう／睡不著覺」、「何も考えない、というのも難しい／要不思考任何事情也很困難」等字句，最後又說「眠れなくても気にしない／即使睡不著也不在意」，由此可知醫生談論的是失眠的人。

4番

解答 3

日文解題 この人は犬の話をしている。
親せきの家の犬を見て、犬が好きになった。
家に２匹いるのは犬。
《その他の選択肢》
１と２は子どものころ飼っていたと言っている。
４　ネコは、親せきの家に、犬といっしょにいた。

中文解說 女士在談論的是狗。
女士去親戚家時看見那家養的狗，便喜歡上了狗。
女士家裡養著兩隻動物，都是狗。
《其他選項》
選項１和選項２，是女士小時候養過的寵物。
選項４，貓是在親戚家和狗一起飼養的。

5番

解答 1

日文解題 「車は駐車場代がかかる」が、タクシーや、電車を使う方法はそれぞれ問題があるので、「駐車場代の分、帰ってから節約」すると言っている。これは、高いけれど車で行く、という意味。
《その他の選択肢》
２　タクシーは高い。
３　この方法は「面倒だしかえって遅くなる」と言っている。
４　電車では遅れるので心配だと言っている。

中文解說 雖然「車は駐車場代がかかる／開車的話要花停車費」，但是搭計程車或電車的話又會產生許多問題，因此女士說「駐車場代の分、帰ってから節約／停車的錢，回來後再從別的地方省吧」。這是“即使貴一點也還是開車過去”的意思。
《其他選項》
選項２，計程車費太貴了。
選項３，男士說這個方法「面倒だしかえって遅くなる／很麻煩，而且反而可能遲到」。
選項４，女士說擔心電車會誤點。

第2回 聴解 問題4

P107

1番

解答 1

日文解題

教えてくれなかったことを非難している。
「…と思って」は「…と思っていたから」という意味。後には「教えなかった」が続く。
２「今日の会議は中止になったの」などに対する返事。
３「今日の会議、マイクは使わないよね」など。

中文解說

男士在責怪女士沒有事先告訴他。
「…と思って／我想…」是「…と思っていたから／我覺得…」的意思。後面應接「教えなかった／沒有告訴你」。
選項２是當對方問「今日の会議は中止になったの／今天的會議中止了嗎」時的回答。
選項３是當對方問「今日の会議、マイクは使わないよね／今天的會議沒有用麥克風吧」時的回答。

2番

解答 1

日文解題

「〜ことにした」は、自分の意志で決めた、と言いたいときの言い方。
「決める」は自分の意志で決定したとき。他動詞。
《その他の選択肢》
２「決まる」は自動詞。自分の意志とは関係なく状況が決定したときの言い方。
３「やめることにした」は、そう決断したという意味で、まだ辞めていない。

中文解說

「〜ことにした／決定〜」是以自己的意志決定時的說法。
「決める」是他動詞。用於以自己的意志決定時。
《其他選項》
選項２「決まる／決定」是自動詞。是在和自己的意志無關的情況下決定的說法。
選項３「やめることにした／決定放棄」是決定要這麼做的意思，還沒辭職。

3番

解答 3

日文解題

今、雨が降っている状況。
雨が早くやむことを望んでいると言っている。
《その他の選択肢》
１、２は、雨がもうやんだとき。「意外に」は、予想したのと違って、という意味。
《言葉と表現》
「なかなか〜ない」は、すぐには〜ない、簡単には〜ないという意味。例・バス、なかなか来ないね。

中文解說 這題的情況是現在正在下雨。
男士說希望雨能早點停。
《其他選項》
選項１、２用在雨已經停了的時候。「意外に／意外」是“和想像的不同”的意思。
《詞彙和用法》
「なかなか～ない／遲遲不～」是“不會馬上～、不會簡單就～”的意思。例句：バス、なかなか来ないね。（公車遲遲不來呀。）

4番

解　答 2

日文解題 「お金はあるけど、でも…」という状況。
２は、「お金を出したくない」という男の人に対して、「それなら、払わなくてもいい」と言っている。
《その他の選択肢》
１「お金なら、いくらでもありますよ」などに対する返事。
３　Ａ：「斉藤さんってすごくお金持ちなんだって」に対して、Ｂ：「じゃあ、斉藤さんにかってもらいましょうよ」となる。
この問題の場合、「じゃあ、買ってくださいよ」なら正解。
《言葉と表現》
「別に～ない」は、特に～ない、という意味。
「わけじゃない（わけではない）」は部分否定を表す。

中文解說 男士的意思是「お金はあるけど、でも…／雖然有錢，但是…」。
選項２，對於男士說「お金を出したくない／不想付錢」，女士回答「それなら、払わなくてもいい／既然這樣，不要付就好了啊」。
《其他選項》
選項１是當對方說「お金なら、いくらでもありますよ／錢嘛，我多的是」時的回答。
選項３，如果Ａ說「斉藤さんってすごくお金持ちなんだって／聽說齊藤先生是個富豪哦」，Ｂ回答「じゃあ、斉藤さんにかってもらいましょうよ／那請齊藤先生買給我們嘛」。如果是這個情形，「じゃあ、買ってくださいよ／請買給我嘛」就是正確答案。
《詞彙和用法》
「別に～ない／不是特別～」是“沒有特別～”的意思
「わけじゃない（わけではない）／也不是」表示部分否定。

5番

解　答 2

日文解題 悪いこと、酷いことを言われて、怒っている。
《言葉と表現》
「二度と～ない」は「今後決して～ない」と言いたいときの決まった言い方。

中文解說 這是對方說了惡劣或殘酷的話，因而生氣的情形
《詞彙和用法》
「二度と～ない／不會再～」是想表達「今後決して～ない／今後絕對不會～」時的說法。

6番

解　答　1

日文解題　思った通り、来ていない、という状況。
1は、そう考える根拠を述べている。
《その他の選択肢》
2は、「ずいぶん早く来たね」などに対する返事。
3は、「山本さん、いないの」など。

中文解說　這題是“和預料中的一樣，沒有來”的情況。
選項1說明了會這麼想的依據。
《其他選項》
選項2是當對方說「ずいぶん早く来たね／他很早就來了」時的回答。
選項3是當對方說「山本さん、いないの／山本先生不在嗎」時的回答。

7番

解　答　1

日文解題　間違いのないように、気をつけてください、と言っている。
《その他の選択肢》
2「間違いがありました」などと言われたとき。
3「間違いが多いですね」などと言われたとき。

中文解說　女士想說的是“請注意不要出錯”。
《其他選項》
選項2是當對方說「間違いがありました／有錯誤」時的回答。
選項3是當對方說「間違いが多いですね／錯誤很多耶」時的回答。

8番

解　答　1

日文解題　学校を休んだのにアルバイトに行った、と怒っている、または強く叱っている。
《その他の選択肢》
2「学校とアルバイトと、両方行ったの」などに対する答え。
3「どういたしまして」は「ありがとう」に対する返事。
《言葉と表現》
「くせに」は「のに」と同じだが、強い非難や軽蔑の気持ちなどがある。
「まさか～ない」で、決して～ない、そんなことは想像もしないという驚きの気持ちを表す。例・まさか君が社長になるとは思わなかったよ。

中文解說　這題的情形是男士嚴厲地斥責對方不去上課卻去打工。
《其他選項》
選項2是當對方說「学校とアルバイトと、両方行ったの／你去上課也去打工嗎」時的回答。
選項3「どういたしまして／不客氣」是當對方說「ありがとう／謝謝」時的回答。
《詞彙和表現》
「くせに／明明」和「のに／明明」意思相同，含有強烈的責備或輕蔑語氣。
「まさか～ない／想不到～」是“絕對不～、無法想像那種事”的意思，表示驚訝的心情。例句：まさか君が社長になるとは思わなかったよ。（真想不到你居然會當上總經理呀！）

9番

解答　3

日文解題　寒いときに薄着をしているような状況。
3は、体が強いから大丈夫だと言っている。
《その他の選択肢》
1「寒くない」などと聞かれたとき。
2「風邪大丈夫」「具合よくなってきた」などに対する返事。
《言葉と表現》
「～かねない」は、～という悪い結果になってしまう可能性がある、という意味。

中文解說　這題的情形是寒冷時卻穿著薄衣服。
選項3的意思是“自己的身體很健壯，所以沒關係”。
《其他選項》
選項1是當對方說「寒くない／不冷」時的回答。
選項2是當對方說「風邪大丈夫／感冒不要緊吧」、「具合よくなってきた／身體好一點了嗎」時的回答。
《詞彙和用法》
「～かねない／有可能會～」是“有可能會演變成～這種負面結果”的意思。

10番

解答　2

日文解題　もうすぐ「君」の順番になるという状況。
「いよいよ」は、そのことが近くまで迫っていると言いたいとき。「とうとう」「ついに」と同じ。
《その他の選択肢》
3は過去形なので、スピーチが終わった後の感想。

中文解說　這題的狀況是馬上就輪到「君／你」了。
「いよいよ／終於」用於想表達“某件事情就要到來了”時。和「とうとう／終於」、「ついに／終於」意思相同。
《其他選項》
由於選項3是過去式，所以是演講結束後的感想。

11番

解答　1

日文解題　「ここで中止することはできない」と決意を述べている。
1は、「～から」とその理由を言っている。
《その他の選択肢》
2「ここで中止しよう」などに対する返事。
3「さあ、帰ろう」などに対する返事。
《言葉と表現》
「わけにはいかない」は、事情があってできない、と言いたいとき。例・大人が子どもの見ている前で、規則を破るわけにはいきませんよ。

中文解說　用「ここで中止することはできない／不能到了這個節骨眼才喊停」這句話來陳

述決心。
選項１用「～から／因為～」表示其中原因。
《其他選項》
選項２是當對方說「ここで中止しよう／在這裡喊停吧」時的回答。
選項３是當對方說「さあ、帰ろう／那麼，回家吧」時的回答。
《詞彙和用法》
「わけにはいかない／不可以」用於想表達“因為某種原因而不能做”時。例句：大人が子どもの見ている前で、規則を破るわけにはいきませんよ。（大人在孩子面前，不可以做壞榜樣哦。）

第2回（だいかい） 聴解（ちょうかい） 問題5（もんだい） P108-109

1番

解答 4

日文解題

ビタミンをとること。
症状が喉だけなら、痛み止めがいい。
胃薬を一緒に飲めば安心。
以上の説明を聞いて、痛み止めを買いたい。こっちはいらない。
ビタミン剤は家にある。
「痛み止め」に対して「こっち」とは、胃薬のこと。
《その他の選択肢》
１　熱がある場合の薬。
２　ビタミン剤は、「それじゃないけど、家にあるので（いいです）」と言っている。
３　胃薬は「家に同じのがあるからいいです」と言っている。

中文解說

店員說要攝取維他命。
店員說如果只有喉嚨不舒服，沒有其他症狀，那買止痛藥就可以了。
店員說如果擔心的話也可以一起吃胃藥。
聽了以上說明，男士只買了止痛藥，沒有買胃藥。
男士說維他命劑家裡已經有了
相對於「痛み止め／止痛藥」，「こっち／這個」指的是胃藥。
《其他選項》
選項１是發燒時吃的藥。
選項２，關於維他命劑，男士說「それじゃないけど、家にあるので（いいです）／那個不用了，因為家裡有了（不需要）」。
選項３，男士說「家に同じのがあるからいいです／因為家裡有一樣的，所以不需要」。

2番

解　答　4

日文解題

女の人を焼肉に誘う。
女の人にそば屋を勧められる。
そばは結局高くなるから（行きたくない）、と言っている。
コンビニ弁当の割引券をもらって、コンビニに決める。
「（そばは）結局高くなるんだ」のあとに、「車もほしいし、旅行も行きたいから」と言っている。
コンビニに決めたのは、割引券をもらったこともあって、お金がかからないと思ったから。
《言葉と表現》
「そばはちょっとなあ」は「ちょっとよくないなあ」「ちょっと選びたくないなあ」などの意味。はっきりと拒否しない、やわらかい言い方。

中文解說

男士約女士去吃燒肉。
女士推薦男士去蕎麥麵店。
男士說吃蕎麥麵反而會花太多錢（所以不去了）。
男士收到了便利商店的便當折價券，所以決定去便利商店。
「（そばは）結局高くなるんだ／吃蕎麥麵反而比較貴」的後面，男士接著說「車もほしいし、旅行も行きたいから／因為我想買車，也想去旅行。」
男士決定去便利商店是因為收到了折價券，因此覺得不需要花太多錢。
《詞彙和用法》
「そばはちょっとなあ／蕎麥麵有點…」是「ちょっとよくないなあ／有點不好啊」、「ちょっと選びたくないなあ／有點不想選那個啊」的意思。沒有明確的拒絕，是委婉的說法。

3番 質問 1

解　答　3

日文解題

大勢の人を集めて感動の涙を流させるイベントが流行している。またイベントで涙を拭いてくれる男性の出張サービスビジネスもあると紹介している。
《その他の選択肢》
1「泣いている人の映画」ではない。「感動的な映画」を見せると言っている。
2「病気を治す」が間違い。涙を流すことは、ストレス解消になり、健康にいいと言っている。
4「悲しいことがあった人」のところに行くわけではない。感動させて、涙を流させて、それをふく、というビジネス。

中文解說

播報員正在介紹的是時下流行的“使大家一起留下感動的眼淚”的活動。另外，在活動中還有提供專門負責替人擦眼淚的男性工作人員的外派行業。
《 其他選項》
選項1，並不是「泣いている人の映画／正在哭泣的人的電影」。播報員說的是請人觀賞「感動的な映画／令人感動的電影」。
選項2「病気を治す／治病」不正確。播報員說的是流淚能讓人消除壓力、有益健康。

選項４並不是要去「悲しいことがあった人／有悲慘遭遇的人」身邊。播報員說的是"讓人感動、使人流淚再幫對方擦眼淚"的行業。

3番 質問2

解　答　4

日文解題　女の人は「いらないなあ」と言っている。
男の人は「行ってみたい気がする」と言っている。

中文解說　女士說「いらないなあ／不需要吧」。
男士說「行ってみたい気がする／我會想去試看看」。

MEMO

第3回（だいかい）　言語知識（文字・語彙）（げんごちしき　もじ　ごい）　問題1（もんだい）　P110

1

解答　4

日文解題

「図形」は図や絵の形。
図＝ズ・ト／はか - る
例・地図　図書館
形＝ケイ・ギョウ／かたち
例・四角形　人形　花の形のお菓子

中文解說

「図形」是指圖案或圖畫的形狀。
図＝ズ・ト／はか - る
例如：地図（地圖）、図書館（圖書館）
形＝ケイ・ギョウ／かたち
例如：四角形（四角形）、人形（玩偶）、花の形のお菓子（花的形狀的點心）

2

解答　1

日文解題

「迷子」は道に迷った子や、一緒にいた親などと離れてしまった子のこと。
迷＝メイ／まよ - う
例・迷惑　どちらを買うか迷う
※「迷子」は特別な読み方
子＝シ・ス／こ
例・男子　様子　女の子

中文解說

「迷子／走失的孩子」是指迷路的孩子或和父母等走散的孩子。
迷＝メイ／まよ - う
例如：迷惑（麻煩）、どちらを買うか迷う（猶豫著不知道要買哪一個才好）
※「迷子（まいご）／走失的孩子」是特殊念法
子＝シ・ス／こ
例如：男子（男子）、様子（樣子）、女の子（女孩子）

3

解答　4

日文解題

「下り」はくだること、おりることを意味する名詞。⇔「上り」
下＝カ・ゲ／した　さ - げる　さ - がる　くだ - る　くだ - さる　お - ろす　お - りる
例・地下鉄　下水　値段を下げる　値段が下がる　川を下る　先生が本を下さる　字を教えて下さる　棚から荷物を下ろす　幕を下ろす
※特別な読み方「下手」

中文解說

「下り／下降」是名詞，意思是“下去、下降”。⇔「上り／上升」
下＝カ・ゲ／した　さ - げる　さ - がる　くだ - る　くだ - さる　お - ろす　お - りる

例如：地下鉄（地鐵）、下水（下水道）、値段を下げる（調降價格）、値段が下がる（價格變便宜）、川を下る（進入河川）、先生が本を下さる（老師給了我一本書）、字を教えて下さる（他向我說明這個字）、棚から荷物を下ろす（把行李從架子上拿下來）、幕を下ろす（降下帷幕）
※特殊念法「下手（へた）／笨拙」

4

解　答　2

日文解題

「封筒」は手紙をいれる袋のこと。
封＝フウ・ホウ
筒＝トウ／つつ

中文解說

「封筒／信封」是裝信紙的袋子。
封＝フウ・ホウ
筒＝トウ／つつ

5

解　答　3

日文解題

「一方」は一つの方向、また両方あるうちの片方という意味。
一＝イチ・イツ／ひと・ひと‐つ
例・一番　同一　一月
※特別な読み方「一日」「一人」
方＝ホウ／かた
例・方角　使い方
※特別な読み方「行方」

中文解說

「一方／單方面」的意思是單向，或是雙者的其中一方。
一＝イチ・イツ／ひと・ひと‐つ
例如：一番（第一）、同一（相同）、一月（一月）
※特殊念法「一日（ついたち）／一號」、「一人（ひとり）／一個人」
方＝ホウ／かた
例如：方角（方向）、使い方（使用方法）
※特殊念法「行方（ゆくえ）／行蹤」

第3回 言語知識（文字・語彙） 問題2 P111

6

解答 1

日文解題
「移動」は移り動くこと。
移＝イ／うつ - す・うつ - る　例・移転
動＝ドウ／うご - く・うご - かす　例・自動車
《その他の選択肢》
3、4「違」イ／ちが - う・ちが - える　例・違反　間違える
2、4「働」ドウ／はたら - く　例・労働

中文解說
「移動／移動」是移動的意思。
移＝イ／うつ - す・うつ - る　例如：移転（移轉）
動＝ドウ／うご - く・うご - かす　例如：自動車（汽車）
《其他選項》
3、4「違」イ／ちが - う・ちが - える　例如：違反（違反）、間違える（弄錯）
2、4「働」ドウ／はたら - く　例如：労働（勞動）

7

解答 2

日文解題
「祈る」は神や仏に願うこと、また心から望むこと。
祈＝キ／いの - る
《その他の選択肢》
1「税」ゼイ　例・税金
3「怒」ド／おこ - る・いか - る
4「祝」シュク／いわ - う　例・祝日

中文解說
「祈る／祈求」是指向神明祈求，或指打從心底盼望。
祈＝キ／いの - る
《其他選項》
1「税」ゼイ　例如：税金（稅金）
3「怒」ド／おこ - る・いか - る
4「祝」シュク／いわ - う　例如：祝日（節日）

8

解答 4

日文解題
「事故」は予想外に起こった悪いこと。例・交通事故
事＝ジ／こと　例・大事　物事
故＝コ／ゆえ
《その他の選択肢》
1「庫」コ　例・冷蔵庫
2「誤」ゴ／あやま - る　例・誤解　誤り

3「枯」コ／か - れる

中文解說 「事故／事故」是指意外發生的壞事。例如：交通事故（交通事故）
事＝ジ／こと　例如：大事（重要）、物事（事物）
故＝コ／ゆえ
《其他選項》
1「庫」コ　例如：冷蔵庫（冰箱）
2「誤」ゴ／あやま - る　例如：誤解（誤解）、誤り（錯誤）
3「枯」コ／か - れる

9

解　答 1

日文解題 「払う」はお金を渡すこと。支払う。他に小さなゴミなどを振り落とすような動作を表す。
払＝フツ／はら - う　例・会費を払い込む
《その他の選択肢》
2「技」ギ／わざ　例・技術
3「抱」ホウ／だ - く・いだ - く・かか - える　例・子供を抱く　夢を抱く　不安を抱える
4「仏」ブツ／ほとけ　例・大仏

中文解說 「払う／支付」是指交錢、付錢。另外也可以用來表示把灰塵彈掉等動作。
払＝フツ／はら - う　例如：会費を払い込む（繳納會費）
《其他選項》
2「技」ギ／わざ　例如：技術（技術）
3「抱」ホウ／だ - く・いだ - く・かか - える　例如：子供を抱く（抱著孩子）、夢を抱く（懷抱夢想）、不安を抱える（感到不安）
4「仏」ブツ／ほとけ　例如：大仏（大佛像）

10

解　答 3

日文解題 「提案」は計画や考えを出すこと。またその考え。
提＝テイ／さ - げる　例・提出　かばんを提げる
案＝アン　例・案内
《その他の選択肢》
1「程」テイ／ほど　例・程度
2「丁」チョウ・テイ　例・2丁目　丁寧
4「停」テイ　例・停止

中文解說 「提案／提案」是指提出計畫和想法，或用於指某個想法。
提＝テイ／さ - げる　例如：提出（提出）、かばんを提げる（提包包）
案＝アン　例如：案内（導覽）
《其他選項》
1「程」テイ／ほど　例如：程度（程度）
2「丁」チョウ・テイ　例如：2丁目（二丁目）、丁寧（鄭重）
4「停」テイ　例如：停止（停止）

第3回（だいかい） 言語知識（文字・語彙）（げんごちしき もじ ごい） 問題3（もんだい） P112

11

解答 2

日文解題
「免許証」はあることをする許可を得ているという証明書。
「〜証」の例は「学生証」「登録証」。
《その他の選択肢の例》
１紹介状　３参考書　４振込用紙

中文解說
「免許証／執照」是“被允許做某件事的證明”。
「〜証／〜證」的例子有「学生証／學生證」、「登録証／註冊證書」。
《其他選項的例子》
選項１紹介状（推薦函）、選項３参考書（參考書）、選項４振込用紙（申請書）

12

解答 1

日文解題
「バイト代」はアルバイトで得た給料のこと。
※バイトはアルバイトの略語。口語。
「〜代」の例は「薬代」「部屋代」
《その他の選択肢の例》
２保証金　３交際費　４家賃

中文解說
「バイト代／打工費」是打工賺來的薪水。
※“バイト”是“アルバイト”的省略，是口語說法。
「〜代／〜費」的例子有「薬代／藥費」、「部屋代／房租」。
《其他選項的例子》
選項２保証金（保證金）、選項３交際費（交際費）、選項４家賃（房租）

13

解答 4

日文解題
「あいうえお順」は「あいうえお」の順番で進むこと。名簿など。
「〜順」の例は「申し込み順」「背の順」。
《その他の選択肢の例》
１選択式　２勉強法　３基本的

中文解說
「あいうえお順／五十音順」是指按照「あいうえお」的順序排列，常用於名單排序等處。
「〜順」的例子有「申し込み順／申請的順序」、「背の順／依照身高排列」。
《其他選項的例子》
選項１選択式（選擇題）、選項２勉強法（學習法）、選項３基本的（基本的）

14

解答 3

日文解題
「超大型」は非常に大きい型という意味。
「超～」の例は「超高速」「超大作」。
《その他の選択肢の例》
1高収入　2別行動　4真正面

中文解說
「超大型／超大型」是“非常大型”的意思。
「超～」的例子有「超高速／異常高速」、「超大作／偉大的傑作」。
《其他選項的例子》
選項1高收入（高收入）、選項2別行動（各別行動）、選項4真正面（正面）

15

解答 2

日文解題
「逆効果」は予想と反対の効果のこと。期待していた効果に反すると言いたいとき。
「逆～」の例は「逆回転」「逆輸入」
《その他の選択肢の例》
1悪趣味　3不可能　4反社会的

中文解說
「逆効果／反效果」是指得到與預料中相反的效果。用於表示“不符期待的效果”。
「逆～／反～」的例子有「逆回転／逆向旋轉」、「逆輸入／將本國企業在國外生產的商品進口到本國、或將外銷的商品經過加工後重新進口」
《其他選項的例子》
選項1悪趣味（下流的嗜好）、選項3不可能（不可能）、選項4反社会的（反社會性）

第3回　言語知識（文字・語彙）　問題4　P113

16

解答 4

日文解題
「ストレス」は様々な負担が心身に及ぶこと。「解消」はそれまであったものを消すこと。例・婚約を解消する。
ストレスを失くそうとするとき、ストレスを「解消する」また「発散する」という。
《その他の選択肢》
1「修正」は正しく直すこと。例・資料の数字が間違っていたのでパソコンで修正した。
2「削除」は文章などのある部分を削ってとること。例・古いデータは削除して、新しいものに替えてください。

3「消去」は消すこと。例・入力した原稿を間違えて消去してしまった。

中文解說 「ストレス／壓力」是指影響身心的各種負擔。「解消／解除」是指把以前發生過的事情抹除。例如：婚約を解消する（解除婚約）。
要表示使壓力消散時，應該用「解消する／消除」或「発散する／抒發」，表示消除、抒發壓力。
《其他選項》
選項1「修正／修正」是改正的意思。例句：資料の数字が間違っていたのでパソコンで修正した。（因為資料中的數字有誤，所以我用電腦修改了。）
選項2「削除／刪除」是指把文章等中的一部分刪除。例句：古いデータは削除して、新しいものに替えてください。（請把舊檔案刪除，換成新的檔案。）
選項3「消去／消去」是指消除。例句：入力した原稿を間違えて消去してしまった。（誤刪了打好的稿子。）

17

解　答 3

日文解題 「伝統」はある民族や社会に長い間伝わってきた習慣や信仰、芸術などのこと。
《その他の選択肢》
1「観光」は他の土地を見物すること。例・イタリアへ観光旅行に出かける。
2「永遠」は終わりがなくいつまでも続くこと。永久。例・君との友情は永遠に変わらないよ。
4「行事」は決まって行う催しのこと。例・秋は運動会や遠足など楽しい行事がたくさんあります。

中文解說 「伝統／傳統」是指某個民族或社會長期流傳下來的習慣、信仰、藝術等等。
《其他選項》
選項1「観光／觀光」是指遊覽其他地區。例句：前往義大利觀光旅遊。
選項2「永遠／永遠」是“沒有終結，一直持續下去、永久”的意思。例句：君との友情は永遠に変わらないよ。（我們的友情永遠不會變哦！）
選項4「行事／活動」是指決定要舉辦的活動。例句：秋は運動会や遠足など楽しい行事がたくさんあります。（秋天時會舉辦運動會、郊遊等等許多愉快的活動。）

18

解　答 2

日文解題 問題文の主語は「一流の選手」なので、（　　）には、困難に負けなかったという意味のことばが入ると考える。
「乗り越える」はある状態を越えることをいう。特に越えることが大変な場合に使う。
《その他の選択肢》
1「打ち消す」は強く否定するという意味。例・女優はその男とのうわさを打ち消した。
2「飛び出す」は飛んで出ること、また突然現れること。例・私は18歳で故郷を飛び出した。
4「突っ込む」は強い勢いで中へ入れることなど。例・男は慌ててかばんに札束を突っ込むと走り去った。

中文解說

因為題目的主詞是「一流の選手／一流的選手」，因此可以推測（　　）中要填入“沒有被困難打敗”意思的詞語。

「乗り越える／克服」指“超越某種狀態”。特別是用在要超越的事物很困難的情況下。

《其他選項》

選項1「打ち消す／否定」是強烈否認的意思。例句：女優はその男とのうわさを打ち消した。（女演員矢口否認和那位男士交往的傳聞。）

選項2「飛び出す／飛出、突然出現、貿然出走」是指飛出去，或指突然出現。例句：私は18歳で故郷を飛び出した。（我在十八歲時就離開了故鄉。）

選項4「突っ込む／放進」是指強勢地放進等等。例句：男は慌ててかばんに札束を突っ込むと走り去った。（男子慌慌張張地把一疊鈔票塞進包裡就跑了。）

19

解答　2

日文解題

「ふさわしい（相応しい）」はちょうど合っている、釣り合っている様子を表す。

《その他の選択肢》

1「豪華な」は華やかで立派なこと。例・豪華客船で世界一周の旅をしたい。

3「みっともない」は見るに堪えないほど酷いという意味。他人に見られたり聞かれたりしたときに自分のよくない点が恥ずかしいという様子。例・女の子がそんなに酔っぱらったらみっともないよ。

4「上品な」は品がよいこと。気品がある様子。⇔下品　例・その女性は口に手を当てて、ほほほ、と上品に笑った。

中文解說

「ふさわしい（相応しい）／相稱」表示合適、般配的樣子。

《其他選項》

選項1「豪華な／豪華的」是指華麗盛大的事物。例句：豪華客船で世界一周の旅をしたい。（我想乘坐豪華客船去環遊世界。）

選項3「みっともない／不像樣」是“令人看不下去”的意思。也指被別人看見或詢問到自己的難堪的一面，不好意思的樣子。例句：女の子がそんなに酔っぱらったらみっともないよ。（要是女孩子喝得這樣爛醉如泥，就很不像樣了。）

選項4「上品な／高貴」是品位好、高尚的樣子。⇔下品。例句：その女性は口に手を当てて、ほほほ、と上品に笑った。（那位女士掩著嘴，優雅地輕笑了幾聲。）

20

解答 1

日文解題 「問い合わせ」は聞いて確かめること。「問い合わせる」の名詞形。
《その他の選択肢》
2「問いかけ」は質問すること。例・医者は、意識を失った患者に問いかけを続けた。
3「聞き出し」は「聞き出す」の名詞形。ただし「聞き出し」ということばは特にない。
4「打ち合わせ」は前もって相談すること。例・明日は10時から会議室で経理部と打ち合わせの予定です。

中文解說 「問い合わせ／打聽」是指詢問，是「問い合わせる」的名詞型態。
《其他選項》
選項2「問いかけ／詢問」指提問。例句：医者は、意識を失った患者に問いかけを続けた。（醫生持續叫喚著失去意識的患者。）
選項3「聞き出し／探聽」是「聞き出す／探聽」的名詞型態，不過很少用到「聞き出し／探聽」這個詞語。
選項4「打ち合わせ／商量」是事前商量。例句：明日は10時から会議室で経理部と打ち合わせの予定です。（預定明天從10點起在會議室和會計部開會。）

21

解答 4

日文解題 述語「話し合いましょう」に合うのは「じっくり」。「じっくり」は時間をかけて落ち着いて取り組む様子。
1「きっぱり」はことばや態度がはっきりしていて、迷いがない様子。例・勇気を出して彼女をデートに誘ってみたが、きっぱり断られた。
2「すっかり」は全部、完全にという意味、また、とても、非常にという意味。例・君ももう二十歳か。すっかり大人になったね。
3「どっさり」は数が多い様子。例・今年はみかんがどっさり採れました。

中文解說 可以連接述語「話し合いましょう／商量一下吧」的是「じっくり／慢慢的」。「じっくり／慢慢的」是指花時間冷靜下來的樣子。
選項1「きっぱり／乾脆」是指語意或態度很清楚，不模糊的樣子。例句：勇気を出して彼女をデートに誘ってみたが、きっぱり断られた。（鼓起勇氣去約她，結果被斷然拒絕了。）
選項2「すっかり／完全」是“全部、完全”的意思。另外也有“十分、非常”的意思。例句：君ももう二十歳か。すっかり大人になったね。（你也已經二十歲了啊。已經完全是個大人了呢。）
選項3「どっさり」是數量很多的意思。例句：今年はみかんがどっさり採れました。（今年採了很多的橘子。）

22

解 答 4

日文解題

「メッセージ」は伝言という意味。伝えたいこと。

《他の選択肢》

1「インタビュー」は面会、会見のこと。特に、報道のための取材のこと。例・オリンピック金メダリストのインタビュー記事を読む。

2「モニター」はコンピュータ等の画面のこと。例・みなさん、会場のモニターをご覧ください。

3「ミーティング」は会合、打ち合わせのこと。例・試合前の最後のミーティングを行った。

中文解說

「メッセージ／訊息」是口信或書信的意思，指想要傳達的事情。

《其他選項》

選項1「インタビュー／訪談」是指會面訪談。特別用於指為了報導而進行的採訪。例句：オリンピック金メダリストのインタビュー記事を読む。（閱讀奧運金牌得主的訪談文章。）

選項2「モニター／監視器」是指電腦之類物品的畫面。例句：みなさん、会場のモニターをご覧ください。（各位，請看會場上的螢幕。）

選項3「ミーティング／會議」是指會議、商量。例句：試合前の最後のミーティングを行った。（進行了比賽前的最後一次作戰會議。）

第3回　言語知識（文字・語彙）　問題5

P114

23

解 答 2

日文解題

「世間」は世の中、世の中の人々のこと。2の「社会」とだいたい同じ意味。

「世間」の例・そのタレントは事件を起こして世間の注目を浴びた。

「社会」の例・将来は社会に貢献できる人間になりたい。

《その他の選択肢》

3「政府」は立法・司法・行政の総称。日本では内閣と行政機関のこと。例・日本政府は国連の提案に賛成した。

4「海外」は外国のこと。例・インターネットは海外との連絡を容易にした。

中文解說

「世間／世上」是指世界上、世界上的人們。和選項2「社会／社會」意思大致相同。

「世間／世上」的例句：そのタレントは事件を起こして世間の注目を浴びた。（那個藝人鬧出的事件引發了社會的關注。）

「社会／社會」的例句：将来は社会に貢献できる人間になりたい。（我將來想成為對社會有貢獻的人。）

《其他選項》

選項3「政府／政府」是“立法、司法、行政”的總稱。在日本則是指內閣和行政機關。例句：日本政府は国連の提案に賛成した。（日本政府對於聯合國的提案表示了贊同。）
選項4「海外／海外」是指外國。例句：インターネットは海外との連絡を容易にした。（網路使得國內與海外的聯繫變得容易了。）

24

解　答　4

日文解題
「強気な」は気が強いこと、また強い気持ちでする言動。
《その他の選択肢》
1「派手な」は色や服装、行動などが華やかで目立つ様子。例・彼女はいつも派手な化粧をしている。
2「乱暴な」は暴力的な荒々しい様子。例・男の子は母親に対して乱暴な口をきいた。
3「ユーモア」は上品なしゃれ、人を楽しませる面白み。例・彼はユーモアがあるから、クラスのみんなに好かれています。

中文解說
「強気な／堅決、強硬」是指意志堅定、或指強硬的言行。
《其他選項》
選項1「派手な／華麗」是指顏色、服裝、行動等等華麗而引人注目的樣子。例句：彼女はいつも派手な化粧をしている。（她的妝容總是十分濃艷。）
選項2「乱暴な／」是指暴力、粗暴的樣子。例句：男の子は母親に対して乱暴な口をきいた。（那個男孩對媽媽爆了粗口。）
選項3「ユーモア／幽默」是指不流於粗俗的笑話、逗人開心的玩笑話。例句：彼はユーモアがあるから、クラスのみんなに好かれています。（他很幽默，所以班上同學都喜歡他。）

25

解　答　1

日文解題
「栽培（する）」は植物を植え育てること。

中文解說
「栽培（する）／栽培」指種植培育植物。

26

解　答　4

日文解題
「くたくた」は疲れて力のない様子を表す。古くなった服や柔らかく煮た野菜などにも使う。
4「へとへと」は疲れて体力、気力のない様子を表す。
《その他の選択肢》
1「くよくよ」は悩む様子を表す。悩んでも仕方のないことをいつまでも悩んでいる様子。例・何年も前の失敗を君はまだくよくよしているのか。
2「のろのろ」はスピードが遅いことを表す。例・渋滞で車はノロノロ運転だ。
3「ひやひや（冷や冷や）」は、心配で仕方ない様子を表す。例・彼女の運転はすごいスピードで、助手席に乗っていて冷や冷やしたよ。

中文解說
「くたくた／筋疲力盡」表示疲憊沒有力氣的樣子。也會用在穿舊的衣服或燉爛的蔬菜等。
選項4「へとへと／非常疲倦」表示疲倦，沒有體力和力氣的樣子。

《其他選項》
選項１「くよくよ／耿耿於懷」表示煩惱的樣子。一直為著即使煩惱也沒辦法解決的事情而煩惱的樣子。例句：何年も前の失敗を君はまだくよくよしているのか。（你還在為多年前的失誤而耿耿於懷嗎？）
選項２「のろのろ／慢吞吞」表示速度緩慢。例句：渋滞で車はノロノロ運転だ。（因為塞車，汽車只能緩慢前行。）
選項３「ひやひや（冷や冷や）／捏把冷汗」表示擔心的不得了的樣子。例句：彼女の運転はすごいスピードで、助手席に乗っていて冷や冷やしたよ。（她開車的速度飛快，坐在副駕駛座上的我嚇得直冒冷汗哪。）

27

解答 2

日文解題 「パターン」は型や様式のこと。類型。例・君の書く小説はどれも同じ、ワンパターンだな。

中文解說 「パターン／樣式」是形式或樣式，也指類型。例句：君の書く小説はどれも同じ、ワンパターンだな。（你寫的小說每一本都是同一種類型的啊。）

第３回（だい かい） 言語知識（文字・語彙）（げんごちしき もじ ごい） 問題６（もんだい） P115

28

解答 1

日文解題 「リサイクル」は資源や環境のために、捨てるものを再利用すること。例・使わない食器をリサイクルショップに売った。
《その他の選択肢の例》
２「資源」　３「サイクリング」など　４「リラックス」

中文解說 「リサイクル／回收」是指為了資源或環境，將丟棄的物品回收再利用。例句：使わない食器をリサイクルショップに売った。（把不再使用的餐具賣給了回收店。）
《其他選項的例子》
選項２「資源／資源」、選項３「サイクリング／自行車旅行」等等、選項４「リラックス／放鬆」

29

解答 4

日文解題 「検索」はたくさんの情報の中から必要な項目を探し出すこと。例・パソコンに残っている検索履歴を消す。
《その他の選択肢の例》
１「修理、修繕」　２「索引」　３「捜索」

中文解說 「検索／搜尋」是指從許多資訊中找出需要的項目。例句：パソコンに残っている検索履歴を消す。（把保存在電腦上的搜尋紀錄刪除。）
《更正其他選項》
選項1「修理、修繕／修理、修繕」、選項2「索引／索引」、選項3「捜索／搜索」

30

解　答　2

日文解題
「あいまいな」は確かでないこと。ことばや態度が紛らわしく、はっきりしない様子。例・勇気を出して彼女にプロポーズしたが、あいまいな返事をされた。
《その他の選択肢の例》
1「怪しい」　3「怪しい」　4「怪しい」など

中文解說
「あいまいな／含糊的」是指不明確的事物。語言或態度容易混淆，不清楚的樣子。例句:勇気を出して彼女にプロポーズしたが、あいまいな返事をされた。（我鼓起勇氣向她求婚，卻得到她不置可否的回答。）
《更正其他選項》
選項1「怪しい／可疑的」、選項3「怪しい／奇怪的」、選項4「怪しい／有犯罪嫌疑的」等等。

31

解　答　2

日文解題
「震える」は、寒さや恐怖のために体が小さく揺れ動くこと。例・スピーチの時は緊張して膝が震えた。
《その他の選択肢の例》
1「揺れて」　3「揺れた」　4「響いて」

中文解說
「震える／發抖」是指因為寒冷或害怕，造成身體小幅度的晃動。例句：スピーチの時は緊張して膝が震えた。（演講時因為緊張，膝蓋不斷發顫。）
《更正其他選項》
選項1「揺れて／晃動」、選項3「揺れた／搖晃」、選項4「響いて／迴響」

32

解　答　4

日文解題
「気が小さい」は小さいことを気にする性格。小心。例・子供のころから気が小さかったあなたが、こんな大きな会社の社長になったとは驚きだ。
《その他の選択肢の例》
1「気が短い」　2「気が早い」　3「気が重い」

中文解說
「気が小さい／小心眼」是對小事斤斤計較的個性，也指膽小。例句：子供のころから気が小さかったあなたが、こんな大きな会社の社長になったとは驚きだ。（從小就膽小的你，居然會成為這麼一家大公司的總經理，真是太令人吃驚了。）
《更正其他選項》
選項1「気が短い／性急」、選項2「気が早い／性急」、選項3「気が重い／鬱悶」

33

解答 4

日文解題

「（名詞、普通形）ばかりか…」は、～だけでなく、その上にもっと、と言いたいとき。「…」では程度のさらに重いことを重ねて言う。例、

・僕は家族ばかりか飼い犬にまでバカにされてるんだ。

問題文の「～のせいにする」は、悪いことが起こった責任は～にある、と決めつけること。

中文解說

「（名詞、[形容詞・動詞]普通形）ばかりか…／豈止…，連…也…」用於表達除了～的情況之外，還有更甚的情況時。「…」重複程度更為嚴重的說法。例如：

・別說是家人了，就連家裡養的狗也沒把我放在眼裡呢！

本題の「～のせいにする／歸咎到…」用於表達把引起錯誤的責任推給～，歸咎責任的說法。

34

解答 3

日文解題

「建物が古い」「…音がうるさい」と、悪いことを二つ並べている。選択肢の中で、（　　）に入れて文が成立するのは３「～はともかく」。

「（名詞）はともかく」は、～は今は問題にしないで、という意味。そのことよりもっと大事なことがある、と言いたいとき。例、

・集まる場所はともかく、日にちだけでも決めようよ。

《その他の選択肢》

１「～を問わず」は、～は問題ではなく、どれも同じと言いたいとき。例、

・コンテストには、年齢、経験を問わず、誰でも参加できます。

２「～にわたって（渡って）」は、～の範囲全体にという意味。場所や時間の幅が大きいことをいう。例、

・討論は３時間にわたって続けられた。

４「～といっても」は、実際は、～から想像することと違う、と言いたいとき。例、

・庭にプールがあるといっても、お風呂みたいに小さなプールなんですよ。

中文解說

從列舉「建物が古い／屋齡老舊」與「…音がうるさい／…的噪音」兩個惡劣事項知道，填入（　　）讓句子意思得以成立的選項是３「～はともかく／…先不說它」。

「（名詞）はともかく」用於表達暫且不議論現在的～之意。暗示還有比其更重要的事項之時。例如：

・就算還沒決定集合的地點，至少總該先把日期定下來吧！

《其他選項》

選項１「～を問わず／不分…」用於表達沒有把～當作問題，任何一個都一樣之時。例如：

・競賽不分年齡和經驗，任何人都可以參加。

選項２「～にわたって（渡って）／持續…」表示～所涉及到的整個範圍之意。指場所或時間範圍非常大的意思。例如：

・討論持續進行了三個小時。

選項４「～といっても／雖說…，但…」用於說明實際程度與～所想像的不同時。例如：

・院子裡雖然有泳池，但只是和浴缸一樣小的池子而已嘛！

35

解　答　1

日文解題　「（名詞）のこととなると」は、～に関することに対しては、普通と違う態度になると言いたいとき。例、

・普段厳しい部長も、娘さんのこととなると人が変わったように優しくなる。

中文解說　「（名詞）のこととなると／但凡和…相關的事」用於表達對於與～相關的事項，態度就變得與平常不同之時。例如：

・就連平時嚴謹的經理，一提到女兒就換了個人似的，變得很溫柔。

36

解　答　2

日文解題　「（名詞）によって」は、～が原因で、という意味。後には、その結果を表すことばが来る。例、

・ここ数日の急激な気温の変化によって、体調を崩す人が増えています。

《その他の選択肢》

１「～について」は、それに関してという意味。例、

・日本の地形について調べる。

３「～にとって」は、主に人を主語として、その人の考えでは、という意味を表す。例、

・私にとって、家族は何よりも大切なものです。

４「～において」は、ものごとが行われる場所や場面を表す。例、

・授賞式は、第一講堂において行われます。

中文解說　「（名詞）によって／因為…」表示由於～的原因之意。後面接導致其結果的內容。例如：

・這幾天急遽的氣溫變化，導致愈來愈多人的健康出狀況。

《其他選項》

選項１「～について／關於…」與其相關之意。例如：

・調查日本地形的相關資訊。

選項３「～にとって／」主要以人為主語，表示站在該人的立場來進行判斷之意。例如：

・對我而言，家人比什麼都重要。

選項４「～において／於…」表示事物進行的場所、場合等。例如：

・頒獎典禮將於第一講堂舉行。

37

解　答　4

日文解題

「（名詞、普通形）にしては」は、～から考えると、…は予想外だ、と言いたいとき。例、

・あの子は、小学生にしてはしっかりしている。

問題文は、（　　）にしてはおいしい、と言っているので、（　　）には、おいしいことが予想外となるようなことばが入る。

《その他の選択肢》

1「この値段にしては」なら正解。他に「1000円にしては」など。「～にしては」は具体的な「この値段」や「1000円」などのことばにつくことが多い。

※似た言い方で「～割に」がある。「～割に」は幅のあることばにつく。例、

・このワイン、値段の割においいしいね。

中文解說

「（名詞、普通形）にしては／就…而言算是…」用於表達從～來推測，…令人感到預料之外。例如：

・以小學生而言，那孩子十分穩重。

由於題目要說的是就（　　）而言算是相當香醇的，因此（　　）要填入讓這個香醇感到意料之外的詞語。

《其他選項》

選項1如果改為「この値段にしては／就這一價錢而言算是…」就正確。另外，也可以使用「1000円にしては／就1000圓而言算是…」等形式。「～にしては／就…而言算是…」常接具體的如「この値段」或「1000円」這樣的內容。

※類似的說法有「～割に／但是相對之下還算…」。「～割に」前接意義較為廣泛的詞語。例如：

・這支紅酒不算太貴，但很好喝喔！

38

解　答　1

日文解題

「（動詞ます形）かねない」は、～という悪い結果になる可能性があると言いたいとき。例、

・彼はすごいスピードを出すので、あれでは事故を起こしかねないよ。

《その他の選択肢》

2、3は意味が反対。4は、「～かねない」はない形には接続できないので間違い。

中文解說

「（動詞ます形）かねない／很可能…」用於表達有發生～這種不良結果的可能性之時。例如：

・他車子開得那麼快，不出車禍才奇怪哩！

《其他選項》

選項2、3意思是相反的。選項4由於「～かねない」前面不能接否定形，因此不正確。

39

解答　4

日文解題

「（動詞辞書形）ことはない」は、～する必要はないという意味。例、

・分からないことは一つ一つ丁寧に教えますから、心配することはありませんよ。

《その他の選択肢》

２「～ことがない」は経験を表す。例、

・私は飛行機に乗ったことがありません。

中文解說

「（動詞辭書形）ことはない／用不著…」表示沒有做～的必要之意。例如：

・不懂的地方會一項一項慢慢教，請不必擔心喔！

《其他選項》

選項２「～ことがない／未曾…」表示經驗。例如：

・我從來沒有搭過飛機。

40

解答　1

日文解題

「彼女は、…材料で、おいしい料理を」と考えて、「作ることができる」を選ぶ。

《その他の選択肢》

２「～得る」は、できる、～可能性があるという意味だが、特定の人の一般的な能力（料理が作れるなど）については使わない。例、

・両国の関係は話し合いの結果次第では改善し得るだろう。

３「～にすぎない」は、ただ～だけ、それ以上ではないという意味。例、

・歓迎会の準備をしたのは鈴木さんです。私はちょっとお手伝いしたにすぎないんです。

中文解說

從「她光用…的材料，美味的菜餚」意思來推敲，得知要選擇「作ることができる／能夠做出」。

《其他選項》

選項２「～得る／可能」雖然表示可能，有發生～的可能性之意，但不使用在特定的人之一般能力（如會做菜等）相關事項上。例如：

・兩國的關係在會談之後應當呈現好轉吧！

選項３「～にすぎない／只不過…」表示只不過是～而已，僅此而已沒有再更多的了。例如：

・負責籌辦迎新會的是鈴木同學，我只不過幫了一點小忙而已。

41

解　答　2

日文解題

「たしか」は、私はそのように記憶しているが、と言いたいときの言い方。終助詞「ね」は、自分の思っていることが正しいかどうか、相手に確認するときに使う。例、

・A：会議は 11 時からだったよね。

・B：ええ、そうですよ。

《その他の選択肢》

1終助詞「よ」は、自分の思っていることを相手に伝える言い方。相手をそのようにさせたいときの言い方が多い。例、

・早く帰ろうよ。（勧誘）、

・もっと野菜を食べたほうがいいよ。（忠告）

・A：だれか辞書を持ってない。

・B：リンさんが持ってたよ。（返答）など。

3「～んだ（～んです）」「～のだ（～のです）」は理由や状況を説明するとき。例、

・A：昨日はどうして休んだの。

・B：おなかが痛かったんです。

4「たしか」があるので、問題文は、話者の考えを言っている文。「持っていますか」という形の疑問文にはできない。

中文解說

「たしか／好像」用在想表達「我記得應該是那樣的」的時候。語尾助詞「ね／吧」用在向對方確認自分的想法是否正確的時候。例如：

・A：「會議是從 11 點開始，對吧？」

・B：「是的，沒錯喔。」

《其他選項》

選項 1 的語尾助詞「よ／喔」用於讓對方了解自己的想法的時候。這種語氣通常表示希望對方能夠照自己的意思去做。例如：

・我們快點回去嘛！（勸說）

・最好多吃蔬菜喔！（忠告）

・A：「有誰帶了辭典？」

・B：「林先生有帶。」（回答）等。

選項 3「～んだ（～んです）」、「～のだ（～のです）」用在表示對理由及狀況進行說明時。例如：

・A：「昨天為什麼請假？」

・B：「因為肚子很痛。」

選項 4 由於題目有「たしか／好像」這個詞語，知道是說話人表達自己的想法的句子。因此，後面不會有「持っていますか」這種疑問句的形式。

42

解　答　3

日文解題　主語は「男」なので、受身形の文を作る。例、
・電車で子供に泣かれて、困った。
《その他の選択肢》
1、2「男は、…妻が死んで」なら正解。

中文解說　由於主語是「男／男人」，因此需要造一個被動形的句子。例如：
・電車裡有小孩在哭，傷腦筋啊。
《其他選項》
選項1、2如果是「男は、…妻が死んで／男人…妻子離開人世」就正確。

43

解　答　2

日文解題　「あなたには」とあり、主語は「私」。「私はあなたに…になって（　　）たい」という文。
「もらいたい」の謙譲語「いただきたい」を選ぶ。
《その他の選択肢》
1「（私は）あなたを幸せにしてあげたい。」なら正解。
3「（あなたは）幸せになってください。」なら正解。「くださりたい」という言い方はない。
4「（私は）あなたを幸せにしてさしあげたい。」なら正解。

中文解說　題目有「あなたには／你」，而主語是「私／我」。整個句子是「私はあなたに…になって（　　）たい／我希望（　　）你得到…」的意思。
因此，要選「もらいたい／想請你…」的謙讓語「いただきたい／想請您…」。
《其他選項》
選項1如果是「（我）想要給你幸福」就正確。
選項3如果是「希望（你）能得到幸福」就正確。而且沒有「くださりたい」這樣的說法。
選項4如果是「（我）想要給您幸福」就正確。

44

解　答　1

日文解題　「したい」は、話し手が行う行為についての希望を表す。先輩の結婚式に参加したいのは自分なので1が適切。2、3、4の敬語表現を自分に使うのは不適切。

中文解說　「したい／想」表示說話者想做的事（行為）。想參加前輩的結婚典禮的是自己，所以選項1正確。選項2、3、4皆是敬語用法，不能用在自己身上。

45

解答 3

日文解題

正しい語順：4女の子にふられた　1からといって　3君の人生が終わった　2わけではない　よ。

1「～からといって」は、～という理由だけでは、予想の通りにはならない、と言いたいとき。例、

・金持ちだからといって幸せとは限らない。

2「わけではない」は、特にそうではないと説明したいとき。「からといって」の後には、「わけではない」「とはいえない」などの部分否定の表現が来ることが多いので、1→2の順であることが分かる。文の意味を考えて、1の前に4を、2の前に3を置く。

「ふられる」は好きな異性に交際を断られること。

《文法の確認》

「（普通形）わけではない」例、

・食べられないわけじゃないんですが、あまり好きじゃないんです。

※「（普通形）わけではない」は、他に部分否定の意味がある。例、

・コーヒーは好きだが、いつでも飲みたいわけじゃない。

中文解說

正確語順：1即使　4被女孩子拋棄了　2也並不表示　3你的人生就此結束了　呀。

選項1「からといって／並不是…」用於表達不能僅因為～這一點理由，推測就成立了。例如：

・並不是有錢就能得到幸福。

選項2「わけではない／並非…」用在想說明並非特別如此之時。由於「からといって」的後面，大多接「わけではない」、「とはいえない／並不能說…」等部分否定的表現方式，由此得知順序為1→2。從文意考量，1的前面要填入4，2的前面要填入3。

「ふられる／被拋棄」被喜歡的異性拒絕繼續交往之意。

《確認文法》

「（普通形）わけではない／不至於」，例如：

・雖說不至於吞不下去，但不太喜歡吃。

※「（普通形）わけではない／不至於」另外還有部分否定的意思。例如：

・我雖然喜歡咖啡，倒不至於時時刻刻都想喝。

46

解答 2

日文解題

正しい語順：13年　3にわたる　2建築工事　4の末、とうとう競技場が完成した。

3「にわたる」は、～の範囲全体にという意味。

4「の末」は、～した後で、という意味。

１と３、２と４をつなげることができる。句点の前に４を置く。
《文法の確認》
「（名詞）にわたる」は、その範囲全体に、という意味。場所、時間、回数などの幅が大きいことを表す。例、
・彼は全教科にわたって、優秀な成績を修めた。
「（名詞 - の、動詞た形）末（に）」は、いろいろ～したあとで、ある結果になったと言いたいとき。例、
・兄弟は、取っ組み合いの大げんかをした末に、ふたりそろって泣き出した。

中文解說 正確語順：４經過了　３整整　１３年的　２建設工程，４最後　競技場終於竣工了。
選項３「にわたる／整整…」表示～所涉及到的全體範圍之意。
選項４「の末／經過…最後」表示經過～，最後…的意思。
如此一來順序就是１→３→２→４。逗號前面應填入４。
《確認文法》
「（名詞）にわたる」指其全體範圍之意，表示場所、時間、次數的範圍非常之大。例如：
・他所有的科目都拿到了優異的成績。
「（名詞の、動詞た形）末（に）／最後」用於表達經歷各式各樣的～，最後得出某結果時。例如：
・兄弟倆激烈地扭打成一團，到最後兩個人一起哭了起來。

47

解　答　1

日文解題 正しい語順：ここから先は、車で行けない以上、４荷物を持って　３歩く　１より　２ほかない。
「～以上」は、～のだから、という意味。「よりほかない」は、他に方法がない、という意味。１と２をつなげて文末に置き、４と３をその前に入れる。
《文法の確認》
「（動詞辞書形、た形）以上（は）」は、～のだから、そうするのは 当 然だと言いたいとき。例、
・人にお金を借りた以上、きちんと返さなくちゃいけないよ。
※「以上（は）」は「上は」、「からには」と同じ。「（動詞辞書形）よりほかない」は、それ以外に方法や選択肢はない、という意味。「～しかない」も同じ。例、
・新商品を出したいなら、部長会議で承認を得るよりほかないよ。

中文解說 正確語順：從這裡開始，既然無法開車前往，那就　１只有　４帶著行李　３步行　２別無他法了。
「～以上／既然…」指因為～之意。「よりほかない／只有…」表示沒有其他解決問題的辦法之意。１與２相接，填入句尾，再把４與３填入其前。
《確認文法》
「（動詞辭書形 ・ た形）以上（は）／既然…，就…」用於表達因
為～，當然相對地就要那麼做之時。例如：

・既然向人借了錢，就非得老老實實還錢才行喔！
※「以上（は）／既然…，就…」跟「上は／既然…」、「からには／既然…」意思一樣。「（動詞辭書形）よりほかない／只好…」指除此之外，沒有其他的方法或選項。「～しかない／只好…」意思也一樣。例如：
・如果想推出新產品，一定要在經理會議中通過才行啊！

48

解答 2

日文解題

正しい語順：3小さな子供　4でさえ　2ルールを守っているのに　1大人が守れないとはどういうことだ。

「～（で）さえ…」は、極端な例（この場合は、小さな子供）をあげて、ほか（大人）はもちろん、と言いたいとき。4の前に3を入れる。「が守れないとは」の前には1を置く。

《文法の確認》

「（名詞）さえ」「（名詞＋助詞）さえ」例、

・私には、妻にさえ言えない秘密がある。

中文解說

正確語順：4連　3幼小的孩童　4都能　2守法，1大人　2卻無法遵守這是怎麼回事。

「～（で）さえ…／連…」用於表達舉出極端的例子（這裡是幼小的孩童），其他（大人）更不必提了之時。4之前應填入3。「が守れないとは／無法遵守」的前面應填入1。

《確認文法》

「名詞＋（助詞）さえ／連…」，舉例如：

・我藏著連太太都不能讓她知道的祕密。

49

解答 1

日文解題

正しい語順：「君が入社したの　4って　2いつ　1だった　3っけ。」

「入社したの」の「の」は、「こと」や「もの」を言い換えたもの。この場合は「入社したとき」という意味。

4「って」は、あることを話題に取り上げるときの言い方。助詞「は」と同じ。「入社したの」の後に4「って」をつなげる。例、

・ピアノの音っていいね。

・この絵をかいたのって誰。

3「っけ」は文末の表現で、相手に確認したいときの言い方。4と文末の3の間に、2、1を置く。

この文は「君が入社したのはいつでしたか」をくだけた会話文に直したもの。

《文法の確認》

「（普通形）っけ」例、

・A：試験って来週だっけ。

・B：え？今週だよ。

中文解說

正確語順：你進公司時……1是　2什麼時候　3來著？

「入社したの／你進公司時」的「の」可以跟「こと」或「もの」替換。在這裡是「入社したとき／你進公司時」的意思。

4的「って」用在提起某話題之時。意思與助詞「は」一樣。「入社したの／進公司」的後面要接4「って」。例如：
・鋼琴聲真是優美。
・這幅畫是誰畫的？
3的「っけ／是不是…來著」是置於句尾，用在想與對方進行確認的表現方式。4與句尾的3之間，要填入2、1。
本題是由「你是什麼時候進公司的呢？」改為口語的說法。
《確認文法》
「（[形容詞・動詞]普通形）っけ」，舉例如：
・A：「考試……是下星期嗎？」
・B：「嗄？是這個星期啦！」

第3回 言語知識（文法） 問題9 P120-121

50

解答 1

日文解題 日本は自販機の普及率がどのくらい高いのかを説明している文。程度の高さを強調するとき、「～ほど（の）」という。例、
・今回の君の失敗は、会社がつぶれるほどの大きな問題なんだよ。
※「ほど」は「くらい」と同じ。
《その他の選択肢》
2「だけの」は、範囲を表す。例、
・できるだけのことは全部しました。
3「からには」は、～のなら当然、という意味。例、
・やるからには全力でやります。
4「ものなら」は、もし～できるなら、という意味。例、
・できるものなら過去に戻りたい。

中文解說 這裡是針對日本自動販賣機的普及率有多高而進行說明。強調程度的高度時用「～ほど（の）／堪稱」。例如：
・你這次失敗是相當嚴重的問題，差一點就害公司倒閉了！
※「ほど」與「くらい／到…程度」意思相同。
《其他選項》
選項2「だけの／能夠…的…」表示範圍。例如：
・能夠做的部分，已經統統都做了。
選項3「からには／既然…，就…」表示既然～，就理所當然的意思。例如：
・既然要做，就得竭盡全力！
選項4「ものなら／要是能…就…」表示如果能～的話的意思。例如：
・可以的話，我想回到從前。

51

解　答　3

日文解題

「なんと」は、続けて述べる内容への驚きや感動などを伝えることば。例、

・おめでとうございます。なんと100万円の旅行券が当たりましたよ。

《その他の選択肢》

1「さらに」は程度が今より進むことを言うとき。例、

・バターを少し入れると、さらにおいしくなります。

2「やはり」は予想通りという意味。やっぱり。

4「というと」は、それから連想することを言うとき。例、

・上海というと、夜景がきれいだったのを思い出す。

中文解說

「なんと／居然」是對接下來即將敘述的內容表現出驚訝或感動的語詞。例如：

・恭喜！您抽中了價值百萬圓的旅遊券喔！

《其他選項》

選項1「さらに／更加」表示程度比現在更有甚之。例如：

・只要加入一點點奶油，就會變得更美味。

選項2「やはり／果然」是和預想的一樣的意思。也用「やっぱり」的形式。

選項4「というと／一提到…」表示從某個話題引起聯想之意。例如：

・一提到上海，就會回憶起那裡的美麗夜景。

52

解　答　2

日文解題

前の文には「便利だ」とあり、後の文には「ありがたいにちがいない」とある。前後で同じよいことを言っているので、2を選ぶ。「それに」は、同じようなものを付け加えるときの言い方。

《その他の選択肢》

1「つまり」は別のことばで言いかえるとき。例、

・この人は母の姉、つまり伯母です。

3「それに対して」は二つを比べるとき。

4「なぜなら」は理由を説明するとき。

中文解說

前文有「便利」，後文有「相當讓人感謝」。由於前後說的都是好事，所以選表示再添加上相同事物之意的2「それに／況且」。

《其他選項》

選項1「つまり／換句話說」用在以別的說法來換句話說之時。例如：

・這一位是媽媽的姊姊，也就是我的阿姨。

選項3「それに対して／相較於此」用於比較兩件事物之時。

選項4「なぜなら／因為」用於說明理由的時候。

53

解　答　1

日文解題

「一言の言葉」と「物が売られたり買われたりすること」の関係を考える。「自販機」での買い物には「一言の言葉」がない。筆者は抵抗を感じると言っているので、「一言の言葉もない状態で」という意味になるものを選ぶ。

《その他の選択肢》

３「もかまわず」は、～を気にしないで、という意味。例、

・彼女は濡れるのもかまわず、雨の中を走り出した。

４「を抜きにしては」は、～がなければ…できない、という言い方。例、

・鈴木選手の活躍を抜きにしては、優勝はあり得なかった。

中文解說 本題要從前後文的「一句話」與「就銷售或購買物品的交易方式」兩句話的關係進行推敲。在「自動販賣機」購物「一句話」都不用講。作者指出實在無法認同，因此，必須選出意思為「一句話都沒有說的狀態下」的選項出來。

《其他選項》

選項３「もかまわず／不顧…」表示對～不介意，不放在心上之意。例如：

・她不顧會被淋濕，在雨中跑了起來。

選項４「を抜きにしては／沒有…就（不能）…」用於表示沒有～，…就很難成立之意。例如：

・沒有鈴木運動員活躍的表現，就不可能獲勝了。

54

解　答 3

日文解題 ひとつ前の文に「外国の人に売る場合は」とあり、主語は売る側の店主。 店主の視点に立つと「私は（外国の人に）…説明し、…お礼を言う」という文。 54 には、「（私は）外国の人に手ぬぐいを買ってもらうとき」という意味の言い方が入る。

中文解說 前一句話有「賣給外國人的時候」，得知主語是賣方的業主。站在業主的角度的話，句子就成為「我（給外國人）…說明，道謝…」了。這樣一來 54 就要填入意思為「（我）在外國人買下日式手巾的時候」的內容。

第3回（だいかい） 読解（どっかい） 問題10（もんだい） P122-126

55

解　答 2

日文解題 ４行目「たそがれどき、…」が昔からある言葉の例、５行目「夕方薄暗くなって…」が新しい言葉の例。筆者は二つを比べて、「（昔からある言葉）の方が…ぐっと趣がある」と言っている。

《その他の選択肢》

１「多くの意味がある」、３「簡単」、４「失礼な印象」のような表現は本文にない。

中文解說 第四行的「たそがれどき、…／暮靄時分，……」是舉出舊時用詞的例子，第五行的「夕方薄暗くなって…／傍晚天色漸暗……」則是舉出現今用詞的例子。作者比較兩者，然後寫道「（昔からある言葉）の方が…ぐっと趣がある／前者（舊時用詞）……的意境優美多了」。

《其他選項》

選項１「多くの意味がある／有多種涵義」、選項３「簡単／簡單」、選項４「失礼な印象／沒禮貌的印象」的內容，文章中都沒有提到。

56

解　答　2

日文解題　本文には「１～７月の平均気温」とあり、「７月」ではない。

中文解說　文章中寫道「１～７月の平均気温／一月到七月的平均溫度」，由此可知不是「７月／七月」。

57

解　答　2

日文解題　３行目に「室内は完全禁煙だそうである」「したがって、愛煙家は戸外に出るほかはない」とある。「ほかない」は「他に方法がない」という意味。

《その他の選択肢》

１　屋外が好きなのは、室内が完全禁煙だから。室内で吸えないために道路で吸っていると考えられる。

３、４は、道路で吸うための理由ではない。

中文解說　第三行寫道「室内は完全禁煙だそうである／因為據說室內是全面禁菸的」、「したがって、愛煙家は戸外に出るほかはない／因此，癮君子只好到戶外（吸菸）」。「ほかない／別無他法」是「他に方法がない／除此之外沒有別的辦法」的意思。

《其他選項》

選項１，喜歡室外是因為室內完全禁菸。因為室內不能吸菸，所以可以推測出會在路上吸菸。

選項３、４都不是在路上吸菸的理由。

58

解　答　3

日文解題　最後の文に「それぞれの長所を理解して臨機応変に使うこと」とある。

《その他の選択肢》

１、２について、本文では紙の本と電子書籍のそれぞれの長所を述べており、どちらの方がいいということは言っていない。

４　紙の本と電子書籍の使い分けの必要性について述べている文。「今後の進歩」については触れていない。

中文解說　文章最後寫道「それぞれの長所を理解して臨機応変に使うこと／理解各自的優點，臨機應變地應用」。

《其他選項》

選項１、２，文章中分別敘述了紙本書籍和電子書的優點，不過並沒有說哪種比較好。

選項４，這篇文章敘述了靈活運用紙本書籍和電子書的必要性。但是並沒有提到關於「今後の進歩／今後的進步」。

59

解答	3
日文解題	続けて「それだけ人間のいろいろな面を自身の中に持っているということになる」と言っている。これは3の内容と同じ。
中文解說	底線部分後面接「それだけ人間のいろいろな面を自身の中に持っているということになる／讓人類的各種面向存於自己心中」。這和選項3的內容相同。

第3回（だいかい） 読解（どっかい） 問題（もんだい）11 P127-132

60

解答	4
日文解題	「しかしこれは、…褒めているだけではなく」とあり、□には「褒める」と対立する意味のことばが入ると予想できる。 「皮肉」は、相手の弱点などを、意地悪く間接的な表現で指摘すること。 また「～をこめる（込める）」に当てはまることばとしても、「皮肉」が適当。
中文解說	因為文中提到「しかしこれは、…褒めているだけではなく／然而這句話，……並非表示稱讚」，所以可以推測□中應填入和「褒める／稱讚」相反意思的詞語。 「皮肉／諷刺」是間接指出對方的缺點的意思，是帶有惡意的表達方式。 另外，可以搭配「～をこめる（込める）／帶有～」的詞語是「皮肉／諷詞」。

61

解答	2
日文解題	続く文「掃除機を収納する時には…」で説明されている。文末の「～（な）のだ」は理由や状況を説明するときの言い方。
中文解說	畫線部分後面接著說明「掃除機を収納する時には…／收納吸塵器時…」。這個段落最後的「～（な）のだ／這就是～」是說明原因或情況的說法。

62

解答	1
日文解題	ひとつ前の段落を見る。段落の前半は日本人の「ゴミスペースへのこだわり」について、段落の後半「ゴミをためる場所であるから…」は「海外メーカーの発想」について述べている。 《その他の選択肢》 2　本文では「外国人のこだわり」については、述べていない。 3「海外メーカーの経済事情」については述べていない。 4　海外メーカーは、日本人の求めるさまざまな機能を必要ないと考えている。日本人とは発想が違うのであって、できないと言い訳しているわけでなはい。
中文解說	首先請看上一段。前半段是針對日本人「ゴミスペースへのこだわり／對存放垃圾的空間的講究」進行說明，後半段的「ゴミをためる場所であるから…／因為有囤積垃圾的空間…」則是敘述「海外メーカーの発想／海外廠商的主意」。

《其他選項》

選項２，文中並沒有針對「外国人のこだわり／外國人的講究」進行敘述。

選項３，文中並沒有針對「海外メーカーの経済事情／海外廠商的經濟狀況」進行敘述。

選項４，海外廠商認為日本人所追求的“多功能”並非必要。這是因為外國人和日本人的想法不同，並不是海外廠商為“無法做到”而找的藉口。

63

解答 4

日文解題 すぐ後に「みんなに非難されているような感じがするのだ」とある。

中文解說 畫線部分的下一句寫道「みんなに非難されているような感じがするのだ／有種被大家指責的感覺」。

64

解答 2

日文解題 高齢の女性は、筆者が席を譲ろうとしたことに対してお礼を言ったと考えられる。

《その他の選択肢》

1　女性に断られたので、筆者は席を譲っていない。

3　譲ろうとして声をかけた以外は話していないので、当てはまらない。

4　お礼を言うことではない。

中文解說 可以推測年邁女性對於作者想讓位表達了感謝之意。

《其他選項》

選項１，因為女士拒絕了，所以作者並沒有讓位。

選項３，兩人除了“讓位”之外並沒有其他對話，所以不正確。

選項４，這並不是道謝的話。

65

解答 3

日文解題 筆者は、女性の「ありがとうね」のひとことで、「救われた気がした」と言っている。

中文解說 因為女士的「ありがとうね／謝謝你呢」這一句話，而使作者「救われた気がした／感覺鬆了一口氣」。

66

解答 4

日文解題 ５行目に「遠くへ行った人は、その土地の珍しい産物を…」とある。

《その他の選択肢》

２　「高価な」が間違い。

中文解說 第五行寫道「遠くへ行った人は、その土地の珍しい産物を…／出遠門的人，（會買）當地出產的產物…」。

《其他選項》

選項２，「高価な／昂貴的」不正確。

67

解答　3

日文解題　筆者はこの旅行会社の企画に対して、批判的である。「こんなことまでして、おみやげって必要なのだろうか」と言っている。
《その他の選択肢》
1、2は評価しているので、間違い。
4は、旅行者にとって便利な（面倒をなくすための）ものなので間違い。

中文解說　作者在批評這家旅行社的企劃。文中寫道「こんなことまでして、おみやげって必要なのだろうか／做到這種程度，還需要伴手禮嗎」。
《其他選項》
選項1、2都是對此企劃的正面評價，所以不正確。
選項4，對觀光客而言，這項服務非常便利（可以省麻煩），所以不正確。

68

解答　1

日文解題　最後の段落に「何よりもいろいろな経験をして見聞を広めることに時間を使いたい」とある。

中文解說　最後一段提到「何よりもいろいろな経験をして見聞を広めることに時間を使いたい／最重要的是想利用時間體驗各式各樣事物，增廣見聞。」。

第3回（だいかい）　読解（どっかい）　問題（もんだい）12　P133-135

69

解答　2

日文解題　Aの最後の段落には「少子化が問題になっている現代、…ことが大切である」、Bの最後の段落には「少子化が問題になっている現代において最も大切なことは、…」とある。
《その他の選択肢》
1　A、Bどちらも子供の育て方を述べた文ではない。
3　Bに子供を叱るべき場面はない。
4　Bは「難しさ」について述べていない。

中文解說　A的最後一段寫道「少子化が問題になっている現代、…ことが大切である／現在少子化已經成為社會問題，…很重要」、B的最後一段寫道「少子化が問題になっている現代において最も大切なことは、…／現在少子化已經成為社會問題，最重要的是…」。
《其他選項》
選項1，A和B都不是敘述教育孩子方法的文章。
選項3，B並不是需要斥責孩子的情形。
選項4，B並沒有提到「難しさ／困難」。

70

解　答　4

日文解題　Aの最後の文に「母親たちも社会人としてのマナーを守って」とあり、これが筆者の言いたいこと。Bは最後の文で「最も大切なことは、子供を育てているお母さんたちを、周囲が温かい目で見守ること」だと言っている。

中文解說　A的最後一句寫道「母親たちも社会人としてのマナーを守って／媽媽們也要遵守社會人士應有的禮儀」，這是作者想表達的事。而B也在最後寫道「最も大切なことは、子供を育てているお母さんたちを、周囲が温かい目で見守ること／最重要的是，周圍的人們也用溫暖的目光守護著養育孩子的母親們」。

第3回（だいかい）　読解（どっかい）　問題13（もんだい）　P136-137

71

解　答　4

日文解題　前の文に「これが今の若者なのか」とある。
「これ」が指すのは、12行目「彼らは席に座るとすぐに…操作を始めた」こと。
筆者は、周りを観察しながらも、この若者たちに注意を向け続けている。
ここで筆者は日本の将来を心配しており、その対象は若者と考えられる。

中文解說　前文提到「これが今の若者なのか／這就是現在的年輕人嗎」。
「これ／這種事」指的是第十二行的「彼らは席に座るとすぐに…操作を始めた／他們一坐到座位上就馬上開始玩起…」。作者一邊觀察周圍，一邊持續關注這些年輕人。
這裡寫到作者擔心日本的未來，而其擔憂的對象就是年輕人。

72

解　答　2

日文解題　学生達が老人に席を譲る様子を見て、筆者は驚いた、とある。最後の段落に筆者の変化した気持ちが述べられている。
「まだまだ期待が持てそうだ」とは、２の「望みをかけてもよさそうだ」と同じ。
《その他の選択肢》
１　「まだまだ期待がもてそうだ」とあるが、これは、おおいに発展するに違いない、というほどの強い期待ではない。
３　筆者の気持ちの変化と、学生達のスマートフォンの使い方とは関係がない。
４　筆者は日本の将来を若者達に任せたいと願っている。

中文解說　文中寫道作者看見學生們讓座給老人，感到很驚訝。最後一段描寫作者的心情轉變。
文中寫道「まだまだ期待が持てそうだ／還是值得期待的」，和選項２「望みをかけてもよさそうだ／可以寄予期待」意思相同。

《其他選項》
選項１，雖然文中寫道「まだまだ期待がもてそうだ／還是值得期待的」這並不是指"一定會有盛大的進展"，這句話並沒有這麼強烈的期待。
選項３，作者的心情轉變和學生的智慧型手機的使用方法沒有關係。
選項４，作者期望能把日本的將來交給年輕人。

73

解　答　3

日文解題　筆者は、電車の中でスマートフォンに夢中の学生達を見て、日本の将来が心配になったが、学生達が老人に席を譲るのを見て、うれしくなった。周りに関心がないように見えた学生達が、必要な時には他人のために行動できることが分かったから、と考えられる。
《その他の選択肢》
１「挨拶」が間違い。
２　スマートフォンの話ではない。
４　学生達はスマートフォンに夢中になっていたが、老人が電車に乗ってきた際には、それに気づいて席を譲ることができた。「何事にも夢中に」なっていたという話ではない。
「何事にも」は、全てのことに、という意味。

中文解說　作者看到在電車裡沉迷於智慧型手機的學生們，不禁擔心起日本的未來。但在看到學生們讓座給老人之後感到很高興。這是因為看似毫不關心周圍的學生們，在必要時也會為他人著想並採取行動。
《其他選項》
選項１「挨拶／招呼」不正確。
選項２，並不是在談論智慧型手機。
選項４，雖然學生們沉迷於智慧型手機，但老人上車時，學生們也注意到了並且讓座。所以這並不是在說學生們「何事にも夢中に／著迷於任何事」。
「何事にも／任何事」是"全部的事情"的意思。

第３回（だいかい）　読解（どっかい）　問題（もんだい）14　P138-139

74

解　答　3

日文解題　「集荷サービス」の欄を見ると、「ご自宅まで…お荷物を受け取りにうかがいます」とある。
《その他の選択肢》
１と２は、できないので間違い。
４　コンビニエンスストアの店員が荷物を取りに来るというサービスはない。（コンビニエンスストアは、持ち込みのみ。）

中文解說　請見「集荷サービス／收貨服務」的欄位，欄中寫道「ご自宅まで…お荷物を受け取りにうかがいます／我們將到府上…收取貨物」。
《其他選項》
選項１和２，因為題目中說無法做到，所以不正確。
選項４，並沒有讓便利商店的店員來收取貨物的服務。（只能親自帶去便利商店）

75

解　答　4

日文解題
「料金の精算方法」の欄、下の「ペンギンメンバーズ会員…」のところを見る。
電子マネー「ペンギンメンバー割」で支払うと10%割引とある。
「営業所へのお持ち込み」「取扱店・コンビニエンスストアへのお持ち込み」を見ると、１個につき100円割引とある。

中文解說
請看「料金の精算方法／費用計算方式」欄位下方的「ペンギンメンバーズ会員…／企鵝會員」。用電子貨幣「ペンギンメンバー割／企鵝會員幣」支付的話可以打九折。
請見「営業所へのお持ち込み／帶到服務處」、「取扱店・コンビニエンスストアへのお持ち込み／帶到門市、便利商店」，每一件貨物可以折減一百圓。

第3回（だいかい）　聴解（ちょうかい）　問題1（もんだい）　P140-143

1番

解　答　2

日文解題
自動販売機で飲み物を買う。
温かいお茶がいい。
夏だから、（自動販売機に）温かいお茶はない。
コーヒーにする。
やっぱりコンビニに行く。
じゃ、さっき頼んだやつ。
という流れ。
「さっき頼んだやつ」は「あったかいお茶」。
《その他の選択肢》
１　頼んでいない。
３　頼んでいない。
４　最初、自動販売機で買うと言っていたときに頼んだ。後から、温かいお茶に変更した。
《言葉と表現》
※「やつ」は「ひと」や「もの」という意味のくだけたことば。

中文解說
以下是對話順序：
男士說要去自動販賣機買飲料。
女士說要喝熱茶。
男士回答，因為現在是夏天，（自動販賣機裡）沒有賣熱茶。

女士決定喝咖啡。
男士最後決定去便利商店買。
女士說那就喝"剛才說過的"。
「さっき頼んだやつ／剛才說過的」是指「あったかいお茶／熱茶」。
《其他選項》
選項１，女士沒有要喝熱咖啡。
選項３，女士沒有要喝果汁。
選項４是本來打算去自動販賣機買時決定要喝的飲料。後來女士決定改喝熱茶。
《詞彙和用法》
※「やつ／傢伙、東西」是「ひと／人」或「もの／物品」的口語說法。

2番

解　答　4

日文解題
何をしているか、全体を聞いて理解する。
会場の準備はできている。
資料は、写真を整理すれば、印刷できる。
時間がないから写真を減らした方がいい。
紹介する新商品の数が足りないので、やはり写真を減らさないで、写真でよく見てもらう。
二人がしているのは、新商品の発表の準備。
《その他の選択肢》
１　製品を作っているのではない。また、工場から連絡があった、とあり、二人がいるのは工場ではない。
２　写真の整理が終われば、印刷できる、と言っている。
３　撮った写真の、整理の話をしている。

中文解說
聽完全文，了解這兩位男士和女士在做什麼。
會場已經準備好了。
把照片整理好之後就可以印資料了。
因為時間不夠，所以決定減少照片。
兩人討論因為要介紹的新產品數量不足，所以還是不要減少照片，讓大家看照片比較容易了解。
兩人要做的是新產品發表會的準備。
《其他選項》
選項１，兩人並沒有要製作新產品。另外對話中提到和工廠聯絡，由此可知兩人並不在工廠。
選項２，女士說照片整理好之後就可以印刷了。
選項３，兩人在談論的是整理拍好的照片。

3番

解　答　3

日文解題
今ラーメン屋の列に並んでいる。
寿司屋はすぐそこ。
様子を見てくる、と言っている。

《その他の選択肢》

1　女の人に「並んでて」と言っている。

2　寿司屋はすぐそこ、と言っている。

4　寿司屋が空いていたら、女の人に電話すると言っている。

中文解說 兩人正在拉麵店前排隊。

壽司店就在旁邊。

男士說要去看看壽司店的情況。

《其他選項》

選項1，男士對女士說「並んでて／妳先排」。

選項2，兩人提到壽司店就在旁邊。

選項4，男士答應如果壽司店比較空，就打電話給女士。

4番

解　答 3

日文解題 資料が間違っている。

部数も足りない。

本社に資料を送ってもらって作り直す。

《その他の選択肢》

1、2「日本の資料」ではなく「中国の資料」が必要だと言っている。日本語か中国語かという問題ではない。

4　計算するとは言っていない。

中文解說 資料有誤。

資料的份數也不對。

要送資料到總公司，所以要重做資料。

《其他選項》

選項1、2，女士說需要的不是「日本の資料／日本的資料」，而是「中国の資料／中國的資料」。問題並不是資料是用中文還是日文寫的。

選項4，對話中沒有提到計算。

5番

解　答 1

日文解題 今日は検査だけ、と言っている。

診察を受けないと、薬が出せない。

また夜に来るのは、診察のため。「診てもらう」は「診察してもらう」という意味。

《その他の選択肢》

2　明日の午前中、病院はやっているが、男の人の都合が悪いと考えられる。

3　今夜は診察に来る。

4　明日は土曜日なので、午後、病院はやっていない。

中文解說 女士說今天只有檢查。

女士說不接受診療的話就不能拿藥。

晚上再來是為了診療。「診てもらう／診療」是「診察してもらう／診察」的意思。

《其他選項》

選項２，明天早上醫院有看診，但男士時間上不方便。
選項３，男士今天晚上會來看診。
選項４，因為明天是星期六，所以下午以後醫院就不看診了。

第3回 聴解 問題2 P144-147

1番

解答 4

日文解題 （飛行機が遅れて）帰る電車がない。
空港の近くのホテルに泊まるという意味。
《その他の選択肢》
１、２　男の人の家が田舎にあると言っている。バスも電車も間に合わない。
３　明日の準備する時間が必要なので、ホテルに泊まることにして、送ってもらうことは断った。

中文解說 （因為飛機誤點）所以沒有回程的電車了。
男士的意思是要在機場附近找旅館住一晚。
《その他の選択肢》
選項１、２，男士說他家在鄉下，搭巴士或電車都來不及。
選項３，因為需要花時間替明天做準備，所以男士決定住旅館，婉拒了女士要“送他一程”的提議。

2番

解答 2

日文解題 娘は、友達４人で、乃木山へキャンプに行く。
「片道２時間」、「このごろ走ってないし」などから、娘が父親に、車で乃木山に送ってほしいと頼んだことが分かる。
《その他の選択肢》
３　キャンプは、友達４人とする。
４　娘を送った帰りに、お母さんと二人で温泉に寄るかと言っている。

中文解說 女兒要和朋友們共四人一起去乃木山露營。
從「片道２時間／單程要兩小時」、「このごろ走ってないし／最近都沒有駕駛」可知，女兒是在拜託爸爸開車送她去乃木山。
《其他選項》
選項３，露營是女兒要和朋友們共四人一起去的。
選項４，爸爸說送女兒過去之後，要順道和媽媽兩個人去泡溫泉。

3番

解　答　3

日文解題　朝５時に隣の女の子が泣いていて、しばらくいっしょにいた。朝の５時に起きてしまった、ということ。

《その他の選択肢》

1　ゼミの発表は先週。

2　パーティーではないと言っている。

4　アルバイトに行っていたのは隣の女の子のお母さん。

中文解說　女士說早上五點時聽見隔壁的小女孩在哭，所以就暫時陪著她。女士的意思是她早上五點就起床了。

《其他選項》

選項１，研討會的報告是上星期。

選項２，女士說不是因為派對。

選項４，去打工的是住在隔壁的小女孩的媽媽。

4番

解　答　4

日文解題　川口さんの退職祝いを選んでいる。

川口さんが電波時計に興味がある様子だったことを思い出す。

賛成して、買いに行く。

《その他の選択肢》

1　花は、頼んである。

2は図書カード、3は万年筆を考えるが、電波時計に決まる。

《言葉と表現》

「って言えば（と言えば）」は、そのことから連想されることについて話すときの言い方。ここでは、学生ということばから腕時計と万年筆を連想している。

「予算内に収まる」は、「予算以下の金額で買える」という意味。

中文解說　兩人要挑選的是川口先生的退休禮物。

女士回想起川口先生對無線電時鐘很感興趣。

男士贊成女士的提議，兩人決定去買無線電時鐘。

《其他選項》

選項１，花是別人託他們買的。

選項２、３，雖然兩人考慮了圖書卡、鋼筆，但最後決定買無線電時鐘。

《詞彙和用法》

「って言えば（と言えば）／說起來」是想表達從某件事聯想到另一件事時的說法。這裡指“從『學生』聯想到手錶和鋼筆”。

「予算内に収まる／在預算內解決」是「予算以下の金額で買える／用預算以內的金額購買」的意思。

5番

解答 4

日文解題 睡眠時間と学校生活との関係を話している。「ご家庭でも」、「観察してほしい」とあることから、親に話していると分かる。

《言葉と表現》

「～がち」は、よくそうなる、その傾向がある、という意味。よくないことに使うことが多い。

「～にせよ」は、～けれども、～がしかし、という意味。

「イライラ」は、ものごとが思うようにならず腹を立てている様子。

「ぼーっと」は、集中していない様子。ぼんやり。

中文解說 男士說的是睡眠時間和校園生活的關係。從「ご家庭でも／在家裡時」和「観察してほしい／希望也能多加觀察」可知男士是在和家長談話。

《詞彙和用法》

「～がち／有～的傾向」是“經常這樣、有這種傾向”的意思，多用於負面的事物。

「～にせよ／即使～」是“雖然～、但是～”的意思。

「イライラ／焦躁」是不由得生氣的樣子。

「ぼーっと／恍惚」是指精神不集中、心不在焉的樣子。

6番

解答 1

日文解題 「日中はこのまま晴れます」と言っている。問題文の「昼」を「日中」と言い換えていることが分かれば1を選べる。

中文解說 播報員說「日中はこのまま晴れます／白天是晴天」。只要看懂題目中的「昼／白天」是「日中／白天」的同義詞，就能選出正確答案選項1。

第3回（だいかい） 聴解（ちょうかい） 問題3（もんだい） P148

1番

解答 2

日文解題 都心の家を離れる、と言っている。他にも「近くに駅」「目の前にコンビニ」などから分かる。

次の所は都心ではないことが分かる。

通勤時間が今と20分も変わらないと言っている。これは「田舎」ではなく「郊外」と考える。

《言葉と表現》

「郊外」は都心部に続く地域のこと。

中文解說 兩人正在討論關於要搬離市中心的房子。另外，從「近くに駅／離車站近」、「目の前にコンビニ／前面就有便利商店」等等可以推測出答案。

根據兩人的對話可知，新家的地點不在市中心。

男士說通勤時間和現在一樣都是二十分鐘。可知不是「田舍／鄉下」而是「郊外／郊外」。
《詞彙和用法》
「郊外／郊外」是指位於市中心旁邊的地區。

2番

解　答　4

日文解題　「せっかくうちの社に入ったとしても」は「もしうちの会社に入っても」という意味で、まだ社員ではないことが分かる。
次にグループ面接をすると言っている。社員を採用するための試験だと分かる。

中文解說　「せっかくうちの社に入ったとしても／即使好不容易進了我們公司」是「もしうちの会社に入っても／就算進了我們公司」的意思，因此可知他們還沒成為公司的一員。
男士說接下來還要進行團體面試。由此可知這是為了錄用員工所進行的考試。

3番

解　答　3

日文解題　全体を聞いて理解する。話の流れは以下の通り。
以前は仕事人間だった。自分は能力がある、仕事のできない人はダメだと思っていた。→病気をして、周囲の支えに気づいた。→今は周りの人と力を合わせることが大事だと思う。
《その他の選択肢》
1　本文では病気になる前と、病気になった後の話をしている。
2　家族の話ではない。
4　「以前は仕事が嫌いだった」が間違い。今はますます楽しくなった、と言っている。

中文解說　聽完全文並了解內容。男士敘述的大意如下：
男士以前是工作狂，他認為自己能力很強、而其他對工作不在行的人就是沒有用的人。→男士生病了，這才發現周圍的人都在為自己打氣。→他現在認為和周圍的人同心協力是很重要的。
《其他選項》
選項１，談話中提到男士生病前和生病後的狀況。
選項２，男士沒有提到家人。
選項４，「以前は仕事が嫌いだった／以前討厭工作」不正確。男士只說現在更加樂在工作。

4番

解　答　4

日文解題　便利な場所がいいと言っている。
自然が多い場所がいいと言っている。
友達や親戚と会える場所がいいと言っている。
《その他の選択肢》

1　これは女の人が言っていること。
2　これは男の人が言っていること。
3　男の人は、インターネットがあれば、自然の豊かなところで、と言っている。

中文解說

女士說住在便利的地方比較好。
男士說住在接近大自然的地方比較好。
女士說想住在容易和親戚朋友碰面的地方。
《其他選項》
選項１是女士說的內容。
選項２是男士說的內容。
選項３，男士說只要有網路可用，想住在自然資源豐富的地方。

5番

解　答　4

日文解題

4　これがこの人の言いたいこと。
《その他の選択肢》
1　野菜の産地の話ではない。
2　必要なものは買う、ほしいものは我慢する、と言っている。なんでも我慢するといっているわけではない。
3　「必要なものとほしいもの」なら正解。

中文解說

選項４是女士想要表達的內容。
《其他選項》
選項１，女士說的並不是蔬菜的產地
選項２，女士說“只買必要的東西，忍住不買想要的東西”。不過女士並沒有說無論如何都要忍住。
選項３如果是「必要なものとほしいもの／必要的東西和想要的東西」則正確。

第3回（だいかい）　聴解（ちょうかい）　問題4（もんだい）　P149

1番

解　答　1

日文解題

「おとなしい」は静かで穏やかな性格をいう。「うるさい」は反対の意味。
《その他の選択肢》
2「今日はずいぶん静かだね」に対する返事。
3「うるさいなあ」などに対する返事。
《言葉と表現》
・「うるさい」はよくない意味。「おとなしい」の対義語でいい意味のことばは「にぎやかな」。
・「今日は」と言われているので、「いつも（は）」と対比させて答えている。

中文解說

「おとなしい／文靜的」是指安靜溫和的個性。表示相反意思的詞是「うるさい

／吵鬧的」。
《其他選項》
選項２是當對方說「今日はずいぶん静かだね／你今天真是安靜呢」時的回答。
選項３是當對方說「うるさいなあ／你好吵啊」等情形時的回答。
《詞彙和用法》
・「うるさい／吵鬧的」是負面的意思。「おとなしい／安靜的」的正面反義詞是「にぎやかな／熱鬧的」。
・因為對方是說「今日は／今天」，與之相對的回答是「いつも（は）／總是」。

2番

解　答　2

日文解題　親が言った「生意気」というよくない意味のことばを、いい意味の「元気がある」ということばに言い換えている。
１「生意気」と「やさしい」は違う性質。
３　「生意気」と「人の言うことを聞く」は違う性質。
《言葉と表現》
「生意気」は、年齢や立場が低いのに、行動や態度を抑えることをしない人の様子。例・まだ２年目の君が、僕に勝とうなんて生意気だよ。

中文解說　對於對方家長說的負面詞語「生意気／狂妄」，男士轉換成正面意思的詞語「元気がある／有精神」來回答對方。
選項１「生意気／狂妄」和「やさしい／溫柔」是不相干的詞語。
選項３「生意気／狂妄」和「人の言うことを聞く／聽別人的話」是不相干的詞語。
《詞彙和用法》
「生意気」是指明明是年齡或地位較低的人，卻表現出張揚的舉動或態度的樣子。例句：まだ２年目の君が、僕に勝とうなんて生意気だよ。（你才二年級，居然就想打敗我，還真是狂妄。）

3番

解　答　3

日文解題　「上手だ」と褒められている。
３は褒められたときに謙遜する言い方。
《言葉と表現》
「うらやましい（羨ましい）」は、あなたのようになりたい、という気持ち。

中文解說　這題的情況是被對方以「上手だ／真厲害」誇獎了。
選項３是被人誇獎時會說的自謙說法。
《詞彙和用法》
「うらやましい（羨ましい）／羨慕」表達“像變得像你一樣”的心情。

聽解
1
2
3
CHECK
1
2
3

4番

解　答　1

日文解題

「おまちどうさま」は、人を待たせたときに謝る挨拶。「お待たせしました」も同様。

《その他の選択肢》

2「ご飯まだできない」などに対する返事。

3「ご飯もうできる」など。

中文解說

「おまちどうさま／久等了」是讓對方等待時道歉的用語。「お待たせしました／讓您久等了」也是相同的意思。

《其他選項》

選項2是當對方說「ご飯まだできない／飯還沒好嗎」時的回答。

選項3是當對方說「ご飯もうできる／飯煮好了嗎」時的回答。

5番

解　答　1

日文解題

「かわいがる」は、大切に思う、大事にするなどの意味。子どもや動物などに対する気持ちをいう。

《その他の選択肢》

2「かわいいね」なら正解。

3「かわいそう」は同情する気持ち。

中文解說

「かわいがる／疼愛」是“珍視、珍惜”的意思。常用於指對小孩或動物的感情。

《其他選項》

選項2如果是「かわいいね／好可愛哦」則正確。

選項3「かわいそう／可憐」表達同情的心情

6番

解　答　2

日文解題

「悔やむ」は、後悔するという意味。

「後悔しても、意味がない」と言っている。

「あきらめる（諦める）」は、仕方がないと納得して、悪いことを受け入れること。

《その他の選択肢》

1　男の人は「あきらめたほうがいい」と言っているので、1は間違い。

3　過去の事についての会話なので、「もうすぐだよ」という未来についての表現は不適切。

《言葉と表現》

「（動詞た形）ところで」は、〜をしても仕方ない、という意味。例・彼に何を言ったところで、何も変わらないよ。

中文解說

「悔やむ／懊悔」是後悔的意思。

題目的意思是「後悔しても、意味がない／再怎麼後悔也於事無補」。

「あきらめる（諦める）／死心」是指“沒辦法只好接受、接受不好的事情”的意思。

《其他選項》

選項１，由於男士說了「あきらめたほうがいい／我看你還是死了這條心吧」，因此選項１不正確。

選項３，兩人談論的是過去的事情，而「もうすぐだよ／只差一點了哦」是針對未來的事情的說法，因此選項３不正確。

《詞彙和用法》

「（動詞た形）ところで／即使」是"就算～也沒辦法"的意思。例句：彼に何を言ったところで、何も変わらないよ。（不管他怎麼說，都不會有任何改變。）

7番

解　答　1

日文解題

男の人の「わっ！！」という声に、女の人が驚いて「わっ！！」と言った、という状況。

男の人が女の人を「おどかした」といえる。

《その他の選択肢》

２「おどかした」のは男の人。

３「おどろいた」のは女の人。

中文解說

這題的狀況是男士發出了「わっ！！／哇！！」的聲音，女士被嚇到了，也跟著喊了聲「わっ！！／哇！！」。

因此可以說是男士「おどかした／嚇到」女士了。

《其他選項》

選項２「おどかした／嚇人」的是男士。

選項３「おどろいた／（被）嚇到了」的是女士。

8番

解　答　2

日文解題

自分にきく必要はない、と言っている。

「いちいち」は、ひとつひとつ全部、という意味。

中文解說

男士的意思是沒必要問他。

「いちいち／一個一個」是"一個個、全部"的意思。

9番

解　答　1

日文解題

「おしゃれだね」と褒めている。

１は、「そうですか？古いのですが」という意味。

《その他の選択肢》

２「それ、高いね」と言われたとき。

３「それ、古臭いね（古いものに見える）」などと言われたとき。

中文解說

男士正在稱讚女士「おしゃれだね／很漂亮呢」。

選項１是「そうですか？古いのですが／真的嗎？這是舊東西了」的意思。

《其他選項》

選項２是當對方說「それ、高いね／那個很貴耶」時的回答。

選項３是當對方說「それ、古臭いね（古いものに見える）／那個看起來很舊耶」時的回答。

10 番

解答　3

日文解題　「くたびれた」は、疲れたという意味。

中文解說　「くたびれた／疲勞」是很累的意思。

11 番

解答　2

日文解題　「ひとりでに」は、自然に、勝手に、自動的に、などの意味。パソコンが、何も操作をしていないのに終了した、と言っている。

中文解說　「ひとりでに／擅自」是“自然、任意、自動”的意思。女士的意思是明明沒有按任何鍵，電腦卻自己關機了。

第3回（だいかい）　聴解（ちょうかい）　問題5（もんだい）　P150-151

1 番

解答　4

日文解題　中１で、子どもっぽいものでない方がいいのだが、と言っている。
いつもゲームばかり、と言っている。
《言葉と表現》
「どうかと思う」は、あまりよくないと思うときの言い方。

中文解說　男士說朋友的小孩國中一年級，因此不要送太孩子氣的東西比較好。
男士說朋友的小孩總是在打電玩。
《詞彙和用法》
「どうかと思う／不太好吧」是想表達“我認為不太好”時的說法。

2 番

解答　3

日文解題　メモをとる。
お父さん　元旦と３日が休み
お母さん　31 まで仕事。元旦休み
娘　31 までアルバイト。３日からスキー。
３人の休みが合うのは、元旦。「元旦」とは１月１日のこと。

中文解說　請邊聽邊做筆記。
爸爸元旦連休三天。
媽媽要上班到 31 號。元旦休假。
女兒要打工到 31 號。１月３號之後要去滑雪。
三人都休假的日子是元旦。「元旦」是１月１號。

3番 質問 1

解　答	1
日文解題	怒ること、適切な怒り方について話している。
中文解說	講師正在談論關於「生氣時妥善處理憤怒的方法。」

3番 質問 2

解　答	4
日文解題	アンガーマネージメントができる人は、周囲との関係もよく、ストレスが減ると考えている。
中文解說	男士認為能做好情緒管理的人，和周圍的人關係會更好，壓力也會減少。

【致勝虎卷 07】

新制日檢！絕對合格 N2單字、文法、閱讀、聽力 全真模考三回＋詳解 [16K+MP3]

2018年12月　初版

發行人● 林德勝

作者● 吉松由美、田中陽子、西村惠子、山田社日檢題庫小組

日文編輯● 王芊雅

出版發行● 山田社文化事業有限公司

106台北市大安區安和路一段112巷17號7樓

Tel：02-2755-7622

Fax：02-2700-1887

郵政劃撥● 19867160號　大原文化事業有限公司

總經銷● 聯合發行股份有限公司

新北市新店區寶橋路235巷6弄6號2樓

Tel：02-2917-8022

Fax：02-2915-6275

印刷● 上鎰數位科技印刷有限公司

法律顧問● 林長振法律事務所　林長振律師

ISBN● 978-986-246-520-2

書+MP3● 定價　新台幣399元